초파리

픔 소설 시리즈 03

이주형 소설

픔출판사

초파리

이 작품집은 한국문화예술위원회 2024년도 예술단체의
예비예술인 최초발표지원을 통해 제작되었습니다.

01

시장은 겁쟁이에게 기회를 주지 않는다. 그러니 버텨야
한다. 눈앞의 모니터에는 일주일 내내 횡보만 하다가 기
어이 -2.1%를 기록 중인 B코인 차트가 떠 있었다. 저점이
라고 판단해서 들어갔는데 거기서도 더 떨어질 수 있다
니. 처음 생각한 것처럼 숏 포지션[1]을 잡았어야 했는데….
후회를 하면서도 현재 상황을 다시 점검했다

　지금 롱 포지션[2]에 증거금 500만 원, 레버리지[3]는 10배
니까. -2.1%로 떨어진 차트의 평가손익은 -105만 원. 좀 아

---

1)　선물매도 계약을 한 상태, 이 경우 '코인의 시세가 하락한다'로
베팅하는 것.
2)　선물매수 계약을 한 상태. 이 경우 '코인의 시세가 상승한다'로
베팅하는 것.
3)　'지레 효과', 타인의 자본을 지렛대처럼 이용해 자기 자본의 이익
률을 높이는 것.

프지만 그래도 지금 차트의 움직임이 보여 주는 신호는 긍정적이다. 잠깐 떨어졌다가 다시 오르는 패턴이 분명하다. 그동안 코인을 하면서 수도 없이 봤다. 조금 떨어질 때마다 손실을 최소화하기 위해 손절했더니 곧바로 어마어마하게 치솟아 오르는 것을. 그러니 답은 그냥 존버다. 그렇게 각오를 다잡고 마음이 한결 편해졌을 때, -2.1%였던 차트가 -2.7%로 내려가더니 순식간에 -3%까지 떨어졌다.

"분명 오르는 움직임이었잖아! 왜 떨어지는 건데?"

갑작스러운 폭락에 눈물이 핑 돌았다. 지금이라도 팔아야 하나? 아니 이제 와서 손절을 칠 거였으면 아까 -2.1%였을 때 진즉 팔았지. 순식간에 -160만 원 가까이 불어난 손해에 당장이라도 매도 버튼을 누르고 싶은 마음이 솟구쳤지만 심호흡을 하며 가까스로 억눌렀다. 곧 있으면 분명 반대매수가 다시 붙을 거고, 그때 상승세를 타면서 양봉 전환을 할 수 있을 거야. 그때 다 팔고 나가는 거다. 그런 계획을 세우자마자 차트가 -3.5%까지 뚝 떨어졌다. 반사적으로 모니터를 꺼 버렸다.

"하……. 어떡하냐. 진짜."

도무지 뾰족한 답이 떠오르지 않아 속수무책으로 머리만 감싸 쥐었다. 현재 상태로는 도저히 이성적인 판단을 할 자신이 없었다. 세수라도 하고 와야겠다 싶어 자리에서 일어났다. 방바닥은 수북이 쌓인 배달음식과 용기들로 엉망이 되어 있었다. 발로 박스를 옆으로 밀면서 지나가는데 박스 안에서 초파리가 튀어나왔다.

화장실로 가서 몇 번이나 세수를 하고 나니 그제야 마음이 차분해졌다.

"그래. 이미 충분히 벌었잖아. 그러니 다시 가서 보고 차트가 -5%까지 내려가 있으면 더는 욕심내지 말고 망설임 없이 손절하자. 증거금⁴⁾의 절반이나 되는 250만 원이 아깝기는 하지만 -10%를 찍고 강제청산 당해서 몽땅 잃는 것보다는 나을 테니까."

거울을 보며 무리해서 욕심내다가 다 잃는 어리석은 판단은 하지 말자고 약속하듯 말했다. 지금 절반을 잃어도 처음 20만 원으로 시작했던 때보다는 분명 이득이 아닌가. 마지막으로 집 밖에서 햇빛을 본 게 언제였더라. 그래, 잠깐 방황한 셈 치고 이제라도 욕심을 내려놓고 정리하자. 주저하지 말고 팔아 버리는 거야.

다시 자리로 돌아와서 보니 차트는 -2%로 살짝 올라 있었다. 이거 간다! 나는 다시 노트북 앞에 앉아 마우스에 손을 올렸다. 초파리 한 마리가 콧등에 내려앉았지만, 개의치 않았다. 이대로 잃고는 못 빠지지. 최소 본전, 아니면 2% 정도라도 반드시 먹는다. 나는 잃지 않는다. 나는 지

---

4) 거래의 이행을 담보하기 위한 보증금 성격의 자금. 이 경우에는 레버리지를 할 수 있는 계약금.

지 않는다. 나는 실패하지 않는다, 실패하지 않는다, 실패하지 않는다, 무조건 성공한다! 누군가 내 심장을 꽉 쥐고 있는 것 같은 압박감에 숨쉬기조차 힘들어 호흡이 빨라졌고 몸도 떨려 왔지만 애써 무시하고 크게 소리쳤다.

"가즈아!"

02

삑 삑 삑 삑 ―

앞으로 자주 누르게 될 도어락과 계속 쥐게 될 문손잡이, 그리고 반지하라 그런지 유난히 코를 찌르는 공동현관의 습기까지 아직은 낯설지만 곧 익숙해질 것들을 뒤로한 채 원룸 안으로 들어왔다.

체리 색 몰딩이 강렬한 5평 남짓한 공간에는 에너지 소비 효율 등급 4단계 스티커가 붙어 있는 전자레인지와 냉장고, 벽에 달린 작은 에어컨이 눈에 띄었다. 싱크대가 있는 수납장에는 1구뿐인 인덕션 아래 사이즈가 딱 들어맞는 작은 드럼 세탁기도 설치돼 있었다. 처음 이곳을 둘러볼 때도 느꼈던 거지만 대학가 인근 원룸들은 죄다 같은 업체나 템플릿이라도 이용한 것처럼 전체적인 분위기나 옵션이 비슷비슷했다.

다만 시그니처라고 할 수 있을지는 모르겠지만 이 집만의 개성이 있었다. 에어컨이 달려 있는 벽에는 집을 구할 때 본 것과는 달리 집주인 아주머니의 취향으로 짐작되는 꽃무늬 벽지가 도배돼 있었다.

신발을 벗고 들어와 노란색이라기보다는 누런색에 가까운 맨들맨들한 장판이 깔린 바닥 위에다 마지막 박스를 내려놓았다. 이걸로 여름옷, 겨울옷 등 그나마 남아 있던 옷가지 전부와 예산을 최대한 절감하기 위한 생필품, 그리고 책상에 꽂혀 있던 전공책과 실용책 몇 권까지, 본가에 있던 내 물건들을 모두 가지고 온 것이다. 짐은 그리 많지 않았지만 손이 부족해서 인천에서 서울까지 지하철로 여덟 시간 동안 두 번이나 오가고 나서야 겨우 짐을 다 옮길 수 있었다.

가져온 짐들을 마저 꺼내서 정리하려다가 잠깐 숨을 돌리기 위해 허리를 펴고 방 안을 둘러보았다. 현관 맞은편 옷장 옆에 나란히 붙은 작은 책상과 책장이 보였다. 아침부터 시작한 이사였는데 어느새 해가 저물어 책상 위쪽 창문을 통해 보이는 하늘이 세피아 톤으로 물들어 있었다. 연식이 느껴지는 맞은편 벽돌집과는 불과 삼 미터 정도밖에 안 될 만큼 붙어 있었지만, 창 밖에 세워 둔 촘촘한 쇠 창살 덕분에 원룸 내부가 훤히 들여다보일 염려는 안 해도 될 것 같았다.

종이 박스에서 수건을 꺼내 땀으로 흥건한 몸을 닦았다. 꽃샘추위로 쌀쌀했지만 험하고 긴 언덕길을 올라오느라 고생한 탓에 더웠다. 역까지는 걸어서 이십 분. 따로 자전거라도 구해야 할지 고민해 봤지만 자전거가 있다 해도 언덕길이라서 제대로 타기 힘들 것 같았다. 고민을 접고 정리를 끝내기 위해 이삿짐을 풀었다.

빈 책장에 책들을 마저 꽂고 옷가지도 계절별로 분류해서 갠 뒤 옷장 안 선반 위에 차곡차곡 올려놓았다. 학교에서 '보라돌이'로 통하는 보라색 과잠과 외투까지 벗어 옷걸이에 걸다 보니 과잠 왼쪽 어깨에 크게 붙어 있는 학번 표시 '18'이 눈에 들어왔다. 내일이 개강 첫날이라니 괜히 기분이 묘했다. 1학년이 끝나자마자 입대했으니 대략 이 년 만에 2학년으로 복학하는 것이다.

"빨리 졸업하고 취업이나 해야지."

지금부터 휴학 없이 학교를 계속 다닌다면 삼 년 안에 졸업할 수 있을 테고 일이 잘 풀린다면 4학년 마지막 학기에 취업을 할 수도 있을 것이다. 직장을 구한다면 서울이 가장 좋겠지만 일산이나 성남 같은 곳도 나쁘지 않겠다는 생각이 들었다. 어디든 인천에서 최대한 멀어지기만 하면 되니까.

걱정 반 기대 반으로 짐을 풀다 보니 어느새 정리가 끝났다. 정리된 방안을 한바퀴 쓱 둘러보니 기분이 좋아졌다.

어릴 때 살던 잠실아파트의 내 방보다는 훨씬 좁지만 지금의 인천집 내 방보다는 살짝 큰, 여러모로 성에 차지 않는 열악한 공간이었다. 그래도 나만의 공간이라 그런지 집보다 더 편하게 느껴졌다. 아니지, 이제는 여기가 내 집이다.

다 끝냈다는 충족감과 피로감에 그냥 벌러덩 눕고 싶었지만 아직 이부자리가 없어서 아쉬운 대로 종이 박스를 차곡차곡 접어 방바닥 위에 깔고 누웠다. 개별난방 시스템이었고, 분명 보일러를 켜지 않았는데도 옆집에서 켠 보일러로 간접 난방이 되는 건지 열기가 박스를 뚫고 올라왔다. 등허리가 후끈해지니 졸음이 쏟아졌다. 하지만 아직 확인할 것들이 남아 있어서 애써 졸음을 참고 휴대폰을 켜 시간표를 체크했다.

당장 첫날인 내일부터 아침 아홉 시 강의가 있고 월, 화, 수, 목, 금 전부 강의가 꽉꽉 들어찬, 공강도 없는 시간표였다. 그나마 짧으면 오후 한 시, 길면 세 시에 모든 강의가 끝나니 만족했다. 강의가 끝나면 도서관에서 공부를 하거나 알바를 할 수 있을 테니.

그런데도 좀 막막해서 나도 모르게 한숨이 나왔다. 엄마한테는 죽어도 손을 벌리기 싫으니 이제 월세부터 등록금까지 모조리 내 손으로 마련해야 했다. 복학생 라이프에 고생문이 활짝 열리다 못해 꽃길이 깔린 기분이었다. 이쁜 꽃 말고 뜨거운 불꽃 말이다.

일단 앱스토어에서 평점이 가장 높은 알바 구인 앱을 찾아 설치했다. 쿠팡 앱을 열어 매트리스도 검색했다. 호텔에서 쓴다는 크고 두툼한 매트리스부터 한 명만 누워도 꽉 차는 심플한 매트리스까지 크기와 가격대가 다양한 매트리스들이 끊임없이 올라왔다. 스크롤을 올렸다 내리기를 반복하며 고민에 고민을 거듭한 끝에 10만 원대의 접이식 매트리스를 주문했다. 자취 팁을 알려 주는 유튜브 영상에 따르면 수면은 중요한 요소인 만큼 매트리스는 절대 돈을 아끼면 안 되는 품목이기도 하고, 평소에는 접어서 소파처럼 사용하다가 잘 때는 펼쳐서 침대로 쓸 수 있어서 공간 활용에 더 효과적이라고 했다. 합리적인 소비라고 판단했다. 추가로 베개와 이불, 남는 공간에 배치할 트레이와 거치대까지 주문하고 나니 밤 열한 시가 훌쩍 지나 있었다.

평소 알림을 꺼놓는 탓에 카톡에는 읽지 않은 메시지가 수백 개가 넘었다. 대부분은 건너뛰고 학과 동기 공지방을 열었다. 정원이 많은 학과 특성상 유학생과 전과생을 포함해 족히 팔십 명은 돼서 눈에 안 띄고 눈팅만 하기에는 꽤 좋았다.

대화 내용을 대충 보니 과대가 내일 개강 첫날 회식에 관한 수요조사를 하는 듯했다. 밀린 카톡들을 체크한 뒤 인스타로 넘어갔다. 인스타에는 어릴 때 전학을 하도 많이 다녀서 친구라고 하기에는 애매한 같은 반 애들을 비롯해 대학 동기와 선배, 군대 인연들 정도가 그나마 몇 없는 팔로우를 차지하고 있었다. 이들의 피드나 스토리는 영양가가 없었지만 뇌를 빼놓고 보기에는 그럭저럭 괜찮았다.

복학생들의 스토리에는 하나같이 '내일 종강하면 좋겠다'라거나 '내일부터는 지금까지와는 다르게 살아야지' 따위의 한심한 바람 또는 목표 의식을 적은 글들만 가득했다. 진짜 간절함이 뭔지 모르는 놈들. 새삼 지금의 내 입지가 실감났다. 엄마 아빠 돈으로 등록금을 해결하고 용돈까지 받으면서 편하게 학교 다니는 놈들은 결코 모를 내 싸움이 말이다. 군 생활을 하면서 모은 전 재산 2,500만 원은 보증금으로 빠져나갔고 방금 10만 원 상당의 매트리스까지 샀으니, 이제 통장에 남은 잔고 40만 원으로 당장의 의식주를 해결해야 한다. 앞으로는 알바를 하면서 월세 방어전까지 치러야 하는 데다가 장학금을 놓치는 순간 졸업 계획마저 불확실해질 수밖에 없다. 그나마 학자금 대출은 받지 않았다는 것이 위안이 되는 복학생, 그것이 바로 지금의 내 입지였다.

그렇게 재차 현 상황을 곱씹다가 DM 창을 확인해 보니 하영에게서 메시지가 와 있었다.

"현수야, 너 혹시 이번에 복학해?"

그렇다고 답했다. 늦은 시간이라 그랬는지 바로 답장이

오지는 않았다. 오 분 정도 기다리다가 자고 있겠거니 싶어 휴대폰을 내려놓았다. 방금까지만 해도 험난한 입지와 복학 걱정만 했었는데 지금은 기대감마저 들었다. 눈앞에 닥친 고비를 하나씩 넘기면서 무사히 졸업만 하면 지금보다는 훨씬 좋아지겠지. 왜 그런 말도 있지 않은가. 나를 죽이지 못하는 고통은 나를 더 강하게 만든다. 그 말마따나 이번 복학은 내 삶이 더 나아지기 위한 첫걸음이자 거름이 될 것이다. 그러다 보면 행복에도 가까워질 수 있겠지. 각오를 다잡고 나니 어느새 슬슬 졸음이 몰려왔다. 종이박스 위로 바닥의 딱딱함이 그대로 느껴져서 몸은 좀 배겼지만 밑에서 올라오는 따뜻한 열기에 눈꺼풀이 무거워졌다. 파이팅이다, 이현수. 나 자신을 응원하며 졸음에 몸을 맡겼다.

🏷 03

"익숙한 얼굴도 있고, 처음 보는 얼굴도 있네요. 혹시 여기 〈재무관리론 기초〉를 수강하지 않은 학생 있나요?"

재무관리론 교수님의 질문에 학생 몇 명이 손을 들자 교수님은 곧바로 강의실 뒷문을 가리켰다.

"내가 강의 계획서에도 적어 놨는데 기초를 듣지 않으면 〈재무관리론 심화〉 강의는 수강할 수 없어요. 복수전공이나 전과생이 있다면 기초부터 듣고 오기를 권합니다. 수업에 방해가 되니 저기 뒷문으로 나가고, 나중에 정정기간이 되면 수강 취소를 하면 됩니다."

교수님의 말이 끝나기가 무섭게 강의 계획서도 읽어 보지 않고 신청한 학생들이 항의했다. 유학생으로 보이는 한 학생은 중국어로 열심히 억울함을 토로했으나 일말의 타협도 없다는 듯한 교수님의 태도에 결국 체념하고 가방을 챙겨 나갔다. 한 명이 나가자 남은 학생들도 하나둘 사라졌다.

홍두좌, 여전히 가차 없으시네. 복학 첫날 첫 강의부터 펼쳐진 살풍경에 내가 추방당하는 당사자가 아니라는 것에 안도감마저 느껴졌다. 재무관리론의 전홍두 교수는 배가 나온 체형에 셔츠 위로 니트 조끼를 걸쳐 입은, M자 탈모가 진행 중인 오십 대 아저씨였다. 웃는 얼굴에 잔주름이 많아 인상은 서글서글하지만 특이한 이름과 거칠 것 없는 행보, 붉은 기 도는 피부 때문에 우리 과에서는 홍두좌나 레드 스컬로 통했다.

이 과목은 상대평가라서 밑에 깔아 줄 인원이 많으면 이만한 꿀 과목이 없을 텐데. 아쉬움에 입맛을 다시는 동안 잠깐의 소동을 깔끔히 정리한 교수님이 분필을 들고 칠판 앞에 섰다.

"다들 제 강의를 들어 보신 분들이니 지겹도록 들어서 이미 잘 아실 테지만 한 번 더 말씀드리겠습니다. 재무관리는, 쉽게 말해서 작은 조직이든 큰 기업이든 활동에 필요한 자금을 조달하고 운용하는 방법이에요. 상당히 이론적인 과목이라고 볼 수 있습니다. 하지만 정작 자금을 움직이는 시장이라는 놈은, 거 뭐냐, 결코 이론만으로는 파악할 수 없는, 완전히 살아 움직이는, 그것도 사람에게 적대적인 생물체란 말이에요."

탁. 탁.

다른 학과 건물은 신축이라 전자칠판이 있는데, 이곳은 구축 강의실이었다. 분필을 쥐고 칠판에 꾹꾹 눌러 글자를 적으며 설명하는 홍두좌의 모습이 애잔해 보이면서도 따분했다. 오십 분 넘는 강의 소개는 1학년 때 들었던 〈재무관리론 기초〉 강의 때와 비슷했다. 첫 강의만 봐도 '꿀 강의'와는 거리가 멀어 보였다.

"그래서 기초에는 우리가 간단히 재무관리에 대해 알아보면서 재무제표도 분석해 보고 순현재가치와 내부수익률 개념에 따라 투자 결정도 해 봤어요. 그런데 아까 말했죠? 시장은 살아 움직이는 생물체다. 그러니 이론만으로 파악할 수는 없다. 그래서 지난 기초 때는 주식 모의투자를 통해 기업을 선택하고 시장을 분석하는 포트폴리오 과제를 진행했었습니다."

지난 강의 때 나는 포트폴리오 과제인 모의투자에서 순위권을 기록해 만점을 받았다. 공부한 것을 토대로 차트를 분석하며 저점 매수를 하는 투자전략이 좋았던 덕분이기도 하지만 다른 학생들 대부분이 모의투자를 대차게 말아먹었던 게 한몫한 결과였다. 조별 과제만 아니었어도 내가 수석이었을 텐데.

아쉬웠던 1학년 때를 회상하는 동안 마침내 칠판에다 평가 방식을 다 적은 교수님은 학생들의 질린 표정과는 달리 뿌듯해 보였다.

"그래서 이번 강의는 출석 10%, 중간고사와 기말고사를 합쳐 70%, 그리고 남은 20%는 과제로 점수를 책정해 평가하도록 하겠습니다. 다들 학기 처음이 중요한 거 알죠? 그러니 미리 전공 교재라도 한번 훑어보기를 바랍니다. 혹시 질문 있나요?"

교수님의 말에 여학생 한 명이 손을 들었다.

"혹시 과제는 어떤 걸로 진행하나요?"

"네, 기초 강의 때는 주식 모의투자가 과제였죠. 이번 심화 강의에서는 파생상품에 대해 알아보면서 파생상품과 관련된 모의투자를 포트폴리오 과제로 진행할 겁니다."

"파생상품이면 혹시, 선물을 말씀하시는 건가요?"

"선물이나 옵션 모두 포함입니다. 자세한 건 나중에 안내할게요."

교수님은 별것 아니라는 듯 질문에 흔쾌히 답했지만 그 파급력은 강의실이 소란스러워질 만큼 컸다. 아무리 모의 투자라지만 학생들에게 파생상품 투자를 하게 한다고? 휴대폰을 꺼내 파생상품을 검색해 봤다.

[파생상품. 원자재, 통화, 증권 등의 기초자산에 근거해 장래 가격 변동에 따른 위험을 소액의 투자로 사전에 방지, 위험을 최소화하는 목적으로 도입된 거래로서 원본 초과 손실 가능성이 있는 금융투자 상품]

그 뒤로는 '원수에게 선물옵션을 가르쳐라'라는 말 같은 부정적인 후기들이 눈에 들어왔다. 이거 손대면 큰일 나는 거 아닌가? 그런 생각을 하는 동안 몇 번의 질문과 답이 추가로 오갔다.

"더 이상 질문이 없으면 첫날이니 일찍 끝내도록 하겠습니다. 이상!"

그 말을 끝으로 교수님이 강의실을 나갔다. 첫날은 오리엔테이션이 국룰인데 한 시간 넘게 꽉꽉 채워서 강의하는 그 지독함에 괜히 등록했나 잠깐 후회했다. 전공 필수 강의만 아니었어도 안 했을 텐데. 그래도 성적 장학금이 인질로 잡혀 있으니 어떻게든 잘해 봐야지. 다시 각오를 다지며 다음 강의실로 이동하려는 찰나,

"현수현수! 복학했네? 전역한 거야?"

뒤에서 부르는 소리에 돌아보니 과대가 내 쪽으로 걸어오고 있었다.

"어, 과대. 오랜만이네."

"진짜! 반갑다. 전역하고 연락 한번 하지 그랬어."

"전역한 지 얼마 안 돼서."

하필 첫날부터 가장 마주치기 싫은 놈을 만나 버려 퉁명스럽게 답했다. 과대는 전혀 신경 쓰지 않는 듯 시종일관 웃는 낯으로 말을 걸었다. 나하고 비슷한 큰 키에 진한 눈썹, 쌍꺼풀이 있는 큰 눈과 높은 코, 못 본 사이 운동이라도

했는지 1학년 때보다 건장해진 체격까지 전체적으로 '굉장히 잘생겼다'까지는 아니어도 훈남 소리는 들을 만한 인상이 되어 있었다. 심지어 하얀 피부와 눈썹을 살짝 덮은 웨이브 펌의 머리 모양마저 땡볕 제초로 다 타 버린 피부와 말년부터 길렀는데도 여전히 짧은 커트 머리인 내 모습과는 완전히 비교됐다.

"복학도 몰래 하고 말이야. 서운하네."

과대가 한 발짝 더 다가와서 내 앞에 섰다. 불편하지만 서로 마주 보는 모양새가 돼 버렸다.

"동기들 있는 단톡방에라도 얘기하지 그랬어. 다들 반가워할 텐데."

단톡방? 인원이 족히 80명도 넘는 공지방을 말하는 건가? 내가 미쳤다고 거기다 톡을 보내겠냐. 그럴 일은 절대 없을 것이다.

"어차피 다니다 보면 학교에서 마주칠 텐데 굳이 얘기할 필요가 있냐."

"에이, 그래도 그렇지. 간만에 보는데 어떻게 그래! 우리가 마지막으로 본 게 1학년 종강 파티 때였으니까. 벌써 이 년 만이네! 군대 다녀오느라 고생했다!"

그러고 보니 과대는 아직 군대도 안 간 것 같았다.

"남들 다 가는 건데 뭐. 그런데 너는 아직 군대 안 갔고?"

"나는 학군단 지원해서 아직 안 갔어. 지금 4학년인데 이번 학기가 끝나면 벌써 막학기야. 오랜만에 같이 다니나 싶었는데. 아쉽네."

과대가 학군단에 지원했을 줄이야. 의외였다. 학군단에 들어가면 장학금을 비롯해 품위 유지비까지 준다고 했다. 혜택이 많은 것 같아 나도 그땐 끌렸었다. 대신 남들보다 더 오래 복무해야 하니까 취업이 늦어질 것 같아서 마음을 접었는데. 그래도 학군단에 들어가지 않기로 했던 건 괜찮은 결정이었다. 안 그랬으면 과대와 4년 내내 붙어 다녀야 해서 분명 끔찍했을 테니.

과대와 나는 악연이었다. 입학한 후 일 년 내내 성적 장학금을 두고 경쟁했다. 언젠가 중간고사와 기말고사 모두 내가 더 높은 점수를 받았는데, 하필 조별 과제에서 제대로 미끄러지는 바람에 수석 장학금을 놓친 적이 있다. 자료 조사도 안 하고, 발표 자료도 안 만들고, 그나마 발표에는 자신 있다고 해서 발표자로 세워 줬더니 전날 밤 인스타에 술자리 사진을 남기고는 정작 발표 당일에 잠수 탔던 놈, 김진우. 그놈 때문이었다. 듣기로는 바로 군대로 튀었다기에 마주치면 전공책으로 그 용도 불명의 대가리를 쪼개 버릴 생각이었다.

새삼 뒷골이 땅겼다. 발표 당일에 잠수 타는 발표자나, 그런 발표자를 대신해 발표까지 했건만 조원 전체가 성실히 참여하지 않았다는 이유로 박한 점수를 줬던 교수나, 집도 잘살면서 꾸역꾸역 장학금을 받아 가는 과대나 모두 짜증 났다. 받은 장학금으로 동기 엠티 따위에서 생색이나 낼 거였으면 차라리 그 돈이 절실했던 나한테나 주지. 욕심도 많은 놈. 심지어 과대는 총학생회 활동까지 하는 인싸로, 여러모로 마음에 드는 게 단 하나도 없는 놈이었다. 그런 생각을 하는 중에도 눈앞에 있는 과대는 여전히 웃는 낯이었다.

"너야말로 지금까지 뭐 하다 이제야 이 전공을 듣는 건데? 올해 4학년이라며."

이제 학년도 다른데 왜 굳이 여기까지 따라와서 성적 경쟁을 하게 만드냐는 의도적인 내 물음에 과대는 능청스럽게 어깨동무를 했다.

"그야, 우리 현수랑 같이 강의 듣고 싶어서 아껴 놨지."

대꾸할 가치도 없는 말에 내 어깨에 팔을 걸친 과대를 옆으로 밀어냈다.

"징그러운 말이나 할 거면 나 먼저 간다."

정정 기간에 강의를 취소해야 할지를 진지하게 고민하는데, 과대는 밀려나면서도 태연하게 말을 이었다.

"아차, 오늘이 개강날이라 동기들이랑 과 사람들끼리 자리 한번 만들어 볼까 하는데, 시간 괜찮아?"

과대의 이런 붙임성 좋은 모습도 은근히 꺼려졌다. 남들은 '그냥 사람이 좋아서'라고 생각하겠지만 사람의 행동에는 의도가 뒤따라온다는 걸 아는 나로서는 그의 말이 곧이곧대로 들리지 않았다. 이런 유형은 대체로 앞뒤가 다르고, 겉으로는 밝아 보여도 속은 시커먼 경우가 더 많으니까. 그래도 나는 최대한 내색하지 않으면서 대답했다.

"오늘 끝나고? 언제?"

사실 공지방을 통해 시간과 장소를 알고 있었지만 공지방을 눈팅한다는 걸 굳이 알리고 싶지는 않아서 처음 듣는 것처럼 물었다.

"오늘 저녁 여섯 시. 강의가 끝난 사람들은 먼저 가 있고, 늦게까지 강의가 있거나 다른 일정이 있는 사람은 끝나는 대로 오기로 했어. 장소는 우리 과 국룰인 짚쌩에서 하고. 시간 괜찮아? 아마 지훈이나 병규처럼 이번에 복학한 애들도 몇 명 올 것 같아."

"잠시만."

머릿속으로 대강 견적을 짜 봤다. 지금 통장에 남은 돈은 40만 원. 일단 이번 달 월세는 집 계약할 때 미리 냈으니 당장은 여유가 있지만 그 돈을 술값으로 써도 되는가는 다른 문제였다. 운 좋게 바로 알바를 구한다 쳐도 다음 달에나 월급이 들어올 테니 그 전까지는 남은 돈으로 모든 의식주를 해결해야 한다. 역시 개강 첫날부터 술자리에 돈을 쓰는 건 무리였다. 졸업 때까지는 아직 갈 길이 멀었다.

내가 막 거절하려는 찰나, 과대가 휴대폰을 보며 뭔가를 확인하더니 말했다.

"그러고 보니 하영이가 너도 오냐고 물어보더라."

"그래?"

생각해 보니 인간관계도 중요한 자산이었다. 복학한 애들의 근황이나 최근의 학교 사정을 들어 보는 것도 나쁘지 않을 것 같았다. 앞으로 갈 길이 먼데 오히려 오늘 하루 정도는 풀어 주는 것도 괜찮겠지 싶어 고개를 끄덕이며 말했다.

"그럼 이따 술집에서 봐. 나는 다음 강의가 있어서 먼저 가 볼게."

과대를 지나쳐 강의실 밖으로 나왔다. 등 뒤로 인사하는 과대의 목소리가 들려왔지만 못 들은 척 무시했다.

마지막 강의가 끝난 뒤 자취방에 돌아와서도 여전히 마음이 개운치 않았다. 기분 전환도 할 겸 인스타를 확인했다. 마침 하영에게서 회신이 와 있었다.

[잘됐다. 안 그래도 유진이한테 들었어. 너도 회식 온다면서?]

여기서까지 언급되는 과대의 이름에 기분이 별로였지만 내색하지 않았다. 예산이나 생각해 보자. 우선 1차로 짚쌤에 가면 아마 2만 원에서 많아야 3만 원 정도만 나올 테고, 3차는 보통 노래방을 가니까 2차를 어디로 가느냐가 관건인데, 아무리 보수적으로 잡아도 5만 원은 족히 깨질 듯했다.

5만 원이면 일주일 치 식비인데 오늘은 그냥 계산하기 애매하게 1차 중간쯤에 가서 먹고 나오는 게 낫겠다 싶었다. 점심을 건너뛴 탓에 배가 고팠지만 이따 모임에 가서 안주로 배를 채울 생각으로 일단 물배를 채우며 알바 앱을 켰다. 인근 매장의 알바 구인구직 글부터 조회했다. 집에서 가깝고 시급도 높은 곳 위주로 알아봤다. 이왕이면 손님이 적은 시간대에 공부나 과제를 할 수 있는, 별로 바쁘지 않은 곳이면 좋겠다는 생각을 할 때였다. 게시글 하나가 눈에 띄었다.

[편의점 야간 근무자 구합니다.]
일시: 수요일 / 금요일
근무: 밤 12시 ~ 아침 7시까지, 주 2일 14시간 근무

하루 7시간, 주 2일씩 근무하실 분 구합니다.
다른 시간대에 비해 근무하기가 편한 편입니다.
시급은 최저시급입니다.

하는 일: 계산 / 매장 청소 / 물건 채우기 / 물류 / 시재 점검 / 금고 입금 / 쓰레기 분리수거 등

관심 있으신 분은 이 번호로 문자 주세요.

010-XX00-00XX

편의점 주소를 확인하니 마침 자취방 건물 바로 뒤였다. 일단 거리가 가까우니 합격점이다. 최저시급인 건 아쉽지만 야간 알바면 손님이 적은 새벽 시간대이니 공부도 할 수 있겠다 싶었다. 다른 사람이 선수를 칠까 싶어 냉큼 문자를 보냈는데 칼같이 연락이 왔다. 이력서와 필요한 서류를 챙겨서 오늘 올 수 있으면 와서 면접을 보라고 했다. 두 시간 뒤에 가겠다고 답장했다.

이렇게 빨리 알바 자리를 구하다니. 일이 잘 풀린다는 생각에 기분이 좋아졌다. 이제 서류를 준비해서 면접 보러 갔다가 술자리로 가면 되겠다. 만약 술자리가 시작된 지 한두 시간 뒤쯤 막 2차를 가기 직전에 합류한다면 1차에서 나온 비용은 안 내고 넘어갈 수도 있을 것이다. 꽤 괜찮은 계획이라는 생각에 만족스러워하며 이력서를 쓰기 위해 집에서 삼 분 거리에 있는 피시방으로 향했다.

🔖 04

"음."

　오십 대로 보이는 점장은 마른 체형에 팔자주름이 짙고 탈모는 없어 보이지만 흰 머리가 많은, 안경 쓴 국어 선생님 같은 인상이었다. 나일론 소재의 긴 팔 등산복 위로 편의점 조끼를 걸치고 있어서 헬멧만 안 썼을 뿐이지 사실상 건설 현장의 인부 같은 차림이었다.

"사진이 좀 다른 것 같은데?"

　점장은 이력서 사진과 내 얼굴을 비교하면서 물었다.

"입대 전에 찍은 사진입니다."

"지금이 더 남자답게 잘생겼네. 편의점 알바 해 본 적 있어요?"

　나를 위아래로 훑어보는 점장의 눈초리가 꽤 날카로웠다. 고작 편의점 면접이라는 생각에 가벼운 마음으로 왔는데 생각보다 강한 압박감이 느껴져서 당황스러웠다.

"아뇨. 이번이 처음이긴 한데, 그래도 잘할 자신 있습니다."

알바 경험이 없다고 떨어뜨리는 건 아니겠지? 마침 면접 보러 오기 전에 피시방에 가서 편의점 알바에 대해 검색했는데 진열할 매대가 적고 청소할 곳이 많지 않은 작은 편의점일수록 꿀 알바라고 했다. 심지어 이곳은 튀김이나 복권 같은 편의점 내부 판매 품목도 적어서 시재 점검도 쉬울 것 같고, 무엇보다 집에서 가까워서 무조건 잡고 싶었다.

"어떻게 잘할 건가요?"

예상치 못한 점장의 구체적인 질문에 당황했지만 침착하게 답변했다.

"제가 일머리가 좋은 편인데, 군대에 있을 때도 적어도 일 못한다는 소리는 들어 본 적이 없습니다."

"보직이 뭐였는데요?"

"육군에서 예초병으로 복무했습니다!"

"그래요. 뭐 당장 일머리를 확인할 방법은 없지만 S대 학생이라고 하니 믿어 볼게요."

묵묵히 이력서를 마저 훑어보던 점장이 혀를 몇 번 찼다.

"전학을 꽤 많이 다녔네요? 잠실에서 부천으로 한 번, 부천에서 인천으로 또 한 번."

점장이 안경을 내려 내 눈을 마주 보며 물었다.

"노파심에 물어보는데, 혹시 무슨 문제가 있어서 강제

전학을 갔다거나 그런 건 아니죠?"

"절대 아닙니다! 가정 형편 때문에 전학을 다녔습니다."

"그렇군요. 적응이 힘들었을 텐데 고생 많았네요. 여자 친구는 있어요?"

여자친구? 질문의 의도가 파악되지 않아 나도 모르게 미간을 모았다. 혹시 편의점 알바를 하는 데 연애 경험도 중요한가? 아니면 그 반대인가? 순간적으로 머릿속에 떠오르는 사람이 있었지만 이내 고개를 저으며 말했다.

"아뇨. 아직 연애를 해 본 적이 없습니다."

"사람이 젊을 때 연애도 좀 해 보고 그래야지. 얼굴이 아깝네."

점장이 내 이력서를 서류철에 끼워 넣었다. 긍정적인 신호 같았다.

"면접은 이만하면 충분한 것 같으니 여기까지 하죠. 언제부터 나올 수 있어요?"

"당장 내일부터라도 나올 수 있습니다."

질문에 대답하면서도 곁눈질로 편의점 내부를 최대한 살폈다. 작은 맨션 건물의 1층 절반을 쓰고 있는 만큼 확실히 크기도 작고 매대도 딱 두 줄밖에 없어서 일하면서 공부하기에는 제격일 듯싶었다. 심지어 대학가와도 거리가 있어서 아는 사람을 마주칠 일도 없을 것 같았다.

"그러고 보니 학생, 담배는 피워요?"

"네?"

"담배. 아무래도 손님들이 많이 찾고 사 가니까. 담배 종류를 어느 정도 알고 있나 해서요."

나는 비흡연자다.

"손님이 들어올 때 냄새만 맡아도 뭘 피우는지 바로 압니다."

사실은 담배에 대해 하나도 모른다. 그냥 남들이 담배 태우러 갈 때 가끔 얻어 피운 게 전부다. 아는 브랜드라고 해 봤자 남들도 다 아는 말보로, 에쎄, 멘솔 정도가 다였다. 문득, 이렇게까지 하면서 면접을 봐야 하나 현타가 왔다. 하지만 다시 마음을 다잡았다. 나에겐 그만큼 간절했으니까.

"좋아요. 그러면 보건증이랑 가족관계등본, 통장사본 같은, 계약서 작성에 필요한 서류 목록을 문자로 보내 줄게요. 그러면 다음 주 월요일에 나와서 교육 한 번 받고, 일은 그 다음날부터 바로 하는 걸로! 요일은 수요일과 금요일. 계약서에 도장 찍는 건 월요일에 교육 끝나고 나서 하기로 해요. 시간은 공고에 적어 둔 것처럼 밤 열두 시에서 아침 일곱 시까지 총 일곱 시간이에요. 혹시나 해서 하는 말인데, 5인 미만 사업장이라 야근 수당은 따로 없어요."

"알겠습니다. 그때 뵙겠습니다, 점장님!"

"그래요. 이번 주말 잘 보내고 다음 주에 봐요."

사전 안내에, 편의점 밖으로 나와 배웅까지 해 주는 점장에게 공손하게 허리 숙여 인사했다. 세상에 별의별 사람들이 다 있지 않은가. 최저 시급도 안 맞춰 주면서 월급이 밀리기도 하고 매장 내 CCTV로 일거수일투족을 철저히 감시하는 고약한 점장들까지. 그런데 여기 점장은 내게 존칭을 써 주는 것만으로도 상위 10%에 들 것 같았다.

면접을 마치고 나오자 무사히 첫 스텝을 밟았다는 생각에 안도감이 들었다. 이렇게 빨리 알바를 구할 수 있을 줄은 몰랐다. 심지어 걱정과 달리 편한 환경인 데다 조건까지 좋아서 더 마음이 들떴다. 편의점에서 유통기한이 지난 폐기 음식도 가져올 수 있을 테니 식비도 많이 절감할 수 있을 것이다. 애초에 밥 약속이 아니면 육개장 컵라면에 학식 정도만 먹을 생각이었는데 편의점 도시락 정도면 특식이었다. 출근할 때는 전공책이나 과제를 들고 가서 성적 장학금도 노려 보기로 했다. 이번 학기만 무사히 잘 넘기면 이후로는 수월할 테니까.

05

우리 대학교는 약자에게 상당히 가혹한 곳이다. 산을 깎아 내고 그 자리에 지은 학교는 지하철 출구에서 나온 뒤 가파른 오르막길을 십 분은 족히 걸어야 가까스로 정문이 보였다. 대학가 역시 비탈이 꽤 심한 편이었는데 짚쌩이 있는 건물은 묘하게 굽어진 곳에 있어서 약간 기울어진 느낌이었다. 짚쌩은 인근 술집 중에서도 안주가 싼 편이고 양도 푸짐해서 주머니 사정이 뻔한 대학생들에게 인기가 많았다. 나 역시 입대 전까지 자주 드나들었다.

　3층짜리 건물의 통유리문을 열고 1층 로비로 들어가서 다른 술집들을 지나 좁고 경사가 급한 계단을 따라 올라갔다. 짚쌩은 건물의 2층과 3층을 사용했는데 우리 과는 인원이 많은 편이라 주로 대관이 가능한 3층에 모여서 술을 마셨다. 3층 유리문 안으로 들어가니 술자리 특유의 열기가 확 느껴졌다.

"현수현수! 여기야!"

입구 가까이에 앉은 과대가 손을 흔들며 격하게 반겼다. 조용히 들어가고 싶었는데 이목이 쏠렸다. 못 본 척 지나가고 싶었지만 보는 눈이 많아 멋쩍게 인사를 나눴다.

"어, 안녕."

"현수야, 정말 오랜만이다. 강의가 늦게 끝났어?"

과대와 같은 테이블에 앉아 있던 하영이 말을 걸었다. 이전과 달리 단발머리였고, 검은색 나시 위로 가죽 재킷을 걸치고 있었다. 입대 전 마지막으로 봤을 때와는 이미지가 많이 달라져서 반가우면서도 조금 어색했다.

"그건 아니고 따로 볼일이 있어서."

"그랬구나. 모처럼 만났는데 여기 앉을래?"

"맞아. 현수, 여기 자리 있으니 같이 마시자."

과대가 맞장구쳤다. 과대가 있는 테이블에는 모두 다섯 명이 앉아 있었다. 과대와 하영, 그리고 얼굴만 아는 여자 동기 둘, 그리고 후배로 보이는 여학생 하나였다.

"잠시만, 나 다른 애들하고도 인사 좀 나누고 와야 할 것 같아서."

아직 취기도 오르지 않은 상태에서 어색함을 무릅쓰고 거기 앉아 노닥거린다? 아무리 생각해도 무리였다. 적당히 둘러대고 몸을 돌렸다.

대충 보니 우리 과 사람들이 앉은 테이블은 모두 여섯 개였다. 테이블마다 간간이 낯선 얼굴이 보이는 것으로 봐서, 아마도 내가 군대에 가 있는 동안 들어온 후배나 전과생들인 것 같았다. 어디가 좋을지 만만한 자리를 찾다가 마침 구석진 테이블이 적당해 보여서 바로 걸음을 옮겼다. 기름때 가득한 바닥 위를 걸을 때마다 신발에서 찌걱 소리가 났다.

　"와, 현수? 너도 복학했어?

　목적지는 남자 동기 셋이 앉아 있는 테이블이었다. 마침 지후가 나를 알아보고 바깥쪽 자리에서 일어났다. 1학년 때만 해도 뚱뚱했던 것 같은데 지금은 통통한 걸 보니 군대 다녀와서 살을 뺀 모양이었다. 동그란 안경에 캐주얼한 차림이 보기 좋았다.

　"어, 나도 이번 학기 복학이야."

　지후의 말에 대꾸했더니 맞은편에 앉아 있던 병규가 놀란 듯 말했다.

　"나는 너 학교 일 년만 다니고 바로 재수 준비하는 줄 알았어."

　"그럴 바에야 편입 준비를 하지."

　"그러네. 여기 앉을래? 마침 옆자리 비었어."

　병규가 내가 앉을 수 있게 안쪽으로 자리를 옮겼다. 병규는 팔자 눈썹에 원숭이처럼 긴 인중, 광대 주위가 푹 꺼져서 사납게 보이는 얼굴이었는데 피부까지 검으니 더 험상궂어 보였다. 병규가 양보해 준 자리에 앉으니 마침 반가운 얼굴이 있었다. 지후 옆자리에 앉아 애써 내 눈을 피하고 있는 놈 말이다.

"야. 김진우, 왜 아무 말도 안 하냐? 나 안 반가워?"

"아니, 반갑지. 얼굴 보니 너무 좋다. 잘 지내지?"

그제야 진우가 나를 보며 말했다. 진우는 지후와는 반대로 마른 멸치과였다. 가뜩이나 마른 몸에 오버 핏으로 옷을 입어서 헐렁한 소매 사이로 가느다란 팔이 툭 튀어나온 게 마치 화분에 심어 놓은 나뭇가지 같았다. 어떻게 이런 놈이 현역 판정을 받았는지 정말 모를 일이었다.

"현수, 혹시 아직도 화난 거야?"

"화났냐고?"

어이가 없었다.

"그러면 화가 안 나겠냐? 누가 술 퍼마시고 런 해서 애써 준비한 발표가 물거품이 됐는데. 그것 때문에 내가 장학금 못 받은 건 알고 있지?"

"사정이 좀 있었어."

발표 당일 새벽 세 시에 인스타에 술자리 사진을 올린 뒤 그대로 사라졌던 놈이 사과는커녕 변명부터 하려 들다니. 조금도 달라지지 않은 한결같은 모습에 되려 안심이 됐다.

"대신 밥 한번 살게."

"장난하냐? 장학금이 얼만데. 그것보다는 더 대단한 걸 사야 하지 않겠냐?"

　못마땅하기는 했지만 이미 물 건너간 장학금이 돌아오는 것도 아니니 놈에게 계속 마음의 짐을 지게 하면서 밥이나 얻어먹는 게 나을 것 같았다. 안 그래도 오는 길에 보니 못 보던 음식점들이 많이 생겼던데 거기서 밥이나 사라고 해야겠다.

　협상을 마치고 나니 그제야 같은 테이블에 앉은 놈들의 면면이 눈에 들어왔다. 지후, 병규, 진우. 셋을 합쳐 통칭 경영 개노답 삼 형제. 이놈들과 함께 있으면 내 주가가 상대적으로 더 높아지는 느낌이라 같이 다니기에는 편한 동기들이었다.

　"그건 그렇고. 너는 어째 연락 한 번이 없었냐?"

　"군대에 있느라. 앞으로 자주 하면 되지."

　지후의 투정에 병규도 서운한 듯 말했다.

　"됐어. 너 연락 잘 안 하는 거 애들이 다 아는데. 그리고 군대는 우리도 다녀왔는데 생색은. 일단 건배나 하자. 술 마시지? 소주? 맥주? 아니면 섞어서?"

　"맥주로 줘."

　병규가 테이블 위에 있던 빈 맥주잔을 왼손에 들고 오른손으로 맥주병을 들어 따르기 시작했다. 처음에는 기울여서 따르다가 어느 정도 찼을 때 수직으로 꽂아서 마저 따르니 생맥주처럼 맥주와 거품의 비율이 칠 대 삼이 되었다. 녀석의 기교에 내심 감탄했다.

"짠!"

건배를 하고 술을 들이켰다. 오랜만에 알코올의 짜릿함이 훅 느껴졌다. 지후와 진우는 소주를, 병규는 소맥을 마셨다. 이제야 빈 소주 병 하나가 나온 걸 보니 아무래도 1차부터 더치페이를 해야 할 것 같았다. 좀 더 늦게 올 걸 그랬나.

"그러고 보니 말인데……."

술이 들어간 개노답 삼 형제들이 군대 얘기를 시작했다. 자신은 최전방으로 갔는데 행군은 어땠고, 사격으로 포상을 받았네 어쩌네 하는 무용한 무용담을 늘어놓더니 요즘은 군대에서 휴대폰을 쓴다더라, 그게 군대냐, 나 때는 등의 후렴이 붙기 시작했다. 아무래도 이 테이블의 공통분모라고는 전부 머리가 짧은, 갓 전역한 복학생이라는 것뿐이어서 군대 얘기는 피할 수 없는 숙명 같기도 했다.

예초가 얼마나 빡센지도 모르는 놈들이 서로 자기가 제일 고생했다고 우기는 걸 보니 어이가 없었다. 안주나 먹자 싶어서 메뉴판을 보니 제육볶음부터 소시지 철판구이까지 가성비에 맛까지 좋은 안주가 수두룩했다. 그런데 테이블에는 고기라곤 온데간데없고 굴매생이순두부탕만 있었다. 기분이 확 상했다. 이딴 걸 시키는 놈이 있다니. 몰래카메라인가?

"너 배고프지? 먹고 싶은 거 있으면 추가로 시켜."

안주를 보고 표정이 굳은 걸 배고파서 그런 줄 착각했는지 병규가 메뉴판을 내밀었다. 하지만 메뉴를 더 시키면 정산할 돈도 늘어날 것이다. 안 될 말.

"괜찮아. 오기 전에 간단히 뭘 좀 먹고 와서 별로 배 안 고파."

맥주를 한 모금 더 마시고 기본 안주로 나온 강냉이를 한 움큼 입에 털어 넣었다. 점심까지 굶고 왔는데 이런 걸로 배를 채워야 한다는 게 슬펐다. 그래도 나름 동기라고 챙겨 주는 친구가 있어서 고맙다고 생각하는 순간,

"그래? 그러면 내가 먹고 싶은 거 시키지 뭐. 이모! 여기 해물알탕 하나랑 소주 두 병에 맥주 세 병 추가요."

"잠깐만."

"응?"

도저히 그냥 넘어갈 수 없는 메뉴였다.

"혹시, 이것도 네가 시킨 거야?"

내가 문제의 굴매생이순두부탕을 가리키자 병규가 고개를 끄덕였다.

"응. 맛있지?"

병규가 뭐가 문제냐는 듯 태연하게 말하자 지후가 어이

없다는 듯 불평했다.

"우리는 그거 시키는 거 반대했다! 근데 저 새끼가 여기 오면 꼭 저걸 먹어야 한다는 거야."

마피아를 찾은 기분이었다. 앞에 놓인 소주병으로 병규의 머리를 내리칠까 진지하게 고민했지만 이번만은 인내심을 발휘하기로 했다.

"해물알탕 말고 제육볶음으로 바꿔 줘."

"아. 확실히 탕 두 개는 좀 그렇지?"

"어!"

탕이 아니라 메뉴 선정부터 문제였지만 뭐부터 지적해야 할지 감이 오지 않아 일단 넘어가기로 했다. 기왕 이렇게 된 거 본전은 뽑고 가야겠다는 생각에 주문을 바꾸고 맥주를 마저 들이켰다.

"나 이번에 랭겜 골드 찍었다."

아직 현역임을 주장하는 지후의 말에 병규와 진우가 호응했다.

"너네 버튜버라고 아냐? 내 선구안으로 봤을 때 얘네가 곧 대세가 될 텐데 고점 높아 보이는 애들 몇 명 알려 줄 테니 지금 인지도 낮을 때 미리 구독해 놔라."

"아, 신규 레이드 콘텐츠 업데이트되기 전에 부캐나 미리 좀 키워야 하는데."

그렇게 지리멸렬에 가까운 집단적 독백으로 영양가 없는

시간이 흘러가는 동안 빈 술병은 점점 더 늘어났다. 그보다 정산은 어떻게 하려나, 술을 마시면서도 머릿속이 복잡했다. 테이블별로 나눠서 계산하면 적당히 마시는 게 좋고. 금액을 전부 합산해서 회식 인원 전체가 나누는 방식이면 최대한 많이 주문하는 게 이득인데.

"우리끼리 이래 봐야 뭐 하냐. 재미없네. 여자애들이랑 놀고 싶다."

"여자애들 생각도 중요하지 않을까? 걔네가 너랑 놀고 싶다니?"

바뀐 대화 주제에 삼 형제는 자기들끼리 티격태격하기 시작했다. 지후의 말에 진우는 자신이 무시당했다고 생각했는지 혼자 발끈해서 물어보지도 않은 말을 주절거렸다.

"야, 형은 휴가 나와서 헌포 갈 때마다 알바한테 합석 요청 받았어."

"그거 그냥 네가 웃기게 생겨서 손님들에게 진기한 구경시켜 주려고 그런 거 아닐까? 그래서 계속 다른 테이블이랑 합석시켜서 로테이션만 돌리는 거지."

"이 새끼가. 야! 너 같은 돼지는 그냥 입구 컷이야."

진우의 반격에 이번에는 지후도 긁힌 모양이었다.

"뭐래. 지금 당장 밖에 나가서 설문조사만 해도 너는 그냥 이겨."

비슷한 놈들끼리 얼굴 평가로 투기장을 열었다. 둘이 유치하게 싸우는 걸 보고 있자니 불똥이 나한테까지 튀었다.

"현수야, 너는 여자친구 없냐?"

뜬금없는 병규의 질문에 지후와 진우도 다툼을 멈추고 나를 쳐다봤다. 무언가를 기대하는 눈빛에 들고 있던 술잔을 테이블 위에 내려놓으며 대답했다.

"없어."

"진짜? 너 정도면 그래도 있게 생겼는데."

"연애는 무슨 연애야. 나 혼자 살기에도 벅차다."

연애도 돈이 있어야 하지, 라는 뒷말은 삼켰다. 그러자 지후가 좋은 구실이라도 잡았다는 듯 질문을 이어 갔다.

"그러면 따로 좋아하는 애는 없어?"

"없어."

"흠. 그러면 말이야."

지후는 주위를 한번 슥 둘러보더니 가까이 와 보라는 손 짓을 했다. 우리가 테이블 위로 낮게 머리를 모으자 지후가 제 오른손을 입가에 가져다 대고는 속삭였다.

"우리 과에 예쁜 여자애들이 좀 있는 편이잖아. 너네는 누가 제일 예쁜 것 같냐?"

"뭐?"

오늘 술자리에서 나온 것 중 가장 한심한 질문에다 대고 병규가 대답했다.

"나는 오다주."

"뭐? 걔는 좀 아니지. 키도 작고 뭣보다 통통하잖아."

"난 그래서 좋은 건데? 이 알못 새끼."

병규의 말에 진우까지 끼어들었다. 그러더니 셋은 누가 더 예쁜지, 자신은 어떤 포인트가 좋은지 따위의 말을 꽤 의미 있는 주제라도 되는 양 열띤 토론을 시작했다. 그냥 자리를 뜨고 싶었지만 딱히 갈 데도 없어서 잠자코 다른 테이블들을 건너다 보며 술잔을 비웠다. 문득 멀리 과대 테이블에 앉아 있는 하영과 눈이 마주쳤다.

"현수 너는?"

반사적으로 시선을 돌렸을 때 나를 빤히 보고 있는 삼형제의 얼굴이 시야 가득 들어왔다.

"우리 과 애들 중에서 네 취향은 누구냐고?"

"너 혼자 말 안 하면 진짜 의리 없는 거다."

"아니면 혹시 걔들 중에 좋아하는 애 있는 거 아냐?"

정말 인생에 도움이 안 되는 놈들이었다. 쓸데없는 질문이었지만 대답을 안 하면 놓아 주지 않을 것 같아 대충 둘러대려 할 때였다.

"무슨 얘기 중이었어?"

예고도 없이 주하영이 같은 테이블에 있던 초면의 여자 후배를 데리고 와서 물었다. 하필이면 이 타이밍에. 설마 못 들었겠지? 제 발 저려 당황할 법도 한데 지후와 병규는 순발력 있게 둘러댔다.

"하하. 하영아, 오랜만이야. 우리 별 얘기 안 하고 있었어."

"맞아. 그냥 세상 돌아가는 얘기지 뭐."

"그래? 너네 모이면 게임이나 인터넷 방송, 아니면 여자 얘기만 하는 줄 알았는데 의외네. 세상 돌아가는 거 나도 관심 많은데. 우리 합석해도 돼?"

"어? 어."

통보에 가까운 제안에 개노답 삼 형제가 얼 타고 있는 동안 하영은 자연스럽게 내 옆에 앉았다. 변한 건 스타일뿐만이 아닌 듯 고급스러운 향수 냄새가 코끝을 간질였다.

"이쪽은 우리 과 후배 다인이야. 이번에 2학년 올라가. 마침 얘네도 동기 모임이 있어서 이 근처에 왔다가 우리랑 같이 놀고 싶다고 해서 오라고 했어."

"안녕하세요, 선배님들! 이다인입니다. 잘 부탁드려요."

하영이 데려온 다인은 자연스럽게 지후 옆에 앉으며 인사했다. 160센티 중후반의 키, 어깨까지 내려오는 검은 생머리, 흰 셔츠 위로 베이지색 조끼를 걸쳐 입은 치마 차림이었는데 전체적으로 귀여운 이미지였다. 목소리를 어디서 들어본 것 같더니만 아까 재무관리론 강의 시간에 맨 처음으로 질문했던 애였다. 하영과 다인이 합석해 개노답 삼 형제가 바라던 대로 여자애들이 낀 자리가 됐지만 정작 테이블은 조용하기만 했다.

문화적 맥락이라고는 군대, 게임, 축구 또는 인터넷 방

송밖에 없는 개노답 삼 형제가 좋은 대화 주제를 고를 수 있을 리 만무했다. 그나마 다행인 건 이들도 그런 주제를 꺼내는 순간 분위기가 폭망한다는 건 아는지 침묵을 지키고 있다는 것이었다. 여자애들이랑 놀고 싶다더니 정작 여자애들이 왔는데도 쭈그리고 있는 꼴이 볼만했다.

"혹시 이번에 재무관리론 심화 듣는 분 계세요?"

침묵이 길어지자 다인이 능숙하게 대화 주제를 골라 리드했다. 드디어 할 말이 생겨서 신난 지후와 병규가 냉큼 대답했다.

"재무관리론? 홍두좌가 하는 거? 그 교수님 원체 빡세기로 유명해서 그냥 패스했는데."

"레드스컬 아직도 안식년 안 들어갔어? 곧 정년 아닌가?"

둘의 호들갑을 뒤로하고 하영이 넌지시 물었다.

"교수님, 아직도 과제로 모의투자 시키시지?"

"네. 작년 재무관리론 기초 과제가 재무제표 분석해서 모의투자하는 거였는데 생각보다 어려워서 혼났어요. 대부분 마이너스가 된 포트폴리오를 들고 갔을걸요? 저는 그나마 안전하게 해서 살았고요. 그래도 원래 투자에 관심 많은 편이라 재밌게 잘 들었어요. 그런데 이번 재무관리론 심화에서도 모의투자 시킨다고 하더라고요. 그것도 파생상품으로. 큰일 났어요."

다인이 작게 한숨을 쉬자 하영이 나를 흘깃 보더니 재

믿다는 듯 말했다.

"그래? 현수한테 배우면 되겠네. 현수가 1학년 때 모의 투자에서 일등이었거든."

"와, 진짜요?"

"그러면 뭐해. 누구 덕분에 정작 성적은 죽 쒔는걸."

"크흠."

재무관리론 이야기가 나오자 내 장학금 탈락에 지대한 공헌을 한 일등공신 지후가 내내 침묵을 지키고 있다가 괜한 헛기침을 했다.

"그러면 선배님, 혹시 주식은 따로 안 하세요?"

"주식?"

"네! 모의투자 말고 실제로 주식투자는 안 해 보셨어요?"

"그야 당연히 해 봤지."

나인의 질문에 마지막으로 주식을 했을 때를 떠올렸다. 실제로 주식도 모의투자할 때처럼 차트를 분석해 저점이 라 판단한 지점에서 사고파는 식으로 했었다. 하지만 계좌 잔액이 줄었다 늘었다 하는 게 게임 같아서 재미있었던 모 의투자와는 달리 주식은 실제 돈이 움직이는 것이다 보니 마냥 재미있지만은 않았다.

"수익률이 나쁘지는 않았지만 관뒀어. 아무래도 나는 땀 흘려 번 돈이 더 잘 맞는다 싶어서."

가끔씩 저점이라 생각했던 곳에서 더 떨어지면 스트레

스가 심했고 운용했던 시드머니도 적어서 용돈벌이라고 하기에도 애매한 수익이었다. 그래서 차트 볼 시간에 차라리 일을 하는 게 더 생산적이라는 생각에 주식을 접었었다. 짧게 대답하고 맥주를 들이키자 하영이 제법이라는 표정으로 말했다.

"군대 갔다 오더니 어른스러워졌네."

그러면 그전에는 애 같았다는 말인가? 무슨 뜻으로 한 말인지를 생각하고 있는데,

"대체 언제 적 주식이야. 요즘은 코인이 대세지."

쭈구리처럼 가만히 듣고만 있던 진우가 이때라는 듯 신나서 끼어들었다.

"코인이 뭔데?"

"와, 이 새끼는. 너네는 생활관에 티비도 없냐? 원시인이야? 어떻게 코인도 몰라?"

"모를 수도 있지. 왜 꼽을 주고 자빠졌어."

진우와 병규가 유치한 말싸움을 하는 동안 대화의 주제는 코인으로 넘어갔다.

"잘 들어 봐. 그 뭐야. 코인은 블록체인인가 그걸로 암호화를 한 가상화폐야. 그게 주식처럼 거래가 가능한데 언제 사고파는가에 따라서 돈을 벌 수 있어."

자신의 화두가 꽤 성공적이라고 생각했는지 진우가 의기양양하게 말했다.

"그래서 블록체인은 뭐고, 화폐를 굳이 암호화해서 좋은 게 뭔데? 그리고 코인 가격은 어떻게 정해지는 건데? 기업처럼 호재 같은 게 따로 있어?"

"엄……."

병규의 질문에 잠시 말문이 막혀 있던 진우가 이내 답답한 듯 가슴을 치며 말했다.

"우리가 그거까지 알아야 하나? 중요한 건 이 코인이 돈이 된다는 거라니까. 초창기에 아무도 모를 때 낮은 가격에서 코인을 산 사람들은 죄다 인생역전했대."

"저도 뉴스에서 본 것 같아요. 몇 달 전에 본 거긴 하지만 코인이 초창기보다 엄청나게 올랐다고 하던데."

그렇게 말한 다인은 무언가 기대하듯 진우를 보며 말을 이었다.

"혹시 선배님도 그때 코인으로 재미 보셨나요?"

"어? 아니 난 그."

다인의 질문에 진우가 말을 흐리자 지후가 대신 대답했다.

"저 새끼, 땄으면 진작 자랑하고도 남았을 놈인데 자랑 안 하는 걸 보면 뻔하지 뭐. 오른 것도 몇 달 전 얘기고 지금은 힘도 못 쓰는 것 같던데. 원금은 지켰냐?"

"닥쳐. 팔기 전까지는 아직 잃은 게 아니거든? 조만간 다시 코인 붐 온다."

"네 잔고가 붐이겠지. 물렸으면 더 잃기 전에 빨리 보내 줘라. 혹시 아냐? 나중에 나한테 감사하다고 할지."

다시 소란스러워진 사이 문득 생각했다. 내가 코인을 처음 알게 된 건 군대에서 상병을 단 지 얼마 안 됐을 때였다. 생활관에서 뉴스를 봤는데 사회 전체가 코인으로 떠들썩하고 김치 프리미엄이라는 말이 붙을 정도로 너도나도 가상화폐 투자에 몰려든다는 뉴스였다. 생활관 동기들 중에서도 유행을 좇아 뒤늦게 코인을 샀다가 거품이 꺼져서 말아먹은 놈들이 몇 있었다. 그 꼴을 보면서 사회가 잘못돼도 단단히 잘못됐다 싶었다.

물론 주식을 해 본 사람으로서 코인 사는 것도 생각해 본 적이 있었다. 아니, 오히려 코인 특유의 압도적인 수익률에 잠깐 혹하기도 했었다. 하지만 이내 거들떠볼 가치도 없다는 쪽으로 결론을 내렸다. 근거도 실체도 없는 불명확한 것에 투자를 한다는 게 심히 염려스러웠다. 반면, 주식은 시장에 성공적으로 진출했다거나 신제품 개발에 성공했다거나 하는 이슈로 주가가 오르내리는, 인과 관계가 상대적으로 확실했다. 하지만 그에 비해 코인은 명확한 이유나 근거도 없이 시세가 큰 폭으로 변했다. 코인을 구매하는 근거가 오로지 오를 거라는 믿음 하나뿐이라면 그건 더 이상 투자가 아니고 투기 아닌가? 다 요행이지. 코웃음 치며 빈 잔에 술을 따르려는데,

"혼자 따르지 말고 이리 줘 봐."

하영이 내 쪽으로 몸을 기울여 맥주병을 빼앗더니 내 잔에 술을 따랐다. 하영의 손 끝에서 향수 냄새와는 다른, 익숙하면서도 그리운 향이 풍겨 왔다. 이게 무슨 냄새더라? 곰곰이 기억을 더듬고 있는데 하영이 잔을 내밀었다.

"나도 따라 줘."

술을 따르기 위해 병을 잡으려는 순간, 기억났다. 분명 1학년 때 내가 하영에게 선물해 줬던 핸드크림의 라벤더 향이었다. 그 핸드크림을 아직도 가지고 있다고? 긴장한 탓에 그만 맥주가 넘쳐 흐르는 것도 알아채지 못했다.

"앗."

"괜찮아."

쪽팔리게 이런 실수를 하다니. 자책하며 당황해하는 사이 하영이 테이블 위에 있는 티슈를 뽑아 맥주가 묻은 손을 닦고는 어설프게 따라진 맥주 잔을 다시 내밀었다. 진우와 병규는 여전히 코인이 오르네 안 오르네 하며 말싸움을 하고 있었고, 지후와 다인은 감정 싸움으로까지 번지지 않도록 중재하고 있었다. 금방 끝날 것 같지 않아 신경을 끄기로 하고 둘만의 작은 건배를 했다. 잠깐 사이에 달아오른 열기에 맥주는 차가워서, 가게는 어두워서 다행이라는 생각을 했다.

"대화가 금방 끝날 것 같지 않은데. 우리 잠깐 바람이나 쐬러 나갈래?"

옆자리의 분위기를 살피던 하영이 작게 속삭였다. 나는
불가항력으로 고개를 끄덕였다.

06

하영과 건물 밖으로 나가자 건물 입구가 담배를 피우는 사람들로 가득했다. 독한 연초 냄새를 피해 맞은편 큰 골목으로 건너갔다. 앞장 서서 걷던 하영이 뒤를 돌아보며 물었다.

"그동안 어떻게 지냈어? 연락 한 번 없이 말이야."

"그냥 뭐. 군대 다녀오고 그냥저냥 살았지."

"됐어. 말해 주기 싫으면 안 해 줘도 돼."

하영의 질문에 솔직하게 답했는데 하영은 내가 대충 둘러대는 것으로 느낀 모양이었다. 퉁명스러운 대답에 화가 났나 싶어 표정을 살피고 싶었지만 벌써 저만치 앞서가고 있어서 볼 수 없었다.

길을 따라 사거리 쪽으로 걷다 보니 편의점이 나왔다. 하영이 내 쪽을 돌아보며 말했다.

"나 잠깐 편의점에 들를 건데, 너도 뭐 살 거 없어?"

"나는 딱히 없어."

"그러면 조금만 기다려. 잠깐이면 돼."

편의점으로 들어가는 하영의 뒷모습을 보니 예전 생각이 났다.

하영을 처음 본 건 1학년 때로 첫 학기가 시작된 지 얼마 안 된 신입생환영회에서였다. 선배들의 등쌀에 떠밀려 앞에 나가서 자기소개를 하는 하영은 낮은 콧대, 고양이를 연상케 하는 큰 눈, 170센티 정도의 큰 키, 어깨 아래까지 내려오는 히피 펌의 갈색 머리카락이 인상적이었다. 하지만 동기라는 것 말고는 별다른 접점이 없었고 성적 관리와 장거리 통학으로 정신없는 대학 생활을 보내다 보니 사실상 모르는 사람이나 다름없었다.

그러다가 1학년 2학기 종강을 앞둔 시점에 과대가 오이도로 동기 엠티를 가자고 제안했다. 처음에는 시간도 돈도 아까웠지만 숙소비를 자기가 부담할 테니 함께 가자는 과대의 말에 마지못해 승낙했다. 그렇게 해서 가게 된 엠티에서 고기를 먹고 술게임을 하면서 술도 마셨지만 나는 잔뜩 들떠 있는 그 분위기가 불편했다. 누구 하나 그늘도 근심도 없이 진심으로 즐기는 것 같아서 내가 있을 곳이 아니라는 생각이 들었다. 당장이라도 그 자리를 떠나고 싶었지만 나가는 버스는 내일 퇴실 시간이나 돼야 올 거라서 답답한 마음에 밖으로 나가서 무작정 걸었다.

펜션 앞으로 난 길을 따라 계속 걷다 보니 저만치에 누군가가 보였다. 어쩐지 중간부터 안 보인다 싶더니 먼저 자리를 비웠던 하영이었다. 콘크리트 블록 위에 앉아 물끄러미 어딘가를 보고 있는 하영의 시선 끝에는 썰물로 바닥이 드러나 발가벗겨진 바다뿐이었다. 얼마나 지났을까, 말없이 우두커니 곁에 앉아 있는 나에게 하영은 원 플러스 원이라 하나가 남았다면서 초코우유를 건넸었다.

"무슨 생각을 그렇게 해?"

편의점에서 나온 하영이 초코우유를 내밀었다.

"그냥 옛날 생각."

감사 인사를 하며 초코우유를 받아 들었다. 그때 주었던 것과 같은 브랜드의 빨대가 붙어 있는 직사각형 종이팩 우유였다.

"사내 자식이 실없긴. 여기 잠깐 앉았다 가자."

하영은 이야기를 나누고 싶은지 편의점 앞에 있는 플라스틱 의자에 앉았다. 나도 옆에 앉으며 빨대를 꽂아 초코우유 한 모금을 마셨다. 시간이 지나서 괜찮을 줄 알았는데. 서로 빨대를 빠는 소리만 들리는 어색한 침묵 속에서 어떻게 지냈는지 안부라도 물어봐야 하나 고민했다. 그때였다.

"너 시간표 좀 보여 줘 봐. 수강 신청 안 망했어?"

침묵을 깨기에는 괜찮은 화제라 다행이다 생각하며 답했다.

"나는 올클했지."

"부럽네? 나는 개망했는데."

4학년인데도 수강 신청 올클을 한 번도 못 해 봤다며 귀찮게 정정 기간에 다시 강의를 담아야 한다고 투덜대는 하영을 보니 웃음이 나왔다. 휴대폰을 꺼내 이번 학기 시간표를 보여 줬다.

"정정 기간에 재무관리론 심화라도 담아 볼래? 이번에 교수님이 많이 쳐내서 빈자리가 많을 것 같은데."

"됐네요. 진즉에 다 들은 강의거든?"

그러고는 내 시간표를 보더니 놀리듯 말했다.

"뭐야. 공강인 날도 없고 일 교시부터 시작하는 강의가 대부분이네. 수강 신청 망하고 폐지 줍듯이 기피 강의나 들으면서 괜히 이 악물고 정신 승리하려는 건가?"

"의도한 거 맞거든. 아침부터 최대한 일찍 강의를 끝내고 남는 시간엔 공부나 알바 하려고."

"알바? 어떤 거?"

"편의점."

하영의 눈꼬리가 올라갔다.

"의외네. 나는 과외를 할 줄 알았는데. 너 공부 잘하잖아."

하영의 말마따나 실제로 전역 후 가장 먼저 알아본 알바는 과외였다. 하지만 최상위권 대학도 아니고 애매한 서열의 대학, 그것도 문과 출신에게 과외를 받고 싶어 하는 학생은 없었다.

"과외도 인맥이 있어야 하나 보더라. 자리 구하기가 생각보다 쉽지 않던데."

"뭐, 그건 그렇지. 나도 지금 과외 알바 중이기는 한데 같은 교회 권사님 딸이거든."

"부럽네. 나한테도 그런 인맥 좀 나눠 줘라."

"그러면 너도 우리 교회 나오든가."

기습 전도에 피식 웃었다.

"됐네요."

"아쉽네. 오면 달란트라도 줄까 했는데."

말과는 달리 별로 아쉬워 보이지 않는 표정의 하영은 뭔가 기억난 듯 휴대폰을 돌려주며 말했다.

"지금도 부천에서 통학해?"

"아니, 나 군대 가 있는 동안 인천으로 이사했더라고."

"그래? 너한테 이사 간다고 미리 안 알렸어?"

새삼 개인적인 얘기를 많이 했구나 싶었다. 목이 타는 느낌에 우유 한 모금을 넘기며 답했다.

"그래도 휴가 날에 맞춰서 전화가 오기는 했어."

"다행이네. 그래서 인천 어디인데?"

"부평역 쪽."

"부평역?"

하영은 놀란 듯 되물었다.

"부평역이면 학교까지 지하철로 두 시간 넘게 걸리잖아. 시간표 보니까 아침 아홉 시 강의도 있던데 통학하는 건 괜찮아?"

잠깐 고민했지만 하영에게는 말해 주기로 했다.

"상관없어. 이번에 자취 시작했거든."

"진짜? 학교 근처야?"

"응."

"알바한다는 편의점도 자취하는 곳 근처고?"

"맞아."

이어지는 질문에 연신 고개를 끄덕였다. 하영은 장난감을 발견한 아이처럼 들떠 보였다.

"그러면 너 일할 때 한번 놀러 가도 돼?"

"상관없기는 한데, 야간이라서 밤 열두 시부터 시작하니 어차피 오기 힘들 거야. 그리고 다른 애들한테는 비밀로 해 줘."

알리고 싶은 일은 아니어서 혹시나 싶어 덧붙였다.

"알바 하는 거? 아니면 자취?"

"둘 다."

근무 중에 찾아와서 정신없이 구는 것도 문제지만 자취한다는 소식이 새어 나가는 건 더 큰 문제다. 어차피 집도 가까운데 상관없지 않냐며 시도 때도 없이 술자리에 계속 불러대거나 막차가 끊겼으니 하룻밤만 재워 달라며 쳐들어 올 수도 있었다. 최악의 경우 심심할 때마다 모이는 아지트가 될 가능성도 있기 때문에 웬만해서는 학교 앞에서 자취하는 것을 알리고 싶지 않았다.

　"우리 사이에 비밀이 하나, 아니 둘이나 생겼네!"

　하영이 장난기 가득한 표정으로 미소지었다.

　"내가 입이 무겁긴 하지만 입막음비는 좀 비싼 편이거든."

　"뭐 얼마나 비싼데?"

　농담인 걸 알면서도 막상 돈 얘기가 나오니 긴장됐다. 그래도 하영에게는 없어 보이고 싶지 않으니 제대로 된 걸 먹여야지 하면서 언제 밥이나 같이 먹자고 말하려던 참이었다. 하영의 휴대폰이 울렸다. '잠시만' 하며 통화하는 하영의 표정이 왠지 들떠 보였다. 얼핏 들리는 목소리로 보아 상대는 과대인 것 같았다. 복잡한 기분에 애꿎은 빨대만 씹었다.

　"지금 애들이 1차 끝나고 2차로 이동할 거래."

　혹시나 해서 하영에게 물었다.

　"너 원래 과대랑 친했어?"

　하영은 별일 아니라는 듯 답했다.

"친한 편이지? 동기잖아."

동기라고 다 친하냐? 무심코 목젖에서 튀어나오려던 말을 얼른 삼켰다. 이 상황에 전혀 도움되지 않을 말이었다. 대답 대신 남은 초코우유를 쭉 빨아 넘긴 뒤 자리에서 일어났다. 잘근잘근 씹혀 엉망이 된 빨대가 볼썽사나웠다.

"이제 돌아가자."

초코우유를 버리고는 괜히 의식하는 것처럼 보이고 싶지 않아 얼른 등을 돌리고 앞서 걸었다.

"야. 천천히 가."

지금이라도 과대와 어떤 사이냐고 묻고 싶었다. 하지만 이제 와서 새삼 신경 쓰는 척하는 것도 우스워서 뒤따라오는 소리를 애써 무시하며 계속 걸었다.

다시 짚쌩 건물 앞에 도착했다. 3층에 있던 학과 사람들이 전부 내려왔는지 서른 명도 넘어 보이는 사람들 앞에서 과대가 손을 흔들었다.

"하영아, 왔어? 현수도 같이 있었네?"

"응. 같이 편의점에 갔다 왔어."

과대의 말에 하영이 살갑게 대답했다. 뒤에서 둘이 이야기하는 모습을 가만히 보고 있는데 과대가 내 쪽으로 고개를 돌리더니 물었다.

"현수현수! 지금 1차 파하고 2차로 넘어가려는데 괜찮아? 인원이 많아서 장소는 근처에 자리 나는 곳으로 가려고."

"나는 내일 아침 일찍 강의가 있어서 먼저 들어가 봐야 할 것 같아."

더 이상 술값으로 생활비를 지출하는 건 피하고 싶어 내일 강의를 핑계 삼아 거절했다. 과대는 아쉽다는 듯 말했다.

"어쩔 수 없네. 오랜만에 만났는데 아쉽다. 다음에 꼭 나랑 한잔 하자."

"잘 들어가, 현수."

과대 옆에서 하영이 손을 흔들었다. 애써 태연한 척 둘과 인사를 나눈 뒤 개노답 삼 형제한테 인사나 할 생각으로 주변을 둘러봤다. 잠깐 자리를 비운 사이 꽤 많이 마셨는지 셋이서 나란히 한쪽 구석에 쪼그려 앉아 있었다. 딱 봐도 많이 취한 것 같은데 기어이 2차를 가겠다는 녀석들에게 인사하고 돌아서는데, 아까 잠깐 합석했던 다인이 다가오며 말했다.

"선배님! 2차는 같이 안 가시는 거예요?"

"내일 아침 강의라서 먼저 가보려고."

"아쉽네요. 선배님이랑 친해지고 싶었는데."

다인은 그렇게 말하며 메고 있던 숄더백을 뒤적였다. 명품 로고가 박혀 있는, 한눈에 봐도 비싸 보이는 가방이었다. 잠시 가방의 시세를 짐작해 보는 동안 다인이 휴대폰을 내밀었다.

"인스타 아이디 알려 주실 수 있어요?"

"알려 줄 수는 있지만, 아이디는 왜?"

웃는 얼굴, 밝은 태도였지만 다인에겐 왠지 경계심이 들었다. 객관적으로 봐도 굳이 나 같은 복학생과 선뜻 친해지고 싶어 할 이유가 없었다.

"저희가 이번에 같은 강의를 듣기도 하고요. 아까 얘기를 많이 못 나눈 것도 아쉽고 해서."

다인이 옆머리를 귀 뒤로 넘기며 말했다.

"그리고 하영 언니 얘기 들어보니 투자도 잘하시는 것 같아서요. 저도 투자에 관심이 많은 편인데 선배님만 괜찮으시다면 나중에 한번 여쭤봐도 될까요?"

이게 본심인 것 같았지만 그럴 만한 이유라고 생각했다. 어차피 인스타 아이디라 해 봤자 내 글 올리기보단 주변인들의 근황이나 살피는 눈팅용 계정이기 때문에 알려 줘도 상관없었다. 팔로우를 누른 다인은 다음 강의 시간에 보자는 말을 건네고는 2차로 이동하는 행렬에 섞여 들었다. 다행히 방향이 반대였기 때문에 눈치보지 않고 곧장 자취방 쪽으로 갈 수 있었다. 안주를 더 먹고 나올 걸 그랬나. 배를 다 채우지 못한 탓에 허기가 느껴졌다.

대학가 언덕길을 내려오니 다시 자취방으로 가는 높은 언덕길이 나왔다. 한참 전에 해가 졌는데도 가로등이 고장났는지 길은 무척이나 어두웠다. 몇몇 집에서 새어 나오는 불빛에 의존해 가까스로 자취방에 도착했다. 주문한 매트리스는 아직도 와 있지 않았다.

씻기 위해 옷가지를 벗어 세탁기 안에 던져 넣고 화장실로 향했다. 당장 써야 할 생필품을 본가에서 가져온 덕분에 칫솔, 치약, 휴지 등 꼭 있어야 할 건 다 있었다. 칫솔에 치약을 짜 입에 물고 샤워기 물을 틀었다. 그 순간 거울 옆에 걸려 있던 샤워기 헤드에서 물줄기가 솟구쳤고 그 반동으로 바닥으로 떨어진 샤워기가 발등을 쳤었다. 고통에 신음하며 뒷걸음질 칠 동안 바닥에 떨어진 샤워기는 스프링클러처럼 사방으로 물을 뿜어내고 있었다. 급작스러운 물세례에 서둘러 수도를 잠그고 샤워기를 다시 거울 옆에 걸었다. 문제는 거기서 끝이 아니었다. 수도꼭지를 좌우로 돌려 봐도 줄곧 차가운 물만 나왔다. 보일러를 틀지 않으면 뜨거운 물도 나오지 않는 모양이었다.

찬물, 다 젖어 버린 휴지, 고통스러운 발등까지 제대로 짜증이 났지만 어디 가서 하소연할 곳도 없었다. 차가운 물로 최대한 심장에서 먼 곳부터 차차로 적셔 가며 몸을 닦았다. 그렇게 고양이 세수하듯 몸을 씻고 나와서 대충 물기를 닦고 보일러를 틀었다. 바닥에 온기가 올라오는 것을 확인한 뒤 어제 깔아 둔 종이 박스 위에 드러누웠다. 자취방에 올 때까지만 해도 기분 좋은 취기에 살짝 졸음을 느꼈는데 화장실에서 치른 호된 신고식 때문에 잠이 확 달아났다.

휴대폰이나 볼까 해서 유튜브로 숏츠 몇 개를 보다가 인스타로 넘어갔다. 인스타에는 다인의 계정이 떠 있었다. 약간 보정이 들어간 프로필을 눌러 보니 두 자리 수의 팔로우, 다섯 자리 수의 팔로워가 보였다. 일반인 치고는 팔로워 수가 많은 것에 감탄하며 게시물을 보니 최근 유럽 여행을 다녀온 사진부터 백화점 명품관에서 쇼핑하는 사진들이 가득했다. 그중 아까 봤던 숄더백 사진도 있었다. 사진 속 다인은 활짝 웃고 있었다. 어쩐지 얼굴에 그늘이 없더라니, 금수저였나 보네. 다인의 사진을 보니 문득 나의 어린 시절이 떠올랐다.

지금은 이 모양 이 꼴이지만 그래도 어릴 때는 꽤 잘살았다. 아파트 베란다에서 곧장 내다보이는 한강이 서울 사람이라면 누구나 집에서 볼 수 있는 풍경인 줄 알았던 적도 있었다. 초등학교가 끝나면 친구들과 함께 근처 올림픽 공원에 가서 놀았는데 미술관이나 박물관이 많아서 구경 다니기에도 좋았다. 전 세계 국기가 걸려 있는 광장 비슷한 곳도 있었는데 엄마와 공원으로 산책을 나가면 항상 그곳에 들러 국기 맞추기 놀이를 했다. 그러다 가 보고 싶은 나라의 국기가 있으면 기억해 놨다가 방학이나 연휴 때마다 엄마 아빠와 셋이서 그 나라로 해외여행을 다녀오기도

했다. 그때까지만 해도 내 꿈은 외교관이었는데……. 다
지난 옛 추억에 입맛이 썼다.

괜한 옛날 생각으로 기분이 축 처지는 것 같아 기분 전
환이나 할 겸 인스타 스토리를 몰아서 보기로 했다. 마침
다인이 방금 업로드한 스토리에 2차 사진이 올라와 있었
다. '최강 경영 2차! S2'라는 타이포 위로 주점에서 찍은
단체 사진이었는데 한가운데 있는 다인을 중심으로 빙 둘
러선 모습이었다. 서로 데면데면한 다른 동기들이 보였고
개노답 삼 형제는 저 멀리 구석에, 하영은 과대 옆에 앉아
함께 손가락으로 브이를 하고 있었다. 불편한 마음에 다
음 스토리로 넘어갔다. 다인과 다른 동기들이 올린 술자리
사진들과 멀지도 가깝지도 않은 인연들이 즐겁게 지내는
근황들이 올라와 있었다. 무심코 계속해서 스토리를 넘기
다가 절대 그냥 넘길 수 없는 사진에서 손가락이 멈췄다.

'이거 스포츠카 아냐?'

차를 잘 모르는 내 눈으로 봐도 스포츠카의 고급스러운
자태가 존재감을 과시하고 있었다. 그 옆에는 '앞으로 잘
부탁해' 따위의 문구와 함께 #마세라티가 태그되어 있었
다. 마세라티? 어디선가 들어본 이름이다 싶었는데, 나와
같은 생활관을 쓰던 차박이로 유명한 동기 한 명이 자기가
죽기 전에 꼭 한번 타 보고 싶은 차 중 하나라고 말했던 바
로 그 차였다. 곧장 네이버에 들어가 마세라티를 검색한

뒤 스토리 속 그 차가 나올 때까지 계속해서 스크롤을 내렸다. 한참 만에야 그 문제의 차량을 찾았는데 경악스러운 가격에 화들짝 놀라고 말았다.

"미친. 1억이 넘는다고?"

수려한 곡선미와 영롱한 자태를 뽐내는 차량 밑에 찍힌 가격표에는 숫자 1 뒤로 5 하나와 0이 무려 일곱 개나 줄서 있었다. 1억 원 하고도 5천만 원. 대체 누가 이런 차를 샀나 싶어 다시 스토리에 들어가 프로필을 확인했다. 부천에서 같은 고등학교에 다녔던 친구 찬호였다. 대체 찬호 이놈이 무슨 수로 1억이 넘는 차를 산 거지? 혹시나 해서 중고차 매물도 검색해 봤다. 마세라티는 중고차 시세도 3천만 원부터 시작했다.

기억 속 찬호는 공부도 못하고 잘하는 게 따로 없던 평범한 놈이었다. 그러면서 주위 시선을 의식해 일진놀이를 한다고 머리를 금발로 물들이고 바지통도 줄이는 등 나름 노력은 했지만 일진 컷이 높았던 부천에서는 통하지 않았다. 오히려 작은 키와 앳된 얼굴 탓에 찬호를 귀여워하며 이진이라 놀리는 아이들도 있었다.

그 기억이 마중물이라도 된 듯 다른 기억 하나가 더 떠올랐다. 예전 한국·독일 축구 때 아무도 예상하지 못했던 결과를 맞혀 토토로 꽤 재미를 봤다고 했던가. 그걸 보곤 공부 머리는 없어도 나름 요령은 좋구나 생각했었다. 그 뒤로 정시 파이터를 한다고 까불다가 수능을 대차게 말아 먹고 나서는 고등학교를 졸업하자마자 바로 입대했다는 말이 내가 들었던 찬호의 마지막 근황이었다. 노력도 안 하고, 간절함도 없던 그 모습이 한심했었는데 갑자기 나타나서 외제 차를 인증하다니.

금수저였나? 아니, 그건 아닐 것이다. 과시하기를 좋아하는 성격이니 만약 금수저였다면 진즉에 알았을 것이다. 그렇다면 고등학교 졸업하고 배달이나 상하차만 죽도록 돌렸나? 배달 일이 돈을 많이 준다는 말을 들었던 것 같기는 한데, 1억이 어디 그런 일만으로 가능한 돈인가? 아니면 대출을 왕창 받은 카푸어라거나 그것도 아니라면 로또에라도 당첨됐거나 장기라도 떼다 팔았나? 대체 마세라티를 어떻게 산 거지?

계속해서 이런저런 가실을 세워 봤지만 의문은 전혀 풀리지 않았다. 생각을 거듭할수록 세게 현타가 왔다. 사촌이 땅을 사도 배가 아프다는데 별 볼 일 없다, 생각했던 놈이 잘산다니까 어마어마하게 배가 아팠다. 누구는 10만 원대 매트리스도 큰맘 먹고 사고 좋아하는 술도 맘 편히 못 마시면서 어떻게든 생활비를 줄이려고 노력하는데, 누구는 외제 차를 사다니. 박탈감으로 고통스러웠다. 부디 카푸어 아니면 침수차 둘 중 하나이길 바라며 마음속으로 간절히 기도했다. 분명 어제까지만 해도 알바도 구해서

내일에 대한 기대감이 있었는데 지금은 열등감과 질투가
뒤섞인 감정이 마음속에서 들끓었다. 비참한 하루였다.

◗ 07

누군가와의 재회가 언제나 반갑기만 한 일은 아니다. 특히나 그 계기가 달갑지 않은 것이라면 더더욱 그렇다. 숙취는 없었지만 피곤한 상태로 아침 강의를 연달아 듣고 잠깐 자취방에 돌아와 쉬고 있을 때였다. 찬호로부터 DM이 왔다.

[오랫만이네 ㅋ]

갑자기 뭐지? 찬호의 뜬금없는 연락에 의아했다. 고등학교 때 같은 반이긴 했지만 졸업하고 서로 연락도 안 했고 딱히 안부를 나눌 사이도 아닌데. 어제 내가 스토리 봤던 것을 확인하고 자랑도 할 겸 연락해 본 건가? 아무리 생각해도 그것 말고는 짐작 가는 것이 없었다. 틀린 맞춤법이 심히 거슬려서 연락을 무시할까 했지만 일단 답장을 보냈다.

[ㅇㅇ 오랜만이다. 졸업하고 처음이네.]

[ㅋㅋ 글게. 그동안 잘 지냈음?]

너 때문에 못 지냈다. 이 자식아. 간밤에 찬호의 스토리를 보고 마음이 착잡해진 탓에 잠을 설치는 바람에 매우 피곤한 상태였지만 내색할 수는 없었다. 너의 스포츠카를 보고 배가 아팠고 지금 내 상황과 비교하니 현타가 좀, 아니 많이 왔다는 말을 어떻게 하겠는가. 그래도 찬호가 올린 마세라티가 궁금해 DM을 하면서 떠보기로 했다.

[똑같지 뭐.]

[군대는 다녀옴?]

[ㅇㅇ 올해 초에 전역함.]

[ㅋㅋ 좋을 때 다녀왔네. 나는 고등학교 졸업하자마자 입대했거든. 나 때가 진짜 빡셌는데, 요즘 군대가 군대냐. 지금은 많이 풀렸지. 잘했다 ㅋ.]

이놈이 원래 이런 성격이었나? 묘하게 직접적으로 어딘가 긁으려 드는 느낌에 당장 차단을 박고 싶었지만 아직 목적을 달성하지 못했기 때문에 간신히 참았다. 그래도 이런 식의 대화가 계속 이어진다면 평정심을 유지할 자신이 없어서 바로 본론을 꺼내기로 했다.

[너 스토리에 올린 차 봤다. 멋지던데.]

[아, 봤구나? ㅋㅋ 이 형이 이번에 하나 새로 뽑았지. 이탈리아 브랜드 고급 스포츠카라 그런지 주행은 ㄱㅊ은데 승차감이 기대했던 것에 비하면 좀 아쉽더라고.]

대화를 나눌수록 거만한 반응이 상당히 아니꼬웠지만 맞장구를 쳐 주면서 살살 밑밥을 던졌다. 새로 산 차든 중고로 산 차든 구매한 자금의 출처가 있을 것 아닌가. 만약 대답을 회피한다면 떳떳하지 못하다는 방증이니 더 좋고.

[그래도 비싼 차 아냐? 비싼 값은 할 것 같은데. 기왕 뽑은 거 오래 타야 하지 않겠냐.]

[새 차라 좀 들어가기는 했는데 ㄱㅊ. 돈이야 뭐 금방 모으니까.]

중고가 아닌 새 차라면 1억이 넘는데 그런 돈을 금방 모은다고? 순간 예전 티브이 범죄수사 특집 프로에서 본 보이스 피싱 조직이나 마약 운반책들이 현장에서 형사들에게 검거당하는 모습이 생각났다. 혹시 불법적인 일로 돈을 번 건 아닌지 합리적인 의심이 들었다. 메시지를 읽고도 답장이 바로 없자 찬호가 제 발 저렸는지 급하게 말을 덧붙였다.

[혹시라도 오해할까 봐 말하는데 나 박찬호, 진짜 떳떳하게 불법적인 일은 안 한다.]

누가 뭐라 했나. 그래도 나쁘지 않은 입질이었다. 옳거니, 싶어서 살살 구슬려 봤다.

[그러면 무슨 일 하는데?]

[코인 하지. 나 이제 코인 전업트레이더야.]

코인이라고? 전혀 예상치 못한 말이었다. 로또 당첨도

아니고 코인을 해서 스포츠카를 사다니 그게 가능한 일인가? 사고가 대화를 따라잡지 못해 뇌가 굳어 있는 동안 잔뜩 신난 찬호가 연달아 메시지를 보냈다.

[그보다 너는 뭐 하면서 지내는데? 집에 있음?]

[나? 나는 복학했지. 지금 학교 다니고 있어.]

[너 학교 아직 거기 다니나? S대.]

[어.]

[하긴 S대 정도면 나쁘지 않지. ㅋㅋ 오랜만에 얼굴이나 볼래? 내가 그쪽으로 갈게.]

굳이? 나중에 보자는 답장에도 찬호는 아랑곳하지 않고 뻔뻔하게 대꾸했다.

[야. 우리 이제 얼굴 한번 볼 때 되지 않았냐. 지금 아니면 언제 또 보겠어. 형이 밥도 사줄게. ㅋㅋ]

불쾌한 뉘앙스에 거절할까 했지만 코인에 대한 호기심이 자존심을 이겼다. 대체 코인으로 어떻게 외제 차까지 샀는지, 초기 자본은 얼마로 시작했는지, 어떤 식으로든 정보를 캐내고 싶었다. 그러니 찬호가 밥을 사러 오는 것도 나쁘지 않았다. 자존심이 밥 먹여 주나, 이럴 땐 융통성이 밥 먹여 주는 거지. 찬호가 이렇게까지 만나자고 하는 게 뭔가 마음에 걸리면서도 맞장구나 쳐 주며 코인 얘기도 들어보면 좋을 것 같았다.

[그러면 내일 보는 걸로 하자.]

[금요일? ㅇㅋ. 너 몇 시부터 시간 되는데?]

[오티 기간이라 두 시면 대강 수업 다 끝나.]

[그래. 그때까지 갈게ㅋㅋ. 드디어 오랜만에 보겠네. 기다려라. 딱 대.]

'딱 대'라고? 마무리까지 별로인 찬호와의 대화가 끝났다. 머리가 복잡해서 그대로 드러누웠다. 내가 아는 찬호는 배달이나 상하차 등으로 건실하게 일해서 번 돈으로 중고차를 샀다고 해도 자랑을 할 녀석이었다. 그런 점에서 코인으로 벌었다는 것이 거짓은 아닐 것이다. 그런데 코인이 그 정도였나? 일도 안 하고 스포츠카를 그냥 뽑을 수 있을 만큼?

호기심에 앱 마켓을 열어 코인을 쳐 봤다. 수많은 코인 관련 앱들 중 맨 위에 위치한 거래소 앱을 설치했다. 마침 계좌를 개설한 신규 가입자에게 만 원을 주는 이벤트가 있었다. 물론 처음 코인을 거래하는 과정을 거치고 나서야 현금처럼 쓸 수 있는 포인트이긴 했지만 돈은 돈, 안 할 이유가 전혀 없어 곧바로 본인 인증과 신분증 촬영 과정을 거쳐 계좌를 개설했다.

포인트가 들어온 것을 확인한 뒤 본격적으로 코인을 구경하기 위해 거래소로 들어갔다. 코인에는 문외한이지만 매체를 통해 이름을 많이 들어 친숙한 B코인과 E더리움 외에도 생소한 코인들이 많이 있었는데 스크롤을 한참 내려야 겨우 끝이 보일 정도였다. 그런 코인들의 이름 옆으로는 빨간색과 파란색이 숫자들이 수시로 깜박거리고 계속 바뀌어서 정신이 하나도 없었다.

십 분 가까이 훑어보는데 코인 하나가 눈에 띄었다.

"하루 만에 300%가 올랐다고?"

두 눈을 의심케 하는 숫자에 감탄사가 절로 나왔다. D로 시작하는 코인이었는데 차트를 보니 단 하루 만에 엄청나게 치솟은 빨간색의 장대양봉을 보여 주었다. 주식 시장, 특히 국장에서는 절대 볼 수 없는 일일 상승폭을 보니 황당하기까지 했다. 혹시나 싶어 다른 코인들도 찾아보니 정도만 다를 뿐, 바닥을 기어 다니다가 일정 구간을 분기점으로 차트가 확 튀어 오른 것들이 많았다. 심지어 어떤 코인은 단 몇 분 만에 1,300%나 상승한 것도 있었다. 물론 고점을 찍자마자 가격이 확 내려서 위로 길쭉하고 가느다란 선 하나만 남겨둔 음봉 차트가 됐지만 상승은 상승, 진입 구간을 잘 잡았다면 엄청난 이득을 거뒀을 것이다.

만약 내가 주식 대신 코인을 했더라면 달랐을까? 주식을 하다가 접은 이유는 군자금 20만 원과 주가 상승률의 한계로 장이 열리는 아침 아홉 시부터 폐장 시간인 세 시 반까지 하루 종일 단타를 치는 것이 그 시간에 알바 뛰는 것보다도 못했기 때문이었다. 그 당시 내 하루 단타 최고 수익률은 10%로 끽해야 2만 원을 버는 정도였다. 그런데 코인은 폐장 시간도 없으니 계속 단타를 칠 수 있을 테고 오를 가능성이 높은 코인 하나를 잘 예측해서 사 두면 기대 수익률도 그만큼 높을 테니 단순 계산만으로도 분명 주식보다 더 벌 수 있을 것 같았다.

군자금 20만 원으로 코인을 샀다고 가정한 뒤 코인들의 가격 변동률을 보며 계산해 봤다. 이 코인은 오늘 하루만 10%가 올랐으니 20만 원의 10%는 2만 원, 100%면 원금이 두 배가 되는 셈이니 20만 원, 300%면 60만 원, 1,300%면 260만 원이다. 20만 원으로 하루 만에 260만 원을 만든다라. 그러면, 20만 원이 아닌 100만 원을 넣는다면? 주식과 비교되지 않는 코인의 수익성에 감탄하고 있는 사이 아까까지만 해도 300%까지 올랐던 D코인이 200%로 떨어져 있었다. 차트를 지켜보는 중에도 마치 바닥이 없다는 듯 계속 아래로 떨어졌다. 덩달아 전일 대비 가격 변동률에 적힌 숫자도 급격히 줄어들었다.

130%

120%

110%

85%

40%

10%

그렇게 숨 돌릴 새 없이 밑으로만 처박던 D코인 차트는 이내 -10%의 파란색 음봉 차트로 바뀌었다. 누군가는 고점에서 수익을 보고 잘 빠졌을 테고 누군가는 하락할 때 적당히 손해를 보고 탈출했겠지만 누군가는 분명 빼지 못하고 차트에 그대로 물려 회생 불가능한 상태가 됐을지도 모른다. 희비가 다각적으로 교차하는 이 모든 상황은 단 1분 만에 벌어진 일이었다.

정신이 번쩍 들었다. 내가 사면 어땠을까, D코인의 시세와 차트를 분석해서 어디가 저점이라고 판단했을까. 시뮬레이션을 할 필요도 없이 D코인 차트가 순식간에 300%나 소멸하는 것을 보니 머리가 차갑게 식었다. 그래도 주식은 가격 제한 폭이라도 있어서 급작스러운 가격 변동에 어느 정도 대응이 가능한데 코인은 조금이라도 방심했다간 원금을 지키기도 힘들어 보였다. 잠깐이나마 주식 대신 코인을 해보면 어떨까를 생각하다니, 불확실성을 간과하고 수익성만 보면서 잠깐 홀렸던 게 분명했다.

심지어 D코인이 오른 이유가 무엇인지조차 모르는 상황이 아닌가. 급하게 인터넷 창을 켜 검색해 봤지만 사람들이 몰렸다가 빠졌다는 것 외에 호재나 악재 같은, 올랐다가 떨어진 명쾌한 이유를 단 하나도 찾을 수 없었다. 그걸 생각하니 더더욱 코인으로 돈 벌기를 바라는 것은 근거 없는 불확실성에 기대어 요행을 바라는 짓이었다.

'요행'. 나는 이 단어를 병적으로 싫어한다. 아빠는 단기간의 요행으로 결과를 얻어내기보다는 꾸준한 노력으로 쌓아 올리는 과정을 더 중요하게 생각하는 사람이었다. 내가 학교에서 본 첫 시험에서 낮은 점수를 받았을 때도 꾸짖거나 실망하지 않고 독려해 주었고, 시험을 잘 봤을 때도 점수 자체보다는 그 점수를 받기 위해 노력한 과정을 인정해 주었다. 그래서 어릴 때는 아빠를 존경했다. 아빠처럼 과정의 중요성을 인정해 주는 사람이 되고 싶었다. 하지만 그런 아빠도 결국 요행 때문에 무너졌다. 그때 그 일만 아니었더라면 여전히 존경하는 아빠로 남았을 것이다.

아직도 눈을 감으면 아빠의 마지막 모습이 기억난다. 잔뜩 부푼 채 시퍼렇게 튀어나온 선. 배꼽 아래가 욱신거렸다. 그때 이후로 늘 작은 무언가가 웅크리고 있는 것 같았고, 스트레스를 받을 때마다 항상 아팠다. 답답해져서 앱을 끄려는데 화면 밑에 이벤트로 받은 포인트가 보였다. 어차피 있어도 그만 없어도 그만인 포인트라 그새 -20%로 떨어져 있는 D코인을, 물린 이들에게 부조금을 내는 셈 치고 전부 매수했다. 그러면서도 나름 저점 매수 포지션이니 혹시나 하는 마음으로 잠깐 기대를 했다. 하지만 곧장 -30%까지 가는 걸 보고는 미련 없이 앱을 꺼 버렸다.

수업에 가기 위해 가방을 챙겨 집에서 나오는 중에도 아까 봤던 차트가 계속 생각났다. 고점에서 하락하며 끝

을 모르고 밑으로 길게 뻗은 차트가 마치 꼭대기부터 바
닥까지 길게 드리워진 올가미 같았다.

🔖 08

"듣고 있어?"

"뭐?"

"현수야, 사람이 얘기하면 집중해야지. 그러니까 말이야."

오랜만에 치킨집에서 생맥주에 닭다리를 뜯고 있는데 진우가 심각한 표정으로 말했다.

"아무래도 다인이가 나한테 관심 있는 것 같아."

농담인가 했지만 표정이 자못 진지해 보여서 들고 있던 닭다리를 내려놨다. 이놈이 혹시 머리에 총이라도 맞았나?

"그렇게 생각하는 이유가 뭔데?"

회식에서 합의 본 대로 치킨을 산다고 해서 왔건만 오자마자 이런 망상이나 들어야 한다니. 지금 눈앞에 앉아 있는 놈이 대중적으로 선호되는 심미성과는 거리가 먼 외모이기는 하지만 사람들의 취향은 다양하니 혹시나 해서 물어본 말이었다.

 "듣고 놀라지나 마라."

　진우는 당당한 표정으로 답했다.

"나 어제 2차 끝나고 나서 다인이랑 인스타 계정 교환했다."

"그래서?"

"나랑 친해지고 싶다고 언제 밥 한번 같이 먹자네! 어제 우리 자리로 왔을 때 혹시나 했는데 역시 나한테 관심이 있었더라고. 이게 복학생 버프인가? 그런데 너 지금 뭐하냐?"

 "아냐."

　혹시 몰라서 진우의 머리통을 돌려서 확인해 봤지만 구멍은 없었다. '아이는 셋이 좋을까, 아니면 둘 정도?' 이런 혼잣말을 하며 망상 속에서 벌써 자녀 계획까지 세우고 있는 진우에게 현실을 얘기해 줄 필요가 있어 보였다.

 "상식적으로 걔가 왜 너를 좋아하겠냐? 걔는 귀엽게 생긴 데다가 성격도 좋고 인기도 많고, 심지어 돈도 많아 보이더라. 거기에 비하면 너는 그냥 복학생이고 별것도 없잖아. 심지어 이상한 커뮤니티나 할 것 같이 생겼고."

 "이상한 커뮤니티라고 하지 마! 유저들끼리 건강하게 교류하는 건전한 게임 커뮤니티 사이트거든?"

　팩트를 들이대자 항변하는 진우는 얼굴이 빨개졌다. 반응이 재미있어 좀 더 놀려 줄까 했는데 입구 쪽에서 지후가 들어오는 게 보였다. 테이블로 온 지후는 잔뜩 빨개진 진우를 보더니 말했다.

"오자마자 여기 공산당이 있네?"

"홍익인간이야. 지금 내 배꼽을 이롭게 해 주는 중이고."

오자마자 진우를 긁는 지후의 말에 맞장구를 쳤다.

"개새끼들."

진우는 혼자 작은 소리로 욕을 하곤 생맥주를 벌컥벌컥 들이켰다. 짐을 풀고 내 옆에 앉은 지후가 생맥주 한 잔을 주문하더니 말했다.

"그보다 들어 봐. 나 지금 진짜 심각하거든?"

개노답 삼 형제 셋이 오십보백보지만 그나마 그중에서는 이놈이 나은 편이니까 진우보다는 영양가가 있겠지? 약간의 기대감으로 지후의 말을 기다렸다.

"어제 하영이랑 우리 테이블에 합석했던 여자애 기억나? 다인이. 아무래도 걔가 날 좋아하는 것 같아."

기대를 처참히 배신한 지후는 싸늘하게 식은 분위기가 보이지 않는지 혼자 들떠서 말을 이었다.

"아니 글쎄, 어제 2차 중간에 잠깐 바람도 쐴 겸 나왔는데, 다인이가 친해지고 싶다면서 인스타 계정을 알려 달라는 거야. 이번 학기에는 진짜 공부만 하려고 했는데 군대 가서 살 빼자마자 바로 인기 폭발이네. 이를 어쩌냐. 미치겠다."

나도 미치겠다. 목이 타들어 가는 느낌에 생맥주를 연거푸 들이키는 동안 진우가 다급하게 되물었다.

"너, 진짜야? 확실해?"

"진우야. 아무리 부러워도 의심은 좀 추하다."

"아니, 나한테도 다인이가 그랬는데? 친해지고 싶다고 해서 인스타 계정 교환했단 말이야."

"뭐?"

둘은 이제야 불편한 진실을 깨달은 모양이었다. 분위기가 축 처져 있을 때 마지막으로 도착한 병규가 말했다.

"애들아, 대박인 거 알려 줄까?"

"왜, 다인이가 너한테 인스타 계정이라도 알려 달래?"

"그리고 친해지고 싶다고, 밥 한번 먹자고 하던?"

병규의 말에 진우와 지후가 착 가라앉은 목소리로 물었다.

"어떻게 알았어? 아, 혹시 우리 다인이가 벌써 얘기해 줬나?"

"아무래도 너희 다인이가 봉사정신이나 인류애가 넘치는 것 같다."

여전히 놀란 채 감을 잡지 못하는 병규에게 교통정리를 해 줬다. 셋이서 옥신각신하면서 떠드는 내용으로 봐서는 아무래도 다인이 셋이 따로따로 있을 때 의도적으로 접근한 게 틀림없었다. 그래야 자신을 특별하게 생각하는 줄 알고 더 호의적으로 대할 테니까.

다인에 대한 평가를 수정했다. 마냥 붙임성 좋은 금수저인 줄로만 알았는데 사회생활까지 전략적으로 잘할 줄이야. 심지어 저 셋한테까지 접근했다니 비위마저 좋았다.

"그러면 우리 정정당당하게 경쟁하기다?"

"우리 중 누가 잘된다고 해도 우리 우정은 변하지 말자."

"진심으로 축복해 주자고. 우리는 친구잖아."

어째서 결론이 이렇게 되는 거지? 사회생활 잘하는 여자 후배가 지나가는 말로 친해지고 싶다고 한 것을 자기들한테 호감이 있어 접근한 것으로 해석하는 걸로도 부족해서 연애에 대한 기대감이라니. 심지어 서로 의기투합해서 건배까지 나누는 모습은 정말 가관이었다. 나도 다인에게 비슷한 말을 들었다고 하면 더 피곤해질 것 같으니무덤까지 안고 가야겠다.

"맞다. 현수야."

"나는 다인이와는 전혀 아무것도 없어."

갑작스러운 지후의 호출에 급히 둘러댔다.

"그거 말고."

지후는 무슨 소리를 하느냐는 눈치였다.

"어제 1차는 테이블별로 따로 계산했거든. 하영이랑 다인이는 중간에 합석해서 나누기가 애매해서 그 둘은 빼고 우리 넷이서만 정산하기로 했어."

"… 얼마 보내면 되는데."

드디어 올 것이 왔다. 제발 술값이 많이 나오지 않았기를 바랐다.

"4만 원."

2만 원에서 3만 원 정도로 예상했는데 그보다 많아서 아찔했다. 잠깐 밖에서 얘기하고 온 사이에 많이도 처먹었네. 쓰린 속으로 지후에게 술값을 이체하고 나니 통장 잔고 앞자리 수가 3으로 줄었다.

"나 먼저 간다."

위기감에 자리에서 일어났다.

"오늘도 먼저 가는 거야?"

"내일 강의 준비하려면 이제 집 가야지."

가방을 챙겨 나서는 내 모습에 개노답 삼 형제는 아쉬운 듯 말했다.

"하긴, 쟤네 집 진짜 멀잖아. 왕복 네 시간은 족히 걸리지 않나?"

"이럴 땐 자취하는 게 진짜 좋긴 한데."

"나도 자취하고 싶다. 아니면 따로 자취하는 놈 누구 없나? 공강 시간에 피시방 가는 것도 질리는데 아지트 있으면 편하잖아."

새삼 자취에 대해 보안을 유지하길 잘했다는 확신이 섰다. 속 편한 소리나 하는 셋을 뒤로하고 내일 여유가 되면 가계부를 작성해 봐야겠다고 생각하며 집으로 돌아왔다. 10만 원 대 매트리스는 아직도 도착하지 않았다.

09

어느새 찬호와 약속한 날이 왔다. 예상과 달리 약속했던 두 시보다 일찍 수업이 끝나 찬호를 기다릴 겸 도서관으로 갔다. 과제는 따로 없었지만 다음 주부터 본격적으로 알바를 시작하는 만큼 앞으로 돈을 어떻게 쓸지 정리할 필요가 있었다. 학교 도서관은 8층 건물로 층마다 단과대학별 서적과 열람실이 있는 형태였다. 엘리베이터를 타고 경영이 속한 상과대학이 있는 4층 열람실로 향했다.

개강 첫 주인데도 사람들이 꽤 많았다. 적당히 빈자리를 찾아 앉은 뒤 노트에다 월세와 관리비 등 월별 필수 지출 항목과 비용을 표로 정리했다.

고정 비용

항목	비용(원)
월세	30만 원
관리비(수도 요금 포함)	5만 원
전기 요금	2만 원
통신비	3만 원
	40만 원

월세 30만 원에 관리비는 5만 원, 전기 요금은 고지서가 나와 봐야 알겠지만 대략 2만 원으로 잡고, 통신비는 현재 요금제로 3만 원이니 모든 비용을 합치면 40만 원. 이 40만 원이 매달 발생하는 고정 비용이자 내가 치러야 할 방어전인 셈이다.

다음 주부터 시작하는 편의점 알바 월급이 대략 54만 원이니까 고정 비용은 알바비로 해결한다 쳐도, 문제는 생활비였다. 이대로라면 한 달을 단돈 14만 원으로 버텨야 하는 상황이었다.

우선 쿠팡에서 가장 싼 30개 묶음 컵라면을 여러 개 사 놓고 편의점 폐기 상품들을 꼭꼭 챙겨 와야겠다. 그렇게 하면 한 달 식비가 빠듯하기는 해도 5만 원 이내로도 해결 가능할 것 같았다.

어릴 때 봤던 예능 프로가 생각났다. 연예인들이 단돈 만 원으로 일주일을 버티는 내용이었다. 그게 지금 내 이야기가 되다니. 심지어 내 장르는 예능이 아닌 다큐가 아닌가. 영 유쾌하지가 않았다.

현재 내 통장에 남은 돈은 36만 원. 원만한 관계 유지를 위해 필요한 지출이기는 했지만 지난 회식 때 한 방에 무려 4만 원을 써 버린 것이 치명적이었다. 심지어 고정비용은 아니어도 아직 전공책조차 구매하지 않았기 때문에 추가로 나갈 돈을 생각하면 정말 위기였다.

당장 전공책은 주변에서 중고로 구한다 쳐도 매트리스를 좀 더 저렴한 것으로 살 걸 그랬나 후회가 들었다. 쉬울 것으로 생각지는 않았지만 자취하는 데 따르는 현실적인 무게에 숨이 턱 막혔다. 그나마 지난 학기에 차석을 해서 받는 성적 장학금이 있지만 그것도 다음 달이나 돼야 들어올 거라 그때까지는 어떻게든 버텨야 했다.

최악의 상황에는 학자금 대출로 생활비 대출이라도 받으면 되겠지만 차라리 굶으면 굶었지 대출만은 최대한 피하고 싶었다. 나중에 편의점 일이 익숙해져서 할 만해지면 점장님한테 다른 요일에도 출근할 수 있는지 여쭤봐야 겠다. 대강 정리를 마치고 나니 찬호에게 DM이 왔다. 학교에 도착한 모양이었다.

[어디? 도서관 앞임.]

[지금 나갈게.]

답장을 보내고 가방을 싸서 다시 1층으로 내려왔다. 그런데 사람들이 현관 쪽에 모여서 무언가를 구경하고 있었다.

"와, 학교에 외제 차를 끌고 왔네."

"저거 마세라티잖아. 이탈리아 브랜드."

"실제로 보니까 간지 뒤지긴 하네."

"우리 또래로 보이는데. 분명 금수저겠지? 부럽다."

사람들의 감탄을 뒤로하며 도서관 밖으로 나가니 엊그제 인스타에서 본 마세라티가 정차해 있었다. 차는 지붕이 없는 오픈카 형태로 앞 좌석이 그대로 드러나 있었는데 선글라스를 낀 찬호가 운전석에서 휴대폰을 보고 있었다. 한쪽 입꼬리가 올라가 있는 걸 보니 은근 사람들의 관심을 즐기는 것 같았다.

"야! 현수! 빨리 타!"

찬호가 손을 흔들며 아는 체를 했다. 졸업 이후 처음 보는 찬호는 얼굴이 좀 더 하얘졌고, 수염을 기르기 시작한 듯 코와 턱 밑으로 수염이 가지런히 나 있었다.

"얼씨구."

어울리지도 않는 우스꽝스러운 수염을 보고는 생각만 한다는 게 그만 입 밖으로 튀어나왔다. 찬호는 비싸 보이는 울 소재의 네이비색 수트 셋업에 하얀색 와이셔츠 위로 빨간색 넥타이를 매고 있었다. 넥타이는 조수석에 있는 클

러치 백과 깔 맞춤인 듯 명품 로고가 선명하게 새겨져 있었다. 옷에 꽤 힘을 주고 온 꼴이 고등학교 때와 너무 대조돼서 상당히 꼴불견이었다. 불쑥 내뱉어 버린 말이지만 다행히 듣지 못한 것 같았다.

"멀리서 오느라 고생했다."

형식적인 인사를 하며 조수석에 앉기 위해 문을 열었다.

스릉.

그저 차 문을 열었을 뿐인데 벌써 분위기에 압도당한 기분이었다. 이게 스포츠카인가? 같은 외제 차여도 어릴 때 타 봤던 일본 차와는 분명 느낌이 달랐다. 그래도 찬호 앞에서 내색하기는 싫어서 태연한 척 조수석에 앉았다. 하지만 몸에 착 감겨 오는 시트와 푹신한 쿠션감에 하마터면 감탄사를 내지를 뻔했다.

"쏘리, 잠시만."

찬호는 심각한 표정으로 휴대폰 화면을 응시하며 바쁘게 무언가를 터치하고 있었다. 화면에 차트가 떠 있는 게, 딱 봐도 코인 거래 중인 것 같았다. 그러거나 말거나 차 내부를 살피다 보니 문득 시선이 느껴졌다. 지나가는 사람들이 모두 이쪽을 쳐다보고 있었다. 개방된 차 안에서 사람들의 시선에 그대로 노출됐는데도 전혀 부끄럽지 않았다. 시선이 몰릴수록 주목받는 느낌에 오히려 목이 꼿꼿해지는 듯했다.

"비즈니스 차 중요한 일이 있어서, 이제 끝났어. 여하튼 오랜만이다."

찬호는 그제야 휴대폰을 내려놓고 내 왼쪽 어깨를 토닥이듯 툭 쳤다.

"그러게. 몇 년 만이더라."

비즈니스라 해 봤자 차트를 보며 손가락 몇 번 움직인 게 전부 아닌가. 허세를 부리는 꼴이 상당히 아니꼬웠지만 딱히 내색하지는 않았다.

"졸업하고 처음이니까 삼 년 만이지! 하, 확실히 대학교 물이 좋긴 좋아? 안 보는 사이 얼굴이 많이 폈네."

찬호가 왼손으로는 운전대를, 오른손으로는 키를 잡았다.

"일단 밥부터 먹으러 가자! 여기 맛집 아는 데 있어?"

"맛집이면 근처에 국밥집이 있는데."

"야! 오늘은 형이 밥 산다고 했잖아. 국밥은 뭔 놈의 국밥이야. 비싼 거 먹자. 안 그래도 오는 길에 나쁘지 않은 가게 하나 봐 놨거든? 거기로 가자."

키를 꽂고 돌리자 시동이 걸리며 차체 전체가 부드럽게 떨려 왔다.

"밟는다. 꽉 잡아!"

찬호가 엑셀을 밟자 차가 부드럽게 달려 나갔다. 살면서 처음 느껴 보는 승차감에 감탄했다. 바로 그때 저만치 보행도로 위에 익숙한 얼굴들이 무리 지어 있는 게 보였다.

맨 앞에 개노답 삼 형제가 걸어갔고, 다인이 후배들로 보이는 여자애들과 그 뒤를 따랐고, 후미에는 하영과 과대가 이야기하면서 가고 있었다. 강의 끝나고 한꺼번에 몰려나와 어디론가 가고 있는 것 같았다.

끼이익.

차가 일행들 앞에 멈춰 섰다. 차도 옆으로 난 보행도로여서 위험하지는 않았지만 다들 갑작스러운 차량의 등장에 놀라 쳐다봤다. 그 순간 하영과 눈이 마주쳤다. 차는 제자리에서 코너링을 하며 빠른 속도로 자연스럽게 일행을 스쳐 지나갔다. 사이드 미러 속으로 지인들의 감탄 어린 표정들이 들어오자 말로 표현할 수 없는 짜릿함이 느껴졌다. 주차 차단기를 지나 정문을 나설 때까지도 그 기분에 잠겨 있는데 찬호가 백미러를 보면서 물었다.

"아는 애들이야?"

"그냥 같은 과."

"흐음. 더 놀래켜 줄 걸 그랬나? 우리 현수 가오 좀 살려 줘야 하는데."

역시 과시하려고 일부러 밟은 거였군. 비싼 외제 차를 이런 맛에 타는 건가. 찬호에게서 빌려온 위세였지만 조수석에 앉아 있는 것만으로도 전혀 다른 공기를 맡는 기분이었다. 처음 맛보는 기분에 취해 있는 사이 차는 어느새 목적지에 도착했다. 학교에서 십오 분 거리에 있는 와인

바였다. 여태 와 본 적이 없는 것은 물론이고 이런 가게가 있다는 것조차 처음 알았다.

입구부터 펼쳐진 잔디 사이로 난 돌길을 따라 큰 나무문을 밀고 들어가니 살짝 어두운 조명 아래 대리석 인테리어가 인상적인 실내 공간이 나왔다. 매니저가 나와서 정중하게 우리를 맞았다. 테이블 위에는 의자 수만큼 메뉴판이 놓여 있었다. 자리에 앉아 메뉴판을 보니 메뉴 하나가 내 한 달 식비보다 비쌌다. 가장 저렴한 메뉴인 알리오올리오마저 2만 원이 넘어가다니. 질겁하며 메뉴를 보고 있는데 찬호가 주문을 시작했다.

"설로인 스테이크 하나에, 라구 파스타 하나, 바질 치킨 리조또 하나, 일단 이렇게 주시고요. 너는?"

"나는 그냥 알리오올리오로."

"알리오올리오 추가에, 같이 마실 만한 레드 와인도 추천해 주세요."

"네, 혹시 어떤 스타일의 와인을 좋아하시나요?"

"잘나가는 걸로 추천해 주세요."

거침없이 주문하는 찬호에게 매니저가 와인 두 병을 들고 와서 친절히 설명했다.

"우선 이 와인을 먼저 소개해 드리자면 프랑스 부르고뉴 중에서도……."

"그래서 둘 중 어느 게 더 비싸요?"

매니저의 설명이 채 끝나기도 전에 찬호가 말을 자르며 물었다.

"이 중에서는 오른쪽이 더 가격대가 높습니다."

"그러면 그걸로 주세요."

"네. 알겠습니다."

찬호의 주문이 끝나자 매니저가 와인을 따랐다. 글라스에 진한 자주색 와인이 삼 분의 일 정도 채워졌다.

"너 차 끌고 왔는데 술 마시려고?"

"대리 부르면 되니까 괜찮아."

찬호는 대수롭지 않은 듯 말하며 맥주잔 쥐듯 잡은 글라스 볼을 내밀었다.

"그러고 보니 너 혹시 술 못 마신다거나 그런 건 아니지?"

"그건 아닌데 내일 아침에 약속이 있어서 많이는 어려워."

약속은 없지만 이놈과 오래 마시고 싶지는 않았기 때문에 중간에 자리를 파하고 자연스럽게 집에 갈 구실을 빌드업했다. 예전에 아빠가 와인잔을 이렇게 잡았던가? 기억에 의지해 글라스 볼 밑의 스템을 잡고 찬호가 내민 잔에 건배했다. 소주잔과 달리 소리가 경쾌했다. 처음 마셔 본 와인은 살짝 떫었지만 풍미가 꽤 좋았다.

"아오, 존나 떫네. 비싼 거 시켰는데 맛이 왜 이래?"

꿀떡꿀떡 와인을 원 샷 한 찬호는 인상을 찌푸린 뒤 다시 와인을 따랐다. 곧이어 찬호 앞에 스테이크가 놓였다.

찬호가 포크와 나이프를 들고 고기를 썰었다. 하지만 무작정 힘으로 눌러 썰어서 고기가 뭉개지고 아까운 육즙만 흘러나왔다.

"줘 봐. 내가 자를게."

스테이크 접시를 앞으로 가져와서 포크로 고기를 살짝 누른 후 나이프를 사선으로 쥐고 썰었다. 부드럽게 썰리는 고기를 보며 찬호가 말했다.

"좀 써네. 공부했어?"

"교양이지."

어릴 때 가족 외식으로 자주 스테이크나 파스타를 먹었기 때문에 포크와 나이프질 정도는 익숙했다. 물론 그런 것까지 말할 필요는 없었다. 스테이크 접시를 다시 찬호 쪽으로 밀어 놓았다.

"공부 잘하는 친구 둬서 대학교에도 와 보고 참 좋네."

어딘가 가시가 있는 느낌이었지만 대수롭지 않게 넘겼다. 찬호가 고기를 한 입 베어 물며 말을 이었다.

"하여튼 멋지다? 나는 그냥 졸업하자마자 입대했는데. 너희 학교가 나름 등급 컷이 있잖아."

"몇몇 과는 좀 높은 편이긴 하지."

고기가 입에서 부드럽게 녹았다. 오랜만에 맛보는 비싼 고기인 만큼 최대한 음미하면서 화제를 돌렸다.

"너는 그때 정시 파이터 한다고, 안 되면 재수한다고 했잖아. 바로 입대한 이유가 있어?"

"야, 나도 내 주제를 알지."

그렇게 말하며 와인을 마시는 찬호의 표정은 써 보였다. 와인의 떫은맛 때문만은 아닌 것 같았다.

"나름 공부를 한다고 하긴 했는데 수능 점수를 보니까 인서울은 도저히 못 가겠더라고. 그런데 재수하기에는 기회비용이 너무 아까운 거야."

"기회비용?"

이게 여기서 나올 용어인가? 찬호가 다시 와인을 단번에 들이켰다.

"아닌 말로 내가 재수를 한다 해도 인서울에 들어갈 수 있다는 보장도 없잖아. 그렇다고 내가 너처럼 공부를 잘했던 것도 아니고. 그래서 이도 저도 아닌 애매한 대학에 갈 바엔 그냥 빨리 돈을 버는 게 낫겠다 싶었지. 땡큐."

내가 빈 와인잔에 와인을 따라 주자 찬호는 술이 들어가서인지 잔뜩 올라간 텐션으로 말을 이었다.

"너 혹시 창환이 기억하냐?"

"알지. 창환이."

김창환이었던가. 고등학교 3학년 때 옆 반이었던 놈이다. 별로 친하지는 않았지만 같이 축구를 뛰었던 기억이 났다. 인스타에 친구 등록은 되어 있지만 간간히 올라오는 스토리 외에는 근황을 알지 못했다. 알리오올리오를 스푼과 포크로 돌려가며 먹었다. 내가 파스타를 먹는 걸 빤히 보던 찬호가 말했다.

"그래, 박창환. 내가 걔한테 그냥 고등학교 졸업한 뒤 이자카야 같은 데서 알바나 뛰다가 같이 창업이나 박자고 했거든?"

박창환이었군. 사소한 오류를 바로잡고 있는 동안 찬호는 라구 파스타를 제 앞으로 가져가서 내 쪽을 다시 힐끗 보더니 따라서 왼손에는 스푼을, 오른손에는 포크를 들었다.

"그런데 그 새끼가 꿋꿋이 대학은 가야겠다는 거 아냐! 그래 놓고 지방대 갔더라. 집에서 완전히 먼 곳으로. 어이없지 않냐?"

"어떤 점이?"

"아니. 아깝잖아!"

찬호가 스푼과 포크를 돌리며 말했다. 하지만 포크에서 파스타가 계속 흘러내리자 포크 질이 답답했는지 다시 와인을 벌컥벌컥 들이켰다. 그러더니 갑자기 잔을 테이블 위에 세게 내려놨다. 꽤 큰 소리가 나서 나도 모르게 눈치를 살폈다.

"어차피 대학도 취업해서 돈 벌려고 가는 거 아니냐? 지잡대 가서 4년 넘게 허비하고 등록금은 등록금대로 내면서 돈 낭비하는 것보다야 그냥 빨리 졸업해서 기술 배우고 취업이나 창업하는 게 낫다고 했는데. 굳이 멀리까지 대학을 갔다니까! 진짜 이해할 수가 없더라."

소신껏 일장 연설을 쏟아낸 찬호는 자기가 말해놓고도 조금 머쓱했는지 내 눈치를 보듯 뒷말을 덧붙였다.

"물론 너 두고 하는 말은 아니고. 그런 의미에서 너는 대단하다고 생각해. 학생부 전형이기는 해도 서울에 있는 대학을 뚫었잖아. 멋있어. 짠 하자."

대답 대신 건배하고 잔을 비웠다. 대화를 나눌수록 찬호의 의도가 더 잘 드러나는 것 같았다. 어쩌면 찬호가 굳이 여기까지 온 이유는 대학에 다니는 나보다 고졸인 자신이 더 잘 살고 있다는 것을 보여 주고 싶어서가 아닐까. 그래서 내가 마세라티를 인증한 스토리를 조회한 것을 보고는 곧바로 DM을 보내서 만나자고 한 것이고.

그렇게 생각하니 어딘가 싸했던 일련의 대화와 행동들이 이해가 갔다. 나한테 열등감이라도 있는 건가. 걸어 오는 기싸움이 한심해서 그냥 자리를 뜰까 싶었지만 그러면 자기가 이겼다고 생각해서 의기양양할 게 뻔했다. 그 꼴은 절대 못 보지. 지피지기면 백전불태인 만큼 이제 의도를 알아 버린 이상 녀석의 말에 긁힐 일은 없다. 되려 도발에 넘어가지 말고 적당히 받아 주다가 보내야겠다 싶어서 마음 편히 술이나 마시기로 했다.

"너 담배 피워?"

"아니."

"그러면 나 잠깐 담배 좀 피우고 올게."

마침 와인도 다 비운 터라 찬호가 담배를 피우러 밖으로 나간 사이 매니저를 불러 가장 떫은 맛이 난다는 바디감이 무겁고 도수가 가장 높은 와인을 새로 주문했다. 어차피 계산은 찬호가 전부 계산할 테니 부담도 없었다. 보아하니 떫은 건 잘 못 마시던데 스스로 자존심 상하는 걸 티내지 않으려고 별말 못하고 마실 걸 생각하니 웃기기도 했다.

"뭐야. 와인 더 시켰어?"

자리로 돌아온 찬호가 테이블 위에 놓인 새 와인을 보며 말했다.

"다 떨어졌길래 새로 시켰지. 혹시 힘들어서 그런 건 아니지?"

"뭐? 야! 형은 오히려 술을 마셔야 힘이 나는 사람이야."

"그래? 주량이 몇 병 정도 되는데?"

"말해 뭐 해. 소주로 열 병은 넘게 마시지. 그러니까 편하게 들어와, 그냥."

허세는. 속으로 코웃음 치며 찬호의 잔에 와인을 가득 따랐다. 몇 잔 마시고도 금세 목소리가 커진 걸로 봐서는 주량이 그렇게 세지는 않은 것 같았다.

"현수야. 그래서 넌 앞으로 뭐 할 거냐?"

"뭐 할 거냐니?"

뜬금없는 질문에 의아했다.

"졸업하고 나서 뭐 하고 싶은데? 어디 취업하고 싶다거나 뭐가 목표라거나, 그런 거 없어?"

"구체적으로 생각해 본 적은 없는데."

빨리 졸업해서 돈을 벌고 싶은 거지. 진지하게 진로를 생각해 본 적도 없고 꿈 같은 것은 더더욱 없었다. 지금은 그저 매달 월세 방어전을 잘 치르면서 등록금 마련할 일이 더 급했다. 그러니 언감생심 내일을 꿈꾸기보다는 오늘을 살아내기 위해 최선을 다할 뿐이다. 그러고 보니 내가 진짜 하고 싶은 게 없긴 하구나. 입이 썼다. 따로 좋아하는 거나 취미도 없고 쉴 때면 그냥 휴대폰이나 보면서 어렴풋이 졸업하면 돈 많이 준다는 곳으로 취업하게 되지 않을까 생각하는 게 전부였다.

"사람들이 대학에 가려고 애쓰는 이유가 뭐냐. 더 좋은 데 취업하려고, 결국 돈 벌려고 가는 거 아냐? 그런 점에서 나는 이미 목표를 달성했거든."

일침을 날려 한 방 먹였다고 생각했는지 기분이 좋아진 찬호가 더 기세등등해졌다. 아니꼬웠지만 그래도 궁금한 건 사실이라 마지못해 물었다.

"그때 말했던 코인으로?"

"그치."

와인을 한 잔 더 들이킨 찬호가 입가를 닦으며 말했다.

"솔까말 고졸인 내가 어떻게 외제 차, 그것도 스포츠카를 뽑았겠냐? 다 코인 덕분이지. 코인은 신이고! 난 무적이라고. 아, 잠만. 말 나온 김에 봐야겠다."

휴대폰을 꺼내 차트를 보기 시작한 찬호가 꼴 보기 싫었지만 솔직히 궁금하긴 했다. 인스타 속 외제 차가 아니었다면 찬호를 볼 일은 없었을 텐데. 초기 자본은 얼마로 시작해서 어떻게 굴렸을까? 호기심에 직구를 던졌다.

"너 맨 처음에 얼마로 시작했는데?"

"전역하고 알바 이것저것 하면서 모은 돈 천만 원으로 했지. 고생깨나 했다."

끽해야 몇 십만 원 정도라고 생각했는데 예상보다 큰 금액이었다.

"생각보다 군자금을 크게 잡았네?"

"그야 푼돈으로는 푼돈밖에 못 벌지 않겠어?"

푼돈으로는 푼돈밖에 못 번다. 내가 주식을 그만둔 이유이기도 하다. 고장난 시계도 두 번은 맞는다더니 오늘 찬호가 한 말 중 처음으로 맞는 말이었다.

"확실히 투자금이 어느 정도는 돼야 그만큼 돌아오는 수익도 큰 법이니까."

"그치. 게다가 나는 레버리지 거래도 하고, 큰물에서 노는 걸 좋아해서 B코인만 하거든. 이번에도 10배로 돈 복사 실컷 했지."

"레버리지가 뭔데?"

처음 듣는 생소한 단어의 뜻을 묻자 찬호의 기세가 등등해졌다.

"그게 진짜 돈 복사의 정수지. 인생 역전 치트키. 만약 네가 코인을 살 때 포지션으로 레버를 10배로 걸면 수익도 그거에 맞춰서 10배가 되는 거야."

"그럼 잃으면? 손해도 10배가 되나?"

"비슷해. 만약 레버리지가 10배라면 수익률이 -10% 아래로 내려가는 순간 바로 강제 청산 당해. 계좌가 펑! 하고 사라지는 거야. 5배면 -20%, 20배면 -5%. 그냥 강제 청산 기준이 레버 비율과 수익률 곱해서 -100% 찍는 거라고 생각하면 계산하기 쉬울걸? 나는 아직 해 본 적은 없지만 비율이 100배가 넘는 경우도 있어."

저 말대로라면 100만 원을 넣고 레버리지를 100배로 설정했을 때 차트가 1%만 올라도 100만 원을 추가로 버는 건가? 그리고 1%가 내려가면 100만 원이 다 사라지는 거고? 찬호가 말해 준 인생 역전의 치트키는 정말 상식으로는 이해가 되지 않는 미친 세계이면서도 리스크에 비해 리턴은 확실히 엄청났다. 역시 하이리스크 하이리턴인가, 동의하면서 듣고 있자니 찬호가 물었다.

"그러고 보니 너 코인 계좌는 있냐?"

"어제 구경도 할 겸 포인트 준다고 해서 한번 만들어 봤는데 하나 사자마자 장난 아니게 떨어지더라. 이벤트로 받은 포인트로 사서 다행이지 여차하면 큰일 날 뻔했어.”

내 말에 찬호가 뭔가 짐작 가는 것이 있다는 듯 휴대폰을 들었다.

“그거 혹시 D로 시작하는 코인이야?”

“아마 그럴 걸?”

“그러면 지금 계좌 한번 확인해 보는 게 어때?”

찬호는 휴대폰을 보며 감탄했다.

“어제 저점 찍고 제대로 반등했네. 이야, 이거 100만 원넣었으면 못해도 300만 원은 그냥 먹는 거였는데. 내가 B코인만 취급하긴 해도 이건 진짜 아깝다.”

“뭐?”

“진짜 몰랐나 보네. 알림 다 꺼 놨어?”

나는 그제야 휴대폰을 켜 코인 계좌를 확인했다. 분명 -30%까지 떨어졌던 차트가 찬호 말대로 반등에 성공해 330%까지 올라 있었다. 예상 수익률에는 3만 원이 넘는 금액이 찍혀 있었다. 이런 차트가 가능하다고? 어이가 없었지만 머릿속에서는 순식간에 경우의 수에 대한 가설들이 들어섰다. 만약 내가 100만 원, 아니 하다못해 10만 원이라도 넣었다면. 가만히 앉아서 한 달 월세를 벌 수 있었다는 말이었다.

아니, 전부 결과론적인 얘기다. 허튼 생각에 애써 고개를 저으며 생각했다. 돈을 잃을 가능성도 무시 못 하니까 더는 신경 쓰지 않기로 했다. 신경 쓰면 지는 거다. 최대한 의식하지 않으려고 애썼지만 머릿속으로 '그 돈을 넣었더라면'과 같은 '만에 하나'가 자꾸 밀려드는 것까지 막을 수는 없었다. 결국 돈을 잃은 기분까지 들었다.

"됐어. 코인 한다고 무조건 벌면 코인 하는 사람들 다 부자 되고도 남았지. 당장은 요행으로 벌 수 있을지 몰라도 언제 다 잃고 나락 갈지 모르는 거. 코인 할 바에는 그냥 일이나 하련다."

이번 경우와 같은 특이 케이스가 얼마나 된다고 코인을 하겠는가? 투자보다 투기에 가까운 불확실성에 기대고 싶지는 않았다. 하지만 속이 쓰린 건 어쩔 수 없어서 와인을 마시며 마음을 가라앉히려는데,

"그거 알아? 사람이 평생 직장을 다니면서 벌어 봤자 전체 수입이 11억 원밖에 안 된다는 거? 그런데 평생 동안 쓰는 돈은 16억 원이래. 한국에 태어난 이상 한평생 적자로 살아가야 하는 구조인 거야."

취기가 도는 듯 눈이 살짝 풀린 찬호가 잔을 내려놓으며 말했다.

"정직하게 일만 하면서 살면, 평범하게 살면, 바보같이 앉아서 5억 원을 손해 보면서 사는 거라고. 그러니 남들하고 그냥 똑같이 벌기만 해서는 안 된다니까. 그러면 부자가 되기는커녕 이 사회에서 생존조차 불확실해. 그러니

요행에 거는 게 뭐가 나빠? 어떻게든 부가가치를 창출해서라도 앞서 나갈 수 있어야지. 한국에서 투자는 이제 선택이 아니라 필수야. 그래야 인생도 즐기고 알차게 살 수 있는 거 아니겠어? 당장 나만 봐도 그래. 얼마나 자유롭고 좋냐. 나는 코인으로 이 불합리한 구조에서 해방된 거야."

말을 마친 찬호는 추가로 와인 한 병을 더 주문했다. 나는 찬호의 말에 동의하고 싶지 않았지만 반박할 말이 전혀 떠오르지 않았다. 차라리 모르는 게 낫지 않았을까 싶을 정도로 내가 믿어 왔던 가치가 배신당한 느낌에 머릿속이 뒤죽박죽 혼란스러웠다. 지금도 전전긍긍하면서 하루하루를 살고 있는데 졸업한다고 해서 과연 달라질까? 수면 아래 있던 불안이 일깨워지는 느낌이었다. 자취, 장학금, 알바, 월세, 등록금, 그리고 코인.

"후."

한숨이 나왔다. 노동에 관한 내 가치관을 뒤흔드는 것이 찬호의 목적이라면 성공한 셈이다. 정직하게 살아가는 것에 의구심이 싹터 버린 이상 이전으로 돌아가기는 쉽지 않을 것 같았다. 영화 매트릭스에 나오는 빨간약이라도 먹은 것처럼 머리가 뜨거워졌다. 답답함과 무력감이 뒤섞인 감정으로 빈 잔을 내밀었다.

"야, 나도 좀 줘 봐."

"너 내일 아침 일찍 약속 있다지 않았냐?"

"됐으니까 빨리 따라 줘 봐."

"크크. 새끼. 상남자네."

다시 한번 건배를 하고 와인을 마셨다. 첫 맛부터 느껴지는 단맛을 보니 달콤한 와인으로 주문한 모양이었다. 입안에 남아 있던 떫은맛에 단맛이 뒤섞였다. 지금 기분처럼 엉망진창이었지만 나쁘지 않았다. 단숨에 잔을 비우니 찬호가 다시 잔을 채웠다. 내가 별말 없이 술을 마시자 찬호도 잠자코 술을 홀짝거렸다.

얼마나 마셨을까. 어느새 정적만 이어지던 술자리의 끝이 가까워지는 게 보였다. 슬슬 피로가 몰려왔다. 전역한 지 아직 얼마 되지 않아서인지 밤을 새우는 것이 힘들었다. 피차일반인 듯 찬호도 꾸벅꾸벅 졸고 있었다. 잠시 정신머리를 추스르는데 매니저가 다가왔다.

"손님, 이제 저희가 마감을 해야 해서요."

술기운이 많이 올라왔지만 '자리를 파해 줄 수 있을까요?' 정도의 뒷말은 충분히 유추 가능했다. 시간을 확인하니 벌써 새벽 두 시였고 주변을 둘러보니 이미 우리 테이블을 빼고는 다 정리돼 있었다.

"계산해라."

"으음… 이걸로……."

찬호는 잔뜩 취해서 옆에 있는 의자에 걸쳐 둔 블레이저 안주머니에서 지갑을 꺼냈다. 지갑에도 꽤 돈을 썼는지 클

러치백 같은 브랜드 명품 지갑이었다. 이것도 코인으로 산 거겠지.

"네. 총 50만 원 계산 도와드리겠습니다."

매니저가 만취한 찬호 대신 카드를 긁고 사인하며 결제를 진행하는 동안 만감이 교차했다. 50만 원이면 나에게는 한 달 생활비인데 누구에게는 한 끼에 불과하다니. 졸업할 때까지만 해도 분명 스타트는 내가 더 앞섰을 텐데……. 지금은 어느새 입지가 뒤바뀌었고, 그 격차도 너무나 컸다.

계산이 끝나고 다리가 풀린 찬호를 부축해서 가게 밖으로 나와 대기용 벤치에 앉혔다. 이제 이놈만 보내면 되는데 벤치에 기대어 조는 꼴을 보니 둘 다 곱게 집에 가긴 틀린 것 같았다. 그렇다고 타인을 집에 재우는 건 죽어도 싫었기에 난생처음으로 대리운전 앱을 깔았다.

"집 주소 좀 불러 봐."

"부천시에… 원미구…….”

"그리고? 왜 말을 하다 말아. 야! 잘 거면 집 주소 끝까지 다 말하고 자."

정신을 제대로 못 차리는 찬호를 십 분 가까이 닦달하고서야 간신히 받아낸 집 주소로 대리기사를 호출할 수 있었다.

"대리 불렀다."

내 말에도 찬호는 고개를 푹 떨군 채 미동이 없었다. 따로 대답을 바라고 한 말은 아니었기에 이어서 말했다.

"뜬금없이 보자고 연락이 와서 의아하긴 했는데, 그래도 네 덕분에 간만에 맛있는 것도 먹었네. 와인 값이라도 보낼 테니까 나중에 들어가서 계좌 번호나 보내라."

찬호가 산다고 했지만 한 끼 얻어먹는 것 치고는 너무 과했다. 무엇보다 없어 보이고 싶지 않아서 통장에 남아 있는 생활비 중 15만 원이라도 보내야겠다고 생각할 때였다. 자는 줄 알았던 찬호가 듣고 있었는지 대답했다.

"돼써… 안 줘도 돼."

고개를 들어 잠시 꼬부라진 혀를 가다듬던 찬호가 이어서 말했다.

"처음부터 내가… 산다고 한 거니까… 그냥 먹기만 하라고. 공부하는 데 돈 많이 들 거 아냐."

찬호는 손가락을 길게 뻗어 자신의 배꼽 아래를 가리켰다.

"그거 알아? 나는 너를 보면 항상 여기가 아팠던 거. 광대 짓을 할 때나 수능을 죽 쒔을 때도 아무렇지 않았는데, 네가 나 따위는 관심 없다는 듯이 볼 때면 여기가 그렇게 아프더라. 열받게."

그러면서 찬호는 씨익 웃었다. 졸음을 참는 얼굴에 한쪽 입꼬리만 올라간, 잔뜩 의기양양한 표정이었다.

"그래도 이제는 안 아프네. 이제야 처음으로 너를 제대로 보고 있다는 기분이 든다."

딸꾹질을 하기 시작한 찬호의 양 뺨이 붉게 물들었다. 술기운 때문만은 아닌 것 같았다.

"하여튼, 더치페이 해서 없는 돈인 셈 치고 코인이나 사 보든가. 혹시 아냐? 대박 날지. 그리고 뜬금없는 건 너잖아."

"뭐?"

"네가 먼저."

한 차례 딸꾹질을 하면서 찬호가 말을 이었다.

"내가 올린 스토리에 좋아요 눌렀잖아. 다른 건 하나도 안 눌렀으면서, 그거에만."

급하게 휴대폰을 열어 DM기록을 확인했다. 그제야 내가 찬호의 스토리에 좋아요를 누른 게 보였다. 동기 모임을 한 날 취기에 스토리를 옆으로 넘기다가 버튼을 잘못 누른 모양이었다. 사태 파악이 되자 술이 확 깼다.

하지만 좋아요 하나만 보고 연락했다는 말을 곧이곧대로 믿기에는 쉽사리 이해되지 않았다. 그냥 밥을 먹는 게 목적이었다면 이렇게 나를 뒤흔들 이유가 없을 텐데. 굳이 여기까지 온 이유가 따로 있을 것이다. 코인으로 대박 난 것을 과시하려고? 아니면 본인은 고졸이고 나는 대학에 간 나에 대한 열등감 때문에 자기가 더 잘살고 있다는 것을 보여주고 싶어서?

짐작 가는 게 한둘이 아니라서 지금이라도 당장 대답을 듣고 싶었지만 찬호는 다시 고꾸라진 채 일어날 기미를 보이지 않았다. 그렇게 한참을 생각하는데 삼십 대로 보이는 양복 입은 남자가 뛰어왔다.

"아휴. 죄송합니다. 제가 좀 늦었죠?"

대리기사가 찬호를 깨워 봤지만 방금은 필름이 끊기기 전 회광반조(回光返照)라도 한 것인지 정신을 차리지 못하는 찬호를 부축해 일단 일으켜 세웠다.

"차는 여기 있고, 여기 옆에 있는 사람이 차주입니다."

"마세라티네요? 이야, 이걸 몰아볼 일도 다 있네."

대리기사의 감탄을 뒤로하고 미리 받아 둔 차 키로 조수석 문을 열어 찬호를 밀어 넣었다. 안전벨트까지 매 주고 나자 운전석에 올라앉은 대리기사가 물었다.

"친구분이시죠?"

전혀 아니라고 대답하려 할 때였다. 조수석에 앉아 있는 찬호를 보니 대답이 망설여졌다. 혼란스러웠다. 그저 우두커니 서 있는 동안 침묵을 긍정의 신호로 해석했는지 대리기사가 끄덕이며 물었다.

"그러면 친구분 요금은 어떻게 하면 될까요? 원래 후불 결제로 말씀하셨는데."

대리기사가 조수석의 찬호를 힐끗 쳐다봤다.

"아무래도 깊게 잠드신 것 같아서요. 이따 도착해서 친구분께 받으면 될까요?"

나는 그러라고 하려다가 그냥 주머니에서 휴대폰을 꺼

냈다.

"그냥 지금 계좌 이체할게요."

"네. 부천까지 3만 원입니다! 감사합니다."

입금한 것을 확인한 대리기사가 시동을 걸었다.

"걱정 마세요. 무사히 잘 모셔다드릴게요."

조수석에 앉은 찬호는 여전히 고개를 숙인 채 잠들어 있었다. 차가 떠나고 난 뒤에도, 나는 한참을 서서 생각했다. 한순간에 불과하고, 인정하고 싶지도 않지만 나는 분명 찬호를 보면서 동질감을 느꼈다. 배꼽 아래를 만지며 집 쪽으로 걸음을 옮겼다. 생각이 많아 밤공기를 맡으며 한참을 걷다 보니 어느새 집 앞이었다. 집 앞에 매트리스가 와 있었다. 매트리스를 방바닥에 깔고 대충 양치질을 한 뒤 그 위에 누웠다. 이 집에서 처음으로 느껴 보는 푹신함이었다.

멍하니 누워 있다 보니 찬호의 말이 생각났다. 생애주기 구조라고 했던가. 혹시라도 찬호의 뇌피셜이 아닌가 검색해 보니 1인당 생애주기 적자구조를 다룬 기사가 정말로 있었다. 태어나서 계속 적자를 보다가 스물일곱 이후가 돼서야 노동 소득으로 흑자 전환이 되지만 은퇴할 즈음부터는 다시 적자라니. 구체적인 통계가 담긴 그래프를 보면서 가슴이 답답했다. 평생 일만 하면서 살아도 5억 원이나 적자라면 일만 하면서 살 이유가 있나? 취업해서 돈을 벌기 시작하면 마냥 잘될 줄 알았는데, 내 노동관을 뒤흔드는 현실에 의구심이 들었다. 그렇다면 용돈벌이 삼아 코인에 소액 투자를 해 보는 것도 괜찮지 않을까. 어차피 더치페이로 썼을 돈이라고 생각하면 더더욱.

"그래. 네가 이겼다. 그까짓 거. 나라고 못할 줄 아냐."

한참 고민한 끝에 코인을 해 보기로 결심했다. 만약 찬호의 목적이 내가 생각하는 노동의 가치를 짓밟고 코인을 시작하게 하려는 것이었다면 그 목적을 달성한 셈이다. 고졸인 찬호도 외제 차를 뽑을 만큼 벌었는데 나라고 못 할 게 있겠는가? 심지어 주식 투자를 할 때 차트를 분석한 경험도 있으니 오히려 더 잘할 자신도 있었다. 소액으로 굴리는 만큼 큰 부담도 없을 테고.

코인 앱을 켜 보니 D코인은 그 와중에도 조금 더 올라 예상 수익률은 4만 원이 돼 있었다. 즉시 현재가에 전부 매도한 뒤 코인 계좌에 추가로 16만 원을 넣어 20만 원을 맞췄다. 현재 통장 잔고도 20만 원, 코인 계좌도 20만 원으로 기분 좋은 대칭이었다. 내일 아침에 일어나서 자료 조사도 좀 해 보고 코인도 사 봐야지. 물론 하루아침에 삶이 바뀌는 극적인 변화는 없겠지만 그래도 안 하는 것보다는 훨씬 나을 것이다. 내일이 주말이라 다행이다 생각하며 잠을 청했다.

10

세상 모든 일에는 관계가 있고, 이 관계가 서로 맞물려 세상이 돌아간다. 난 이 관계를 설명할 수 있는 근거를 좋아한다. 아니, 사랑한다. 특히 주식은 시세가 오르고 내리는 근거가 명확했다. 그래서 내가 주식 투자를 할 때 투자 전략으로 고려한 것은 크게 세 가지였다.

1. 차트를 분석했을 때 현재 시세가 저점에 해당하는지

2. 해당 주식 종목의 시세가 오를 만한 호재가 있는지

3. 호재가 있고 매수세가 꾸준히 있는데도 차트가 여전히 내림세인지

1번과 2번 조건만 충족해도 투자 리스크가 적어 최소한 본

전은 챙길 수 있다. 하지만 내 투자 전략에서 가장 중요한 것은 3번으로, 경험상 이런 차트는 세력이 관여하는 종목 인 경우가 많았다. 만약 세력이 주식을 모으는 매집 구간 에 진입했다면, 매집이 끝나고 본격적으로 위로 쏘는 오름 세가 형성되기만 하면 세력이 전부 매도하고 나가기 전까 지는 높은 수익률을 올릴 수 있었다. 유일한 리스크는 언 제 매도할지를 고민하는 투자자의 욕심뿐이었다.

하지만 코인은 정말 쉽지 않았다. 코인이 어떤 이유로 오르는지 그 근거를 찾아보기 위해 전문가들이 나오는 유 튜브를 시청하고 코인 관련 커뮤니티에도 가입해서 정보 를 살펴봤다. 하지만 유튜브나 커뮤니티나 코인에 대해 설명하는 요지는 똑같았다.

**코인은 수요와 공급의 원리로 시세가 움직입니다.
그러니 사람들이 많이 사는 것을 사면 가격이
오릅니다. 정말 쉽죠?**

이걸 정보 콘텐츠라고 올린 건가? 너무 당연한 말에 할 말 이 없었다. 숨을 쉬면 살 수 있다, 목이 마를 때는 물을 마 시면 된다, 라는 말과 무슨 차이가 있는지 모르겠다. 주말 동안 외출 한번 안 나가고 꼬박 코인 공부만 했는데, 허탕 쳤다는 생각이 들었다. 하지만 이것 말고는 코인이 오르는 원리를 원초적으로 설명할 방법이 없는 것이 아닌가 하는 생각도 들었다.

코인이 오른 이유를 찾아보면 '금리 인하를 해서 기대감이 든다.' 또는 '미국 대통령이 경제와 관련된 주제로 연설을 했다.'와 같은, 어디에 갖다 붙여도 좋은 이유가 대부분이었다. 그래서 더더욱 근거보다는 감으로 투자한다는 느낌이 들었다.

심지어 첫 수익을 안겨 준 D코인도 시세가 하락하다가 어떻게 다시 반등할 수 있었는지를 분석해 보니 그 이유가 가관이었다. 단지 유명한 글로벌 대기업 CEO가 자신의 SNS에 D코인을 언급한 것 때문에 매수자가 몰려들어 거래량이 폭발한 거였다니, 이성을 잃은 광기 같았다.

찾아보면 찾아볼수록 코인 투자에 대한 확신보다는 불안감이 앞섰다. 감에 의존해서 투자하는 것은 근거를 기반으로 하는 내 투자 전략과는 맞지 않았다. 더군다나 평일 아침 아홉 시에 시작해서 오후 세 시 반이면 장을 마감하는 주식 시장과는 달리 코인 거래소는 연중무휴, 24시간 내내 장이 열려 있다는 점도 마음에 걸렸다. 긴장을 풀고 일을 한다거나 잠을 자기 위해 차트에서 눈을 떼는 순간, 계좌에 넣어 둔 돈이 순식간에 사라질 수도 있는 구조에 악의마저 느껴졌다. 그래도 계좌가 녹거나 인생이 녹거나, 선택지가 둘 중 하나밖에 없다면 돈이라도 버는 게 차라리 낫기는 했다.

그렇게 코인에 대해 공부하며 어떻게 투자할지 고민한 끝에 백문이 불여일견, 일단 주식을 할 때처럼 저점으로 생각되는 코인을 하나 매수해 보기로 했다. 현재 코인 계좌에 넣어 둔 20만 원. 나에게는 분명 큰돈이기는 하지만 없는 셈 치기로 한 만큼 과감하게 굴려 보는 게 실전 투자의 경험치를 쌓는 데도 득이 될 것 같았다.

성공적인 실전을 위해 차트를 최대한 꼼꼼히 비교 분석하며 고민 끝에 고른 코인은 바로 N코인이었다. 2주 내내 차트가 아래로 내리박다가 최근 52주 내내 최저가를 갱신하며 바닥을 기고 있는 코인이지만 세 가지 이유로 끌렸다.

첫 번째는 차트. 고점인 506원을 찍고 난 뒤 시세가 크게 하락하며 저점 253원을 찍고 현재는 260원 대에서 횡보하고 있었지만 260원 밑으로는 내려가지 않는 것을 보니 지지선이 형성된 것 같았다.

두 번째는 매수세. 260원 구간에서 계속 매수가 들어오고 있는데도 차트는 269원을 찍을라치면 다시 260원으로 시세가 하락하는 패턴을 유지하고 있었다. 꾸준한 매수세에도 시세 변화가 크게 나타나지 않는 것을 보니 저점 구간을 유지한 채 현재 시세에서 계속 매집을 진행하는 세력이 있는 것 같았다.

마지막은 시장 반응. 유튜브에 N코인을 검색해 보니 당장 사지 않으면 후회하게 될 꿀 코인이라는 자칭 코인 전문가들의 주장이 담긴 영상들이 있었다. 한번 이슈가 됐던 모양인지 조회 수도 꽤 높았다. 커뮤니티를 살펴보니 아니나 다를까 N코인을 샀다가 물려 있는 사람들의 눈물 가득한 후기들이 많았다. 내용은 대체로 이랬다.

N코인 **빡쳐서 라면 엎었다.**
그냥 책상 다 때려 부쉈다.
컴퓨터 부셨다.
밥상 뒤집어엎었다.
우리 집 부셨고 이제 옆집 부시러 간다.

자신의 선택으로 돈을 잃은 것도 부족해서 애꿎은 물건까지 부수다니. 창조적으로 손해를 보는 이들의 모습에 실소를 흘리며 맨 위에 있는 글을 눌렀다. 고점에서 사자마자 떨어지는 시세에 물린 뒤 현재 -45%로 떨어진 수익률 인증글 밑으로 노란색 장판 위에 엎질러져 있는 라면과 바닥이 시꺼멓게 탄 양은냄비가 바닥에 뒤집혀 있는 사진이 나왔다. 다른 글도 눌러 보니 제목 그대로 분에 못 이겨 부순 책상이나 컴퓨터, 키보드가 박살난 채 바닥에 나뒹굴고 있었다.

예감이 좋았다. 절망적인 글이 많다는 것은 그만큼 물린 사람들이 많다는 뜻이니 내게는 오히려 호재였다. 하락하는 차트에 제때 대응하지 못한 이들이 탈출하지 못한 채 그대로 물리고, 그보다 낮은 평단을 보유한 사람들도 연이어 물리는 식으로, 개미 시체가 쌓이듯 물린 이들이 누적될수록 저점에 가까운 법이었다.

지금 구간에 진입한다면 높은 확률로 이득을 볼 수 있을 테지만 과감하게 돈을 굴린다고 해서 잃어도 좋다는 뜻은 아니었다. 혹시 모를 상황에 대비해 분할 매수를 했다. 현재 시세 260원으로 군자금의 절반인 10만 원에 4천 원을 더 얹어서 총 400개를 떨리는 손으로 매수했다. 남은 돈으로는 N코인의 시세가 더 떨어졌을 때 추가 매수를 해서 물타기를 할 계획이었다.

거래를 체결하고 계좌에 찍혀 있는 N코인과 예상 수익률을 봤다. 방금 매수를 한 덕분인지 그새 코인 시세가 1원 더 올라 +0.38%의 수익률과 400원의 예상 수익이 떠 있었다. 아직 극적으로 오르거나 내려가는 일은 없었다. 내 돈으로 매수한 첫 코인이라 걱정도 됐지만 감회가 새로웠다.

코인을 산다는 목표를 달성하고 나니 배가 고팠다. 코인 공부를 시작한 게 아침이었는데 어느새 저녁 여덟 시가 훌쩍 넘어가 있었다. 배부터 채워야겠다 싶어서 휴대폰을 내려놓고 자리에서 일어났다. 인덕션에 냄비를 올려 쿠팡으로 주문한 업소용 라면을 끓였다. 개당 500원 이하로 가장 저렴해서 골랐는데 맛은 500원 이하였다. 코인으로 수익이 나면 600원대 라면으로 바꾸고 김치도 주문해야겠다. 국물을 마시는데 전화가 울렸다. 엄마였다. 잠시 망설여졌지만 이내 휴대폰을 들었다.

"여보세요."

[너는 어찌 된 애가 전화 한 번이 없어?]

전화를 받자마자 수화기 너머로 잔소리가 날아왔다.

"새 학기 시작하고 정신없었어요."

[오랜만에 학교 다니는데 힘들지는 않고?]

"애도 아니고, 괜찮아요."

[이번 학기에도 장학금 받아야지. 그러려고 자취까지 하는 거니까.]

콜록콜록. 엄마의 기침소리가 들렸다.

[집에는 언제 오니?]

"나중에 여유 생기면요."

당장은 가고 싶지 않아 대충 둘러대는데 계속되는 기침소리가 신경 쓰였다.

"그보다 어디 편찮으신 거 같은데 병원 가 봐야 하는 거 아니에요?"

[그냥 감기인데 굳이 무슨 병원엘 가. 안 가도 돼. 일 때문에 바빠서 갈 시간도 없어.]

"혹시 모르니 그래도 한번 가 봐요."

[뭐 하러 가니. 병원 가면 그게 다 돈이야. 그냥 밥 잘 먹

고 지내다 보면 어련히 낫겠지. 그보다 너는 밥은 먹었어? 대충 먹고 지내는 건 아니지?]

부스러기까지 탈탈 털어 먹고 놔둔 빈 라면 봉지가 눈에 들어왔다.

"잘 먹고 있어요."

[그래. 자취한다고 라면이나 배달 음식 같은 것만 먹지 말고 잘 챙겨 먹어. 항상 청결하게 지내는 것도 잊지 말고. 시간 날 때 학생 적금 같은 것도 좀 알아봐. 엄마 코가 석 자라 학비 보태 주기 힘드니까 힘들면 다음 학기부터는 방 빼고 집에서 다녀.]

"네. 제가 알아서 할게요."

몇 번의 잔소리를 더 들은 뒤 전화를 끊고 나서 생각했다. 빨리 돈 벌어서 제 몫을 하고 싶다. 그러면 나도 엄마도 서로 신경 쓸 필요 없이 제자리걸음이나마 각자의 인생을 살 수 있을 텐데. 목이 말라 2리터짜리 생수를 그대로 들이켰다. N코인은 아직 261원으로 횡보 중이었다.

11

"여기 포스기 아래쪽에 보시면 인수인계 버튼이 달려 있거든요?"

월요일 근무자가 버튼을 누르자 포스기 화면이 인수인계 창으로 바뀌며 밑에 달린 금전함이 탁 하고 열렸다.

"여기에다 점장님이 알려 주시는 번호 입력하고 돈통 안에 있는 돈을 다 세서 수량 칸에 적어 주기만 하면 돼요. 5만 원권은 몇 장이고 만 원권이랑 천 원권은 전부 몇 장인지 세서, 이런 식으로 총 얼마인지, 이해하셨죠? 그리고 이건 팁인데 동전은 평소에 일하는 중간에라도 미리 10개 묶음으로 정리해서 표기해 두시면 편해요. 별거 없죠?"

별것 없다고 하기에는 생각보다 자잘한 일이 많아 번거로울 것 같았다. 지금까지 손님으로 갈 때는 몰랐는데 이런 일들이 있구나. 그래도 어려운 일은 없어서 흔쾌히 대답하고는 혹시나 해서 물었다.

"근무하면서 주의해야 할 게 따로 있나요?"

"어떤 매장은 실시간으로 CCTV를 보면서 근무를 대충 하는지 아닌지 감시하고, 수시로 연락해서 쪼아대고 그런 다는데 여기 점장님은 쿨한 편이거든요. 그래서 손님이 들어왔을 때 휴대폰 안 보고, 야간 물류 작업도 시간 맞춰서 째깍째깍 해놓고, 진열대에 빵꾸난 자리도 잘 채워 놓고 하면서 할 일만 잘 하면 근무 시간에 휴대폰을 본다거나 공부를 해도 터치 안 해요."

예상대로 손님이 적은 시간에 공부나 과제도 할 수 있을 만큼 근무 환경은 좋은 것 같았다. 꿀 알바 당첨이라는 생각에 들떠 있는데 문득 월요일 근무자의 얼굴이 어두워졌다.

"편의점 알바는 처음이라고 하셨죠?"

"네. 혹시 무슨 문제라도 있나요?"

"문제라기보다는 음."

월요일 근무자는 고민하듯 팔짱을 낀 채 턱을 괴었다.

"별일은 없겠지만 새벽 시간대에는 혹시 모르니 조심하는 게 좋아요. 학군이 나쁜 곳도 아닌데 동네에 양아치들이 원체 많아서 앞에서 오토바이 끌고 모여들어 담배를 피우는 건 일상다반사고, 심하면 도둑질까지 한다니까요? 심지어 전에는 저희가 영업정지 당한 적도 있어요."

"영업정지요?"

"네. 전에 다른 파트 근무자가 위조한 신분증에 속아서 민짜에게 담배를 팔았는데, 그 새끼가 되려 미성년자에게 담배를 판 거냐고, 돈을 안 주면 신고하겠다고 역으로 협박했거든요. 점장님은 절대 못 준다고 하셨고요. 그래도 CCTV에 신분증을 확인하는 장면이 찍혀 있어서 벌금은 안 냈는데 영업정지 처분은 못 피했어요."

협박에 영업정지라니, 들으면서도 귀를 의심하게 되는 내용이었다. 기사로 접할 때는 남의 일이라서 관심도 없었는데 이제 내 일이 될 수도 있겠구나 생각하니 마음이 바짝 쪼였다. 새삼 마음을 다잡고 있는데 매장 안쪽에서 점장이 서류를 들고 나왔다.

"교육 끝났나요?"

"네, 점장님. 방금 인수인계까지 끝냈습니다."

"고마워요. 나머지는 내가 할게요."

점장은 근무 시간 십 분 전에 도착해야 한다거나 CCTV가 설치돼 있는 위치 등의 기본적인 사항 몇 가지를 더 알려주고는 계약서를 내밀었다.

"근무시간과 급여는 그때 공지했던 것과 똑같아요. 여기에 급여 받을 계좌번호 적고, 서명도 같이 해 주면 돼요. 응, 거기. 다 썼으면 보관용으로 여기에도 한 번 더 하고."

공란을 다 채운 계약서를 받아든 점장이 내 등을 한 차례 두드렸다.

"세상만사 옷깃만 스쳐도 인연이라는데, 이렇게 만난 김에 기본적인 것들 잘 지키면서 오래 같이 일해 봐요. 이거는 계산 다 해 놨으니까 가면서 먹고, 수요일에 봐요. 오늘 교육받은 건 잊지 말고 꼭 기억하고요."

점장이 건넨 바나나우유를 들고 집으로 돌아왔다. 출근 전 교육을 마치고 나니 졸업 때까지 하기로 했던 계획의 첫 단추를 무사히 끼운 느낌이었다. 작은 성취감에 들떠 옷도 갈아입지 않은 채 그대로 누워 휴대폰을 켰다. N코인의 현재 시세는 262원으로 차트는 어제 매수한 260원에서 ±0.7% 구간을 횡보하고 있었다. 그래도 매수세가 꾸준히 누적되고 있어 조만간 위로 치솟을 것 같다는 생각이 들었다. 이전 D코인처럼 시세가 오르는 타이밍을 놓치는 일을 방지하기 위해 300원이 넘으면 알림이 오도록 설정했다.

벌써 저녁 여섯 시가 지나 있었다. 남은 시간 동안 괜히 돈 쓰지 말고 집에서 라면이나 먹어야겠다. 막 냄비에 물을 부으려는데 하영에게서 DM이 왔다.

[나 지금 학교 왔는데, 혹시 오늘 저녁 다른 일 없으면 밥이나 같이 먹을래?]

이미 오늘 하루 결심한 게 있었지만,

[좋지.]

하영과 먹는 건 괜한 일이 아니다. 곧장 냄비 물을 쏟아버리고 씻으러 화장실로 달려갔다.

❧ 12

"지난번 회식 이후로 오랜만에 뵙네요. 선배님!"

불청객이 있을 줄이야. 최대한 표정 관리를 하며 대답했다.

"그러게, 오랜만이다."

밥을 먹자고 해서 나왔더니만 다인과 함께였다. 다인은 개노답 삼 형제와의 일로 요주의 인물이 된 만큼 주의할 필요가 있었다. 이런 내 경계심을 알 리 없는 다인은 생글생글 웃는 낯으로 나를 바라봤다.

"너랑 먹는다고 하니까 다인이도 오고 싶대서. 괜찮지?"

"그럼, 사소하지."

그래, 고작 밥 한 끼 먹는 거니까. 큰 기대를 하고 온 게 아니라고 스스로 합리화했다. 메뉴판을 보니 메뉴는 제육덮밥과 돈가스 단 두 가지뿐이었다. 든든한 라인업에 가격까지 저렴하다니, 이 가게에 자주 와야겠다. 하영이 먼저 메뉴를 골랐다.

"나는 제육 먹을래."

"그러면 나는 돈가스에 소스 따로."

메뉴 사진을 보니 미리 소스를 뿌려서 내오는 경양식 돈가스인 것 같아서 따로 달라고 요청했다.

"선배님도 소스 따로 드세요?

다인이 신기하다는 듯 쳐다봤다.

"뭐든 부어 먹는 걸 안 좋아해서."

"저도 그런데. 저희가 비슷한 점이 있네요?"

확실히 개노답 삼 형제가 정신을 못 차릴 만했다. 이런 식으로 공통분모를 만들어 호감도를 높이고 접근하려는 거겠지. 나쁘지 않은 전략이지만 이번에는 상대를 잘못 만났다.

"여기 제육 하나에 돈가스 둘 주시고요, 소스는 둘 다 따로 주세요."

주문을 한 뒤 하영에게 물었다.

"강의가 늦게 끝났어? 저녁까지 학교에 있었나 보네."

"소모임 하는 날이었어."

"소모임?"

"네! 모여서 경제 공부도 하고 투자 정보도 공유하는 소모임인데, 선배도 같이 하실래요?"

옆에서 다인이 끼어들었다. 하영도 잘됐다는 표정이었다.

"너도 들어올래? 같이 하면 재밌을 텐데. 서로 도움도 많이 되고."

"난 됐어."

소모임이나 동아리 같은 단체 활동은 시간만 뺏기기 때문에 질색이었다. 더군다나 내가 하고 있는 게 주식이 아닌 코인이라 딱히 공유할 정보도 없었다.

"지난번에 술 마실 때도 같이 있었던 것 같은데, 둘이 친한가 봐?"

"아닌데요?"

다인이 옆에 앉은 하영의 팔짱을 꼈다.

"하영 언니와는 완전 애정하죠."

하영이 귀엽다는 듯 다인의 뺨을 살짝 꼬집었다.

"작년에 팀플이 필수인 교양 수업 들을 때 같은 조였거든. 그때 많이 친해졌어."

"맞아요. 그때 유진 선배랑 셋이서 과제로 볼링도 치고, 맥주도 마시고, 꽃놀이도 가고, 진짜 재밌었는데."

여기서까지 과대가 언급되는 게 거슬렸지만 태연한 척 돈가스를 썰었다. 고기 두께가 얇고 튀김옷이 두꺼워서 칼이 잘 들지 않았다.

"그땐 진짜 놀랐어. 그 예의 없이 운전하는 차 조수석에 타고 있던 거 너 맞지?"

찬호의 코너링을 코앞에서 직관했던 하영이 화를 내며 물었다.

"누가 운전을 그렇게 해? 그러다가 사람이라도 치면 어쩌려고?

"미안, 걔가 원래 좀 그래. 그때는 나도 놀랐어."

"그렇게 경솔하게 운전할 거면 운전대를 잡으면 안 되는 거 아냐? 너도 그걸 보고만 있으면 어떡해? 위험한데."

진심으로 화를 내는 하영에게 내가 한 일이 아닌데도 변명하듯 사과했다.

"그분은 선배님 친구분이에요? 운전하시던 분."

다인이 좋은 타이밍에 끼어들었다.

"친구… 까지는 아니고, 그냥 고등학교 때 같은 반이었던 애야."

"그러면 차도 그분 차인 거죠?"

"맞아. 걔가 차를 새로 뽑은 김에 우리 학교에 와 보고 싶다고 해서 한번 만났는데 운전을 그렇게 할 줄은 몰랐네. 내가 다음에 따로 주의를 줄게."

하영은 그제야 화가 좀 누그러진 얼굴이었다.

"그렇구나. 미안해, 네 잘못도 아닌데 괜히 너한테 화내서."

"괜찮아. 네 말이 맞아. 걔는 운전대 잡으면 안 되는 놈이야."

환기된 분위기에 안심하며 물을 마시다가 다인과 눈이

딱 마주쳤다. 눈을 찡긋하는 걸 보니 의도적으로 끼어든 것 같았다. 별것도 아닌데 고마웠다. 테이블 위에서 진동이 울렸다. 하영의 휴대폰이었다.

"얘들아, 나 잠깐 통화 좀 하고 올게."

하영이 잠시 자리를 떴다. 둘만 남아 분위기가 어색했지만 굳이 말을 섞고 싶지 않았다. 말없이 돈가스를 소금에 찍어 먹고 있는데 다인은 잠자코 있을 생각이 없는 것 같았다.

"선배님."

"어."

"하영 언니 좋아하시죠?"

다인이 돈가스 한 점을 포크로 찍어 들었다. 훅 들어온 공격이었지만 태연하게 대답했다.

"전혀."

"사람이 거짓말을 할 때 특징이 뭔지 아세요? 거짓말이 망설임 없이 바로 나온다는 거예요."

다인이 돈가스를 한 입 베어 물었다.

"마음속 깊이 꺼내야 하는 진실과 달리 처음부터 내 게 아니니까 바로 내뱉는 거죠."

"그래서 내가 거짓말을 하고 있다고?"

"아니에요?"

잠시 고기를 씹으며 맛을 음미하던 다인이 포크를 내려

놓고 턱을 괴었다.

"회식 날 하영 언니랑 밤 산책도 했고 오늘도 언니 연락에 바로 나온 것만 봐도 알겠던데요. 선배님은 다른 사람들 연락에는 전혀 나올 것 같지 않거든요."

떠보는 것 같았지만 정곡을 찔렀다.

"눈썰미 좋네."

변명해 봤자 구차해질 것 같아서 바로 수긍했다.

"칭찬 감사해요."

칭찬은 아니었지만 다인이 예의 그 웃는 얼굴로 받았다. 표정이나 말투까지 전부 내숭이라는 생각이 들어 우습기도 했다.

"제가 선배 도와드릴 수 있을 거 같은데."

"됐어, 내가 알아서 해."

이제는 '님'자도 안 붙이는군. 다인이 갑자기 거리감을 좁혀 왔다. 상대에게 끌려다니는 건 딱 질색이라 단칼에 끊었다. 하지만 이어진 말은 무시할 수 없었다.

"그러면 하영 선배가 유진 선배랑 잘돼도 상관없다는 거죠?"

하, 순간적으로 헛웃음이 나오자 다인은 효과적인 떡밥이었다고 생각한 듯 곧바로 본론을 꺼냈다.

"제가 선배를 위해 사랑의 큐피드가 되어 드릴까요? 물론 선배도 귀여운 후배를 도와준다는 조건으로요."

"일단 잘 들어."

전혀 귀엽지 않은 후배의 설레발을 정정해 줄 필요가 있었다.

"나는 하영이와 당장 사귀고 싶은 게 아냐."

아직은 말이다. 내 말에 다인은 어이없다는 표정을 지었다.

"그러면 하영 언니를 좋아하지만, 사귀고 싶은 건 아니다, 하지만 그렇다고 해서 유진 선배랑 잘되는 건 싫다, 뭐 이런 거예요?"

무시하고 말했다.

"그렇다 치고, 너는 내가 뭘 해 주기를 원하는데?"

"그때 선배랑 같이 있던 분 있잖아요."

그제야 다인이 자신의 패를 꺼내 들었다.

"소개해 줄 수 있어요?"

"누구, 지후? 병규? 아니면 진우?"

"…겠어요?"

농담 삼아 개노답 삼 형제의 이름을 하나씩 읊으니 다인이 나를 째려봤다. 드디어 한 방 먹였다 생각하니 기분이 좋았다.

"그러면 찬호 말하는 거야? 그때 운전하던 애?"

"이름이 찬호구나, 어쩜."

다인이 설렌다는 듯 두 손을 깍지 끼고 오른뺨에 붙였다.

"저는 돈 많은 사람이 이상형이거든요. 차도 스포츠카에 입은 옷도 명품이던데. 아… 너무 멋지다."

지나친 솔직함에 황당했지만 사람을 떠보면서 꿍꿍이를 숨기고 있는 것보다는 훨씬 나았다.

"그래, 한번 물어는 볼게."

그 말에 다인이 오른손을 내밀었다.

"좋아요, 선배. 저도 도와드릴 테니 앞으로 잘 부탁해요."

"그래."

나도 예의상 손을 맞잡고 흔들어 줬다. 마침 통화를 마치고 돌아온 하영이 우리를 신기한 듯 쳐다봤다.

"뭐야, 둘이 그새 친해진 거야?"

"대화가 잘 통하더라."

손을 떼고 나서 돈가스를 마저 먹었다. 이미 식었지만 맛은 나쁘지 않았다.

"둘이 비슷한 점이 많다 생각했는데, 지금 보니까 돈가스를 소금에 찍어 먹는 것도 똑같네."

"저희 비슷하다네요. 선배."

다인이 능청스럽게 웃었다.

"돈가스에는 소금이지."

처음보다 편해진 자리에서 대화를 나누며 밥을 먹고는 계산을 하기 위해 카드를 꺼내려는데,

"오늘은 내가 살게."

하영이 가방에서 지갑을 꺼냈다.

"와! 언니 최고! 감사합니다."

마냥 좋아하는 다인과 달리 나는 마음이 불편했다.

"내 건 내가 낼게."

그러자 하영이 고개를 저었다.

"오늘은 내가 갑자기 불러낸 거니까 내가 살게. 대신 다음에 알바비 들어오면 그때는 네가 사 줘."

"그래요, 선배. 이럴 때는 그냥 감사히 잘 먹었습니다, 하면 돼요."

그게 말처럼 쉬우면 얼마나 좋을까. 어쨌거나 헤어져서 집에 오면서 생각해 보니 나름 나쁘지 않은 시간이었다. 하영과 다음 약속을 잡을 명분이 생겼고 동료 비슷한 관계도 생겼으니까. 그러다 하영이 밥값을 계산해 줘서 내심 다행이라는 생각에 이르자, 갑자기 비참한 기분이 들었다. 문득 배꼽 아래로 통증이 일었다. 잠자코 웅크려 있던 무언가가 고개를 든 것 같았다. 오랜만에 느껴 보는 통증이었다.

휴대폰을 꺼내 차트를 확인했다. N코인은 마지막 봤던 262원에서 270원으로 올라 있었다. 단 이틀 만에 수익률은 +3.85%가 되었고, 예상 수익률에는 4천 원이라고 찍혀 있었다. 차트를 보면서 잠시 고민했다. 그러고는 시세가 더 떨어질 때 사겠다는 당초 계획과는 달리 통장에 남은

10만 원으로 N코인 400개를 현재 시세로 추가 매수했다.

여유롭게 기다릴 때가 아니었다. 빨리 수익을 내야 했다. 그리고 N코인은 확실히 오를 것이다. 반드시 올라야 한다. 빨리 돈을 벌고 싶다. 돈을 쓸 때 고민할 일이 없었으면 좋겠다. 좋아하는 사람을 위해 거리낌없이 돈을 써 보고 싶다. 평단 265원에 수량 800개가 된 코인 잔고를 보며 뜬 눈으로 밤을 지새웠다.

13

[현수야. 오늘부터 알바 맞지? 강의 다 끝나고 가나?]

　[응. 야간이라 밤 11시 넘어서 가.]

　하영에게서 온 메시지에 답장을 보냈다.

　[정말 늦게 하네. 주소 알려 주면 막차 탈 일 있을 때 한 번 놀러 갈게~]

　[((o(´∀`)o))]

　[뭔데, 이 유사 이모티콘은?]

　[알바 잘하라는 응원의 댄스.]

　[(๑•ᴗ•๑)ง]

　이게 응원의 댄스라고? 바보같이 생긴 이모티콘이었지만 입가에 미소가 떠올랐다. 입대 전 마지막으로 봤을 때 그런 일이 있었기 때문인지 복학할 때만 해도 서먹하면 어쩌나 걱정했는데, 좋은 신호로 느껴졌다. 하영에게 편의점 주소를 보냈다.

어제도 밤새도록 코인 시세만 본 탓에 계속 하품이 나왔다. 잠깐 모니터링만 한다는 것이 자기 직전까지 내내 차트만 봤던 것이다. 자는 동안에도 시세 걱정 때문에 중간중간 계속 잠이 깨서 수면의 질도 좋지 않았다. 알바를 하면서 졸 수는 없으니 오늘은 강의 끝나는 대로 도서관 대신 집에 가서 잠깐이라도 눈을 붙여야겠다.

"현수현수~ 너무하다."

데자뷔인가. 다음 강의실로 막 이동하려는데 과대가 다가왔다.

"뭐가 또."

"애들한테 얘기 들었는데. 최근에 하영이랑 다인이랑 밥 같이 먹었다면서?"

"맞아."

"그리고 전에는 지후와 병규, 진우하고도 먹었고?"

"그것도 맞아."

"현수야."

과대는 진심으로 서운한 표정을 지었다.

"우리 같이 밥 한번 먹기로 했잖아. 그런데 연락도 안 해놓고, 다른 애들하고는 먹고. 심지어 회식 날에도 합석하기로 해놓고 말이야."

과대는 이어서 정답을 알아맞혔다.

"혹시 나 피하는 건 아니지?"

"피한다니. 그냥 타이밍이 안 맞은 거지."

피한 게 맞지만 말이다.

"그런 거지? 믿는다?"

과대는 그제야 안심한 듯 웃었다.

"그러면 이따가 저녁 여섯 시쯤 강의 끝나고 밥이나 같이 먹을래?"

"미안하지만 오늘은 안 돼. 오늘부터 알바하거든. 그래서 당분간은 어려울 것 같아."

물론 야간이기는 하지만 알바를 하는 건 사실이기 때문에 당당하게 말했다.

"어쩔 수 없지. 다음에 시간 맞을 때 꼭 보자. 시간표 공유해 줘."

"그래그래."

미안하지만 앞으로도 너하고는 쭉 시간이 맞을 일을 없을 거다. 기약 없는 공수표였지만 과대의 말투를 따라 살갑게 대답해 줬다. 다시 강의실로 가려는데 뒤에서 또 익숙한 목소리가 들렸다.

"선배님, 안녕하세요."

다인이 우리 둘 쪽으로 걸어왔다.

"다인아!"

"안녕하세요. 유진 선배!"

손을 흔들며 반기는 과대에게 살갑게 인사한 다인이 불쑥 내 팔을 잡았다.

"현수 선배님께 여쭤볼 게 있어서 잠깐 빌려도 괜찮을 까요?"

"응? 괜찮아."

"난 안 괜찮은데."

"잠깐이면 돼요."

다인은 그대로 내 팔을 잡고 과대의 눈이 닿지 않는 복도 뒤쪽으로 끌고 갔다. 나는 보는 눈이 없는 걸 확인하고 나서야 다인의 손을 떼어 놓으며 물었다.

"갑자기 왜 그러는데?"

"뒤에서 듣고 있다가 하도 답답해서요."

다인이 팔짱을 끼며 나를 쳐다봤다.

"둘이 맞짱을 까서 담판 지어도 모자란 마당에 회피나 하고 뭐 하는 거예요? 회피하는 남자는 인기 없는 거 몰라요?"

얘가 지금 뭐라는 거야. 어이가 없어 되물었다.

"내가 쟤랑 왜 맞짱을 까?"

"그거야 당연히 하영 언니."

"야!"

급하게 다인의 입을 틀어막았다. 주위를 둘러보니 다행히 들은 사람은 없는 것 같았다. 내 손을 치우면서도 다인은 흡족해했다.

"바로 이런 터프함이 필요하다니까요!"

"터프함이고 자시고 애초에 하영이가 우승 상품도 아닌데 무슨 소리를 하는 거야?"

"들어봐요, 선배."

다인의 목소리가 사뭇 진지해졌다.

"일단 지금 중요한 건 유진 선배가 하영 언니에게 관심이 있나 없나예요. 만약 제가 선배라면 유진 선배와 친해진 다음 여소라도 시켜 줬을 걸요? 그러면 기회를 봐서 반응을 떠볼 수도 있는 거잖아요. 만약 유진 선배가 소개팅에 관심을 가진다면 하영 언니에게 이성적 관심이 없는 거고요."

"만약 관심이 없으면 하영이에게 관심이 있는 거고?"

"가능성이지만 그쵸."

다인이 제시한 근거에 수긍하면서도 허점을 지적했다.

"그런데 나는 따로 아는 여자애가 없는데."

"그걸 뭐 하러 걱정해요. 제 동기들도 그렇고, 유진 선배에게 관심 많은 여자애들 널려 있는데. 솔직히 에타에다 유진 선배랑 소개팅을 위해 오디션을 본다는 글 올리면 아마 학교 정문에서 지하철역 입구까지도 줄이 이어질걸요?"

처세술에 용병술까지. 복학생의 굳어 버린 사회성으로는 할 수 없는 제법 훌륭한 발상이었다. 다인의 책략에 진심으로 감탄하며 말했다.

"확실히 적은 가까이 두라는 말이 있긴 하지."

"그러니까 유진 선배랑 밥이라도 먹어 봐요. 혹시 알아요? 일이 잘 풀릴지."

"그래, 그게 낫겠다. 고마워."

"뭘요, 저희는 이제 동지잖아요. 그래서 우리 찬호 오빠는 어떻게 됐어요?"

솔직히 잊고 있었지만 당황하지 않고 둘러댔다.

"안 그래도 오늘 보내려고 했어. 이따가 나한테 DM으로 찬호한테 보낼 사진 줘 봐. 그리고 걔가 너에 대해서 물어보면 인스타 주소 정도는 알려 줘도 되지?"

"네. 괜찮아요. 사진은 강의 다 끝나고 최대한 엄선해서 저녁에 보내 드릴게요."

다음 강의실로 이동하는 다인을 보며 나도 가려다가, 과대를 세워 두고 왔던 게 생각났다. 과대는 아직 그 자리에서 휴대폰을 보면서 나를 기다리고 있었다.

"얘기 잘 하고 왔어?"

과대는 휴대폰을 넣으며 내 쪽을 봤다.

"벌써 다인이랑 그렇게 친해진 줄은 몰랐네. 다인이 착하지 않아? 애가 정말 괜찮더라고."

제법이라는 표정의 과대에게 심드렁하게 대꾸했다.

"그런 거 아니거든."

괜찮기는 하지, 착한 건 모르겠다만. 그건 그렇고 바로 본론을 꺼냈다.

"생각해 보니까 알바가 수요일, 금요일이라서 이날만 빼면 괜찮을 것 같거든. 다음 주 목요일에 괜찮으면 그날 밤 어때?"

"좋아! 뭐 먹을까? 맛있는 거 먹으러 가자. 마침 이 근처에 텐동집 생겼는데 어때?"

과대는 휴대폰으로 지도 앱을 켜 텐동 가게의 메뉴를 보여 줬다. 가장 저렴한 메뉴가 만 7천 원이라니. 만 원 이하로 가격 마지노선을 정해 두고 싶었지만 선수를 뺏긴 탓에 마지노선이 붕괴됐다. 그래도 과대 앞에서 약한 소리 하기는 싫어서 그러자고 했다.

"그러면 다음 주에 보자. 오늘 알바도 파이팅하고!"

잔뜩 신난 과대는 다음 강의실 쪽으로 사라졌다. 약속을 잡은 것이 과연 잘한 일일까 불안했지만 이미 던져진 주사위, 더는 신경 쓰지 않기로 했다. 그보다, 잘하면 이번에는 코인 수익으로 먹을 수 있지 않을까? 어제 본 N코인 차트의 움직임이 생각났다.

코인 앱을 켜자 차트는 그사이 273원으로 올랐고 예상 수익률은 +3.02%인 6천 원이었다. 여전히 적은 돈이었지만 곧 오를 거라는 믿음이 있어서인지 조급한 마음은 없었다.

내 평단인 265원에서 10% 오르면 예상 수익은 2만 원. 그때 매도하고 그 돈으로 텐동을 먹으면 되겠다는 희망을 품고서, 이제 땀을 흘리기 위한 발걸음을 옮겼다.

14

500원짜리는 23개, 100원짜리도 16개로 딱 맞고, 50원과 10원은 세어 볼 필요도 없이 10개 묶음으로 한 통씩 있으니 인수인계는 이상 무. 셈이 끝난 동전들을 다시 제자리에 넣고 포스기의 금전함을 닫는 것으로 첫 근무를 시작했다.

확실히 집 근처 편의점의 야간 알바를 찾은 것은 탁월한 선택이었다. 작은 매장이니 채워야 할 매대나 청소할 면적이 적었고, 학교와도 거리가 멀어 손님들의 방문도 뜸했다. 끽해야 한 시간에 두 명 꼴로 간간이 술과 안주, 담배 등을 사가는 게 전부였다.

최적의 노동환경에 만족하며 전공책을 꺼냈다. 이제 오티도 끝났고 본격적으로 진도를 빼고 있어서 미리 공부를 해놔야 장학금에도 문제가 없을 터였다. 그동안 유일한 호적수였던 과대도 학년이 달라졌으니 변수가 없는 이상 수석 장학금은 내 차지가 될 것이다.

순간 다인이 생각났다. 지난번 회식 자리에서 듣기로는 분명 2학년이라고 했는데, 같은 강의도 듣고 있는 만큼 평균 학점이 어떤지가 궁금했다. 양반은 못 되는지 다인에게서 메시지가 왔다.

[이 중에서 제일 예쁘게 나온 걸로 찬호 오빠에게 전달 부탁해요~ 선배.^^]

[사진]

[사진]

[사진]

"이건 또 뭐야?"

메시지 테러로 휴대폰에서 계속 진동이 울렸다. 명품관이나 해외 여행지에서 한껏 뽐내고 찍은 다인의 사진들이었다.

[ㅇㅇ]

고르기 귀찮아서 그냥 다 보낼 생각이었다. 마침 잘됐다 싶어 궁금했던 성적에 대해 물었다.

[그나저나 너 공부는 잘해?]

[성적 물어보는 남자 진짜 매력 없거든요! 혹시라도 하영 언니한테는 그러지 마요.]

[소개 안 해 준다?]

[장난인 거 아시죠? 저 작년에 수석 장학금 받았어요.]

학년 수석이라는 말에 진심으로 찬호와 잘되게 해 줘야 겠다 싶었다. 연애를 하게 되면 그만큼 공부에 소홀해질 테니 다인은 연애의 기쁨을 누리고, 나는 수월하게 장학 금을 받을 수 있고. 모두에게 좋은 결과가 될 것이다.

문제는 지금이었다. 설마하니 내가 찬호에게 먼저 연락 하게 될 줄은 몰랐는데. 휴대폰을 들고 있으면서도 망설여 졌다. 그날 잘 도착했냐, 따위의 안부도 묻지 않았으면서 갑자기 본론을 꺼내는 게 좀 민망했지만 다인과 한 약속을 지키기 위해 메시지를 보냈다.

[여소 받을 생각 있음? 우리 과 후배인데, 너가 이상형 이라며 소개해 달라고 하더라. 사진 보내 줄 테니 관심 있 으면 말해.]

자정이 지난 시간이라 그런지 답장은 바로 오지 않았다. 방금 보낸 메시지를 다시 읽어 보면서도 학창시절 인기가 없었던 데다가, 심지어 고졸이기까지 한 찬호에게 여자가 먼저 나서서 소개해 달라는 요청을 받았다는 것이 새삼스 러웠다. 코인으로 돈을 벌지 않았다면 어림도 없었겠지.

딸랑.

"어서 오세요."

손님이 와서 일단 휴대폰을 내려놓고 응대했다. 깡마르 고 옷차림이 꾀죄죄한 사십 대 남자였다.

"저거 주세요."

남자는 손가락으로 내 뒤쪽의 담배 진열대를 가리켰다.

"이거 맞나요?"

"아뇨, 저거요."

손가락이 가리키는 방향에 있는 빨간색 케이스의 담배를 집어 들었으나 남자는 계속 손가락질을 할 뿐이었다.

"그러면 혹시 이건가요?"

"아니, 그 옆에. 거참 답답하네……."

담배를 꺼내는 등 뒤에서 한숨과 구시렁거리는 소리가 들렸지만 못 들은 척 무시했다. 이런 유형은 굳이 말대꾸하지 말고 빨리 보내는 게 상책이었다. 몇 번의 실랑이 끝에 남자가 원하는 담배를 찾아 건넸다.

"계산이요."

남자가 주머니에서 동전을 한 움큼 꺼내 계산대 위에 펼쳤다. 밖으로 굴러 떨어지기 직전인 동전들을 쓸어 모으는 사이 남자는 이미 매장 밖으로 나가고 있었다. 계산이 끝나지 않아 급히 따라가서 불러 세울까 했지만 남자는 이미 시야에서 사라지고 없었다.

"어이가 없네."

전혀 예상치 못한 상황에 황당했다. 자리로 돌아와서 동전을 마저 셌다. 10원부터 500원까지 뒤섞여 있는 데다가 몇 개는 녹이 잔뜩 슬어 이끼 비슷한 것까지 끼어 있어서 만지기조차 불쾌했다. 다행히 총액은 4,500원, 모자라진 않았다.

첫날부터 제대로 신고식을 치른 셈인가. 앞으로의 근무가 걱정됐지만 당장 내 계좌 잔고와 다음 달에 빠져나갈 돈들을 떠올리자 다시 기합이 들어갔다. 월세도 월세였지만 술자리나 밥 약속처럼 예상치 못한 지출이 생겼으니 알바비로 고정 수입을 확보할 필요가 있었다.

지잉.

옆에 두었던 폰에서 진동이 울렸다. 찬호로부터 답장이 왔나 싶었는데 전혀 생각지도 못한 알림이었다.

[지정가 도달]
N코인 300 KRW 도달

이게 어떻게 된 일이지? 놀라서 바로 코인 앱을 켰다. N코인의 차트를 보니 저점이라 생각했던 260원대 구간에서 현재 305원으로 무려 15%나 올랐다. 잔고에는 3만 2천 원의 예상 수익이 찍혀 있었다.

고민됐다. 지금 매도해서 수익을 볼지 좀 더 기다릴지. N코인을 매수할 때부터 분명 더 오를 거라는 확신이 있었지만 막상 진짜 오르자 불안했다. 차트를 보니 아직 세력이 매집을 진행하고 있어 시세가 순조롭게 오르는 것 같기는 하지만 언제 다시 매도 물량을 쏟아내서 시세를 낮춰 개미들에게 겁을 주는, 일명 개미 털기를 할지 알 수 없기 때문에 방심할 수는 없었다. 그렇다면 지금 매도하지 않고 있다가 다시 저점 구간으로 시세가 하락할 경우 지금의 수익은 몽땅 사라질 것이다.

차라리 지금 시세에 전부 매도해서 수익을 챙긴 뒤 다시 저점으로 갈 때 재진입하는 것으로 단타를 칠까 생각했다. 하지만 매수세가 매도세를 꺾고 흐름을 타서 계속 오를 가능성도 무시할 수 없었다. 눈앞에서 시세가 300원 밑으로 잠깐 내려갔다가 다시 올라오는 걸 실시간으로 보고 있자니 마음이 다시 흔들리다 못해 요동쳤다.

딸랑.

"어서 오세요."

매대를 구경 중인 손님을 계산대에서 보고 있으니 현실로 돌아온 느낌에 퍼뜩 정신이 들었다. 없는 돈이라 생각하고 최대한 과감하게 굴려 보기로 했으면서 잠깐의 상승에 홀딱 매도하려 하다니. 맨 처음 코인 투자를 결심했을 때 다졌던 각오를 다시 한번 마음에 새겼다.

양손을 들어 그대로 양 뺨을 내리쳤다. 손님이 물건을 계산대 위에 내려놓았다. 컵라면과 캔맥주의 바코드를 찍으면서도 계속 복기했다. N코인의 전 고점이 506원이라는 말은 그 구간에 물려 있는 사람들이 있다는 뜻이었다. 일주일도 안 돼서 시세의 15%가 오르는 매수세를 보면 적어도 400원까지는 충분히 올라갈 법했다. 운이 좋다면 다시 500원을 찍거나 전 고점을 돌파할 수도 있을 것이다. 그런데도 방금 300원을 넘겼다고 팔 생각을 하다니, 너무 조급했던 것 같았다.

다행히 카드로 계산하고 나가는 손님의 뒷모습을 보자마자 다시 휴대폰을 들었다. N코인의 시세는 현재 297원이었다. 코인을 매도하는 대신 예약 매도 주문가를 400원으로 설정했다. 만약 400원에 매도한다면 수익률 50%로 10만 원을 버는 셈 아닌가. 당일치기 주식 단타로는 절대 볼 수 없는 수익률에 헛웃음이 나왔다. N코인이 400원을 간다는 근거는 차트 외에는 없었고, 오늘의 상승 이후 하락한 채 다시 오르지 않을 가능성도 무시할 수 없었지만 처음 세운 투자 전략을 믿어 보기로 했다.

잠깐 졸음이 쏟아져서 손바닥으로 눈꺼풀 위를 꾹꾹 눌렀다. 이것이 노동의 대가인가. 손에서는 비릿한 쇠 냄새가 났다.

15

어느덧 편의점 근무 2일 차, 굉장히 큰 위기에 봉착했다. 편의점은 예상보다 손님이 훨씬 많았다. 나의 오판이었다. 한적한 곳이라는 장점이 오히려 마이너파들에겐 타깃이 되는 모양이었다.

밤 열두 시가 넘어 막차가 이미 끊긴 시간인데도 편의점을 찾는 손님들이 많았다. 그저께는 한 시간에 한 명꼴이었다면 지금은 십 분에 한 명꼴로 손님이 들어왔다. 내일을 위해 막차가 끊기기 전 집으로 귀가한 겁쟁이들과는 달리 막차마저 포기하고 끝까지 남은 정예들인 만큼 최악의 빌런이라 할 만한 손님들이 많았다. 가령 지금처럼 내 눈앞에서 술병을 다 깨부수고 바닥에 전을 굽고 있는 저 여자처럼 말이다.

"우욱! 우웨엑!"

계산대에 우두커니 선 채 험한 꼴을 보고 있자니 당장이라도 집에 가고 싶어졌다. 경찰에 전화해야 하나 고민하고 있는데 불행 중 다행으로 친구로 보이는 여자 한 명이 급하게 뛰어왔다.

"정말 죄송합니다! 술값은 이걸로 부탁드릴게요."

그녀는 본인의 지갑에서 카드를 꺼내 대신 변상하고는 전을 추가로 구우려는 여자를 부축해서 데리고 나갔다. 사고 치는 사람 따로, 수습하는 사람 따로인 관계는 경험상 오래 가지 못한다. 친한 관계일수록 기브 앤 테이크는 확실해야 하는 법이다.

딸랑.

"뭔 냄새야?"

"저기 누가 토했는데? 술병도 다 깨져 있고."

"그냥 저 아래쪽 편의점으로 가자."

남자 세 명이 들어왔다가 참사 현장을 보더니 곧장 다시 나갔다. 한숨을 내쉬며 쓰레받기와 대걸레를 가져와 술병 조각을 쓸어 내고 토사물을 치우고 대걸레로 박박 닦았다. 그래도 냄새가 빠지지 않아 몇 번이나 페브리즈를 뿌려야 했다. 그렇게 한바탕 난리를 치르고서야 겨우 숨을 돌릴 수 있었다.

수요일과는 비교도 되지 않는 금요일 근무의 난도에 기운이 다 빠졌다. 오늘은 과제나 미리 해 두려고 했는데 지

금처럼 손님 레이스가 계속된다면 어려울 것 같았다. 펼쳐
둔 전공책 위로 휴대폰을 꺼냈다.

300원에 팔 뻔했던 N코인은 현재 350원까지 올라 있었
다. 수익률 +32%에 6만 8천 원으로 어제보다 예상 수익은
두 배가 넘었다. 방금까지만 해도 무거웠던 몸이 갑자기
가벼워진 기분이었다.

N코인 드디어 반등 오나요??
지금까지 존버한 야수의 심장들이면 봐라.
시작된 건가? 500원 다시 기원.

커뮤니티 글들을 확인했다. N코인이 200원 후반일 때는
거들떠보지도 않던 사람들이 막상 상승세를 타니 이제야
관심을 가지는 걸 보면서 잘하면 오늘 안에 400원을 찍을
수도 있겠다 싶었다. 혹시 몰라 400원에 예약 매도 주문을
넣을까 싶기도 했지만 그만뒀다. 주문을 넣은 가격보다 더
올라 버리면 손해이기 때문에 직접 차트의 흐름을 모니터
링하면서 매도할 계획이었다.

딸랑.

"어서 오세요. 어?"

하영이 문을 열고 매장으로 들어왔다.

"안녕. 바쁜데 방해한 거 아니지?"

"아냐. 방금 바쁜 일 하나 끝내서 괜찮아. 그보다 연락도 없이 어쩐 일이야."

열심히 대걸레질을 한 자리를 힐끗 봤다. 페브리즈를 더 뿌릴 걸, 괜히 신경 쓰였다.

"생각나서 잠깐 들렀지. 오늘 우리 과 소모임 네트워킹 데이라서 근처에서 회식 중이거든. 너는 전달 못 받았어?"

카톡에서 지나가듯 본 것 같기도 했다.

"나야 뭐. 소모임도 없고 알바 중이니까. 그보다 너 막차는?"

"막차 끊겼지. 오늘은 같은 동아리 친구 집에서 자기로 했어."

코끝으로 은은한 라벤더 향이 번져 왔다. 향에 취해 잠깐 멍하니 있자니 하영이 대뜸 코 앞으로 손등을 내밀었다.

"기억 나? 이거 네가 선물해 준 거잖아."

"기억나지. 아직도 쓰고 있는 줄은 몰랐네. 여태 아껴 쓰는 건가?"

"뭐래, 당연히 같은 걸로 다시 산 거지."

하영은 잠시 웃고 나서 매대로 가서 초코우유 세 개를 들고 왔다.

"투 플러스 원 상품이라 세 개에 2천 원입니다. 손님."

편의점 알바의 본분을 지켜 계산을 하고 나니 하영이 한 개를 내 쪽으로 내민다.

"이건 일하면서 먹어."

"고마워."

초코우유를 받아들면서도 여전히 마음 한편에 남아 있던 답답함을 풀려고 말을 꺼냈다.

"너 시간 언제 돼? 네가 그때 밥도 사 줬는데 이번에는 내가 살게."

하영에게는 받은 게 많은 만큼 조금이라도 돌려주고 싶었다. 그러지 않고서는 배꼽 아래 응어리진 느낌이 도무지 가시지 않을 것 같았다.

"좋아, 연락 줘. 나는 먼저 가볼게. 학교에서 보자."

하영은 우유 팩 두 개를 들고 다시 회식장소로 갔다. 주고 간 초코우유를 챙기며 생각했다. 새삼스럽지만 하영은 나와는 전혀 달랐다. 나라면 친구가 알바를 한다고 해도 굳이 찾아가지는 않을 것 같은데 일부러 찾아와서 음료까지 주고 가다니. 때로는 오지랖처럼 느껴지는 관심이 나와는 상극이면서도, 그게 또 싫지만은 않았다.

그나마 코인이 올라서 밥이라도 사 줄 수 있게 돼서 다행이었다. 다시 차트를 확인했다. N코인은 그새 375원으로 올라 있었다. 시세가 오르는 속도가 심상치 않아 주의 깊게 들여다볼 필요가 있었지만 손님이 들어와서 휴대폰을 도로 바지 주머니에 찔러 넣었다.

모자를 눌러쓴 손님이 곧장 음료 진열대로 걸어가더니 제로 콜라 한 캔을 들고 왔다.

"계산이요."

바코드를 찍어 보니 행사 상품이었다.

"이거 원 플러스 원 행사 상품이라 한 캔 더 가져오시면 돼요."

"맛 교차돼요?"

"네, 저기 아래쪽에 스티커 붙어 있을 거예요."

순간, 주머니 속에서 진동이 느껴졌다. 400원에 걸어 두었던 지정가 알림이 분명했다. 설마 지금 400원을 찍은 건가? 급한 마음에 빨리 휴대폰을 꺼내 시세를 확인하고 싶었지만 아직 손님이 있어서 그럴 수가 없었다. 음료를 앞에 두고 고민하는 모습을 보니 이거나 저거나 다 그 맛이 그 맛인데 당장 아무거나 골라서 빨리 가져오라고 옥박지르고 싶었다.

급한 마음에 잠깐 시세라도 볼까 해서 휴대폰을 잡았는데 그제야 손님이 음료를 들고 계산대로 왔다. 휴대폰에서 손을 떼고 스캐너를 쥐었다.

"2천 원입니다."

드디어 휴대폰을 볼 수 있겠다 안심하는 찰나 남자가 손가락을 들었다.

"저기 세 번째 줄에 있는 걸로 주세요."

"네?"

"담배요. 저기 있는 거."

기대를 배신하고 이어지는 주문에 하마터면 눈살이 찌푸려질 뻔했다. 지금 이럴 때가 아닌데, 저 태연하게 뻗은 손가락을 그대로 잡아채서 꺾어 버리고 싶었다. 최대한 손가락 쪽에 가까운 담뱃갑을 하나씩 다 꺼내 계산대 위에 올려 놓았다.

　"4,500원입니다."

　손님이 고른 담배의 바코드까지 찍었는데도 그는 계산할 생각이 없어 보였다. 여전히 멀뚱거리며 나를 보고 있을 뿐.

　"봉투는 안 주세요?"

　속으로 참을 인 자를 한 번 그렸다. 이러고 있는 순간에도 차트가 떨어질까 봐 초조했다. 급한 대로 봉투에 음료와 담배를 쑤셔 넣었다.

　"봉투 추가 결제, 도와드리겠습니다."

　그제야 손님은 계산을 마치고 나갔다.

　"감사합니다."

　콜라 마시다가 뻥 터져 버려라. 속으로 진심을 담아 인사하고 얼른 휴대폰을 꺼내는데 다시,

　딸랑. 딸랑.

　거짓말같이 손님들이 밀려들기 시작했다. 얼마 안 돼 계산대 앞부터 좁은 매대 사이 통로까지 사람들로 가득 찼다. 어떻게 이럴 수가 있지? 장바구니를 들고 술을 담는 사람들부터 계산대 앞에서 담배를 주문하는 사람들까지. 지금

시세가 실시간으로 떨어지고 있을지도 모르는데 휴대폰을 볼 엄두가 전혀 나지 않는 어마어마한 인파를 보며 그대로 매장을 뛰쳐나가고 싶었다.

한참을 정신없이 계산을 하고 마지막 손님이 간 것을 보고서야 다리에 힘이 풀려 자리에 털썩 주저앉았다. 포스기에 떠 있는 시간을 보니 이미 사십 분이 지나 있었다. 마침내 찾아온 편의점의 평화와는 완전히 대조적으로 내 마음은 복잡하고 뒤숭숭했다. 아까까지만 해도 계속 울려대던 알림으로 뜨거웠던 휴대폰은 이미 차갑게 식은 뒤였다.

"후."

한숨이 나왔다. 알림만 해 둘 게 아니라 예약 매도 주문까지 걸어 놓아야 했나 후회가 막심했다. 예상치 못하게 바빴던 것도 변수였지만 내 안일함도 분명 문제였다. 급격한 시세 변동이 이뤄지는 코인 시장에서 달랑 알림만 걸어놓고 관망하듯 여유를 부린 나의 태도가 잘못이었다. 앞으로는 기회가 생기면 작더라도 곧바로 수익을 봐야지. 자기 객관화와 짧은 반성을 마친 뒤 반쯤 포기하는 마음으로 코인 앱을 켰다. 그러고는 생각할 새도 없이 곧바로 현재가에 매도 버튼을 눌렀다.

가진 수량이 전부 매도되었다는 알림을 보고서야 다시 숨을 들이킬 수 있었다. 머릿속이 백지가 된 느낌이다 싶었는데, 숨 쉬는 것조차 잊고 있었다. 떨리는 손으로 다시금,

방금 본 게 현실이 맞는지 코인 계좌를 확인했다.

바쁘게 일하느라 차트를 보지 못하는 동안 N코인의 시세는 400원에서 들어오는 매도세를 가뿐히 뚫고 200% 넘게 급등해 1,260원을 찍었다. 그리고 내 코인 계좌 속 20만 원이었던 군자금은 수익률 385%를 달성해 총 100만 원이 되어 있었다.

시재 확인과 인수인계를 마치고 주말 근무자와 교대한 뒤 집으로 돌아왔다. 해가 떠 있어서 그런지 날밤을 샜는데도 졸리지 않았다. 그냥 멍하기만 했다. 원래는 챙겨 온 폐기 도시락을 까먹고 잘 생각이었는데 좀체 잠이 올 것 같지 않았다. 초코우유와 폐기 도시락을 냉장고에 넣어 두고 대충 씻은 뒤 매트리스 위에 누웠다.

100만 원 하고도 8천 원. 지금 흥분으로 뛰고 있는 심장만이 현실감을 느끼게 해 줬다. 터치 몇 번으로 단박에 두 달 치 편의점 알바비를 번 셈이다.

다시 N코인 시세를 확인해 보니 700원으로 쑥 내려가 있었다. 고점에 잘 팔았다는 생각에 뿌듯했다. 바빴던 게 전화위복이 될 줄이야. 만약 400원에 매도했다면 지금쯤 땅을 치고 후회하면서 방바닥을 뒹굴고 있을 게 분명했다. 해냈다는 성취감에 입꼬리가 올라갔다.

하지만 여기서 만족하기에는 앞으로 가야 할 길이 멀었다. 남은 등록금과 월세, 생활비까지, 살면서 써야 할 돈은 아직도 많고 많았으니까. 코인 커뮤니티에 들어가니 아니나 다를까, 곡소리로 가득했다.

[N코인 1,000원에 샀다 물렸는데 어떻게 하죠?]
안녕하세요…….
N코인 이번에 오를 것 같아서 보다가 급하게 샀는데
제가 사자마자 떨어지네요
혹시 다시 오를 가능성이 있을까요?

　┗ 난 맨 처음 물리고 존버하다가 익절했는데 ㅋ

　　┗ 내 돈이 아니라고 생각하세요 그게 맘 편함.

　　┗ 진짜 내 돈이 아니라 그래요.

이 글 말고도 비슷한 내용이 더 있는 걸로 봐서 꽤 많은 이들이 고점에 물린 모양이었다. 그렇게 기회를 줄 때 진즉 샀어야지. 그 와중에 남의 돈으로 샀다는 글을 보니 한심하기 짝이 없었다.

　패배자들의 글을 보니 승리감으로 온몸이 짜릿해졌다. 남은 주말에는 커뮤니티나 분석하면서 다음에 투자할 코인을 찾아봐야겠다. 그나저나 이 100만 원을 어디에다 쓸까, 우선 20만 원 정도 꺼내서 생활비로 쓰고, 남은 80만 원은 그대로 군자금으로 계속 굴릴까? 오랜만에 행복한 고민에 빠졌다.

16

'미래를 위해 역사를 공부해야 한다.'

고등학교 한국사 선생님이 칠판에 적어가며 강조했던 내용이다. 다 지난 일을 돌이켜보는 게 어째서 미래를 대비하는 일인지, 그때만 해도 이해되지 않았는데 지금은 무엇보다 적극 동의하는 말이다.

도서관 4층에 자리가 없어서 위로 몇 층을 더 오르고 나서야 빈 자리를 찾았다. 간신히 자리를 차지하고 앉아 커뮤니티에 올라온 게시글을 분석했다. 정확히는 과거에 올라온 게시글과 코인 차트 변화를 비교해 봤다. 코인의 시세가 오르내리는 원리라고 하기에는 애매하지만 투자의 근거 정도는 될 만한 패턴이 얼추 보이는 것 같았다.

[아직도 B코인 이딴 걸 사는 놈이 있네.]

그게 접니다.

작년에 B코인을 500층에서 샀다가 지금 300층까지 왔네요.

욕심부리다 연봉 절반 날리고 이제야 정신 차리고 떠납니다.

코인은 도저히 할 게 못 되는 것 같습니다.

성투하세요.

ㄴ 난 맨 처음 물리고 존버하다가 익절했는데 ㅋ

　ㄴ ㅉㅉ 반등했는데 좀만 더 기다리지. 아깝네.

58만 원에서 33만 원으로 하락해 반토막난 코인 잔고를 인증한 게시글의 작성일은 올해 1월 말이었다. 같은 날에 올라온 다른 글들도 대개 B코인의 하락에 절규하거나 손절을 결심했다는 비관적인 내용이었다. 하지만 3월이 된 지금, B코인 시세는 61만 원으로 그때보다 시세가 무려 85%나 상승했다.

[Q코인 아직 안 산 놈들 주목]

예전부터 계속 사라고 했지? 형이 딱 알려 준다.

지금 많이 올랐다고 팔고 나가려는 초짜들 있을까 봐 하는 말인데,

이거 지금 세력도 붙었겠다 위로 충분히 더 가거든.
너네가 놓친 기회는 다른 놈들이 먹는 거야.
이 고급 정보를 형만 알리고 했는데 여기 돈 좀
벌어보겠다는 애들도 많고 불쌍해서 알려 준다.
아직도 안 샀으면 사고, 샀는데 떨어질까 걱정되면
그냥 목숨줄이라 생각하고 꽉 잡고 있어라.

　ㄴ 난 맨 처음 물리고 존버하다가 익절했는데 ㅋ

　　ㄴ 얘는 뭔데 모든 게시글에다 이러고 있냐?

　ㄴ 설레발치는 거 보니 이제 슬슬 팔 때가 됐나 보다.

이건 불과 이 주일 전에 올라온 게시글이다. 그때만 해도
커뮤니티에 Q코인 상승을 믿어 의심치 않는 글이 많았다.
그런 Q코인은 현재 전 고점의 40%도 안 되는 시세였다. 정
확한 날짜를 보니 이 게시글이 올라온 시점으로부터 사흘
도 안 돼서 크게 폭락한 것이었다.
　두 코인을 비롯해서 지금까지 크게 상승했거나 하락한
코인들에는 모두 공통적인 패턴이 있었다. 바로 코인을
매수한 이들의 감정이었다. 코인에 물린 사람들이 많아
두려움과 비관으로 가득찬 글이 많을수록 저점에 가깝다
는 신호였고, 반대로 행복 회로를 돌리는 낙관적인 글이
많을수록 고점에 가깝다는 신호였다.

이것으로 맨 처음 N코인을 매수하고 수익까지 보게 된 과정이 단순 요행이 아니었다는 게 증명되었다. 그리고 예상치 못한 수확도 있었는데 그것은 바로 경각심이었다. 적나라한 감정을 담아 코인으로 돈을 잃은 후기를 읽고 나면 그 화면 너머에 있는 사람들이 보였다.

부모님 돈으로 코인을 샀다가 의절당한 사람, 하루 만에 억 단위의 빚이 생긴 사람, 등록금으로 올인하다 사채까지 썼다는 내 또래로 보이는 사람, 결혼 이 년 차에 아내 몰래 주택 담보금까지 끌어다 쓰고 이혼당했다는 사람까지…….

이들에겐 투자에 대한 책임감이 전혀 보이지 않았다. 오직 돈을 벌고 싶다는 욕심에 눈이 멀어 벼랑 끝에 발을 내디뎠다가 시장에서 패배하고 다시는 기어 올라오기 힘들 까마득한 낭떠러지로 추락했다. 책임감을 내팽개치고 가족에게 등을 돌린 아빠처럼, 자기 능력 이상으로 요행을 추구한 대가를 치르는 셈이다.

나는 다르다. 근거에 따른 투자를 하고 있다. 요행에 기대는 이들과는 다르다. 돈을 잃고 감정이 격해져서 후회하고, 화내고 울다가 체념하는, 광기에 가까운 그 모습들에 거리감을 두고 싶어 휴대폰을 덮었다. 그러고는 성공적인 투자를 위해 앞으로 지켜야 할 대원칙을 공책에 적었다.

공포에 사서 환희에 팔기.

생활비 40만 원 / 군자금 80만 원

지거나 이기거나, 결과값이 단 둘뿐인 코인 시장에서 이 원칙만 지킬 수 있다면 적어도 지지는 않을 것이다.

이번에 N코인으로 거둔 수익 중 20만 원을 따로 빼서 이체하고 나니 생활비에 한결 여유가 생겼다. 그뿐인가. 군자금이 80만 원이나 된다. 이제 단순 계산으로 1%만 올라도 8천 원, 10%가 오르면 무려 8만 원을 버는 셈이다. 처음 D코인으로 세 배 넘는 수익을 본 게 얼마나 운좋은 일이었는지 새삼스러웠다. 그때로 다시 돌아갈 수 있다면 전 재산으로 매수하는 건데. 아무 의미 없는 가정이었지만 아쉬움에 입맛을 다셨다.

찬호가 이전에 했던 말이 떠올랐다. 100만 원에 레버리지를 100배로 건다면 1%만 올라도 100만 원을 벌 수 있다고 했던가. 하지만 1%만 떨어져도 전부 잃는 셈이니 지나친 리스크였다. 생각난 김에 찬호의 DM을 확인해 보니 메시지를 전부 읽었다고 나와 있었다. 하지만 답장은 없었다. 다인의 사진이 별로 마음에 안 들었나? 나중에 다인을 만나면 찬호에게 까였다고 전해 줘야겠다.

휴대폰을 꺼낸 김에 코인 앱에서 다음에 매수할 코인을

찾아봤다. 마음속에 이미 정해 둔 코인이 있어서 시간은 오래 걸리지 않았다. 그 주인공은 전 고점 835원이었다가 현재 330원에 자리 잡은 Q코인이었다. 며칠 전 298원의 저점을 한 번 찍고 그 아래로는 더 내려가지 않는 것으로 보아 지지선이 있었고, 지금은 330원에 머물러 있는 걸 보니 매수세도 분명히 있어 보였다. 특히 Q코인에 관한 글은 이제 비관적인 글밖에 남아 있지 않아 원칙대로 매수하기에도 적합했다.

우선 40만 원 정도로 330원에 1,200개를 매수했다. 남은 군자금 절반으로는 시세가 더 떨어졌을 때 추가 매수를 할 생각이었다. 이렇게 투자로 군자금을 조금씩 늘려가다 보면 수익도 같이 늘어나는 법이니 이득을 조금밖에 보지 못하더라도 손해를 최대한 회피하는 게 더 중요했다.

매도 목표가는 340원인데 차트의 움직임을 보면 시세가 325원과 345원 사이에서 오르내리기를 반복하는 게 박스권에 갇힌 것 같았다. 세력이 매집을 진행 중이거나, 아니면 이미 다 털고 나간 코인이거나. 둘 중 어느 쪽인지는 모르겠지만 Q코인은 단타를 치는 게 나아 보였다. Q코인을 340원에 매도한다면 +3%의 수익률로 예상 수익은 12,000원이라 밥 한 끼 값 벌었다 치면 될 것이다. 잘하면 박스권에 갇혀 있는 동안 계속해서 단타를 반복할 수도 있고.

차트를 보니 아니나 다를까 시세는 그 사이에 약간 하락한 328원으로, 분할 매수는 옳은 판단이었다. 혀를 차면서도 320원에 알림을 설정했다. 시세가 그 밑으로 하락하면 남은 군자금 40만 원으로 추가매수를 할 계획이었다. 그렇게 계속 차트를 지켜보다가 시세가 다시 330원 위로 오르는 걸 보고 나서 휴대폰을 덮었다.

잠깐 차트만 본다는 게 벌써 두 시간이 지나 있었다. 저녁 먹기 전 남은 시간 동안 과제를 끝내기 위해 전공책을 꺼냈다. 본격적으로 과제를 시작하기 전에 잠깐 다시 코인 앱을 확인했다. Q코인은 332원으로 순항 중이었다. 안심하면서 배꼽 아래를 눌러봤다. 여전히 계속 웅크리고 있는 게 느껴졌다.

◣ 17

[매도 완료]
Q코인 340 KRW 1,200개 판매
수익률(%) +3.3 / 손익 12,000 KRW

이것으로 벌써 세 번째 보는 수익이다. 어제 Q코인을 처음 매수하고 나서 오늘 340원에 도달하자마자 바로 매도했다. 최근 코인으로 벌었던 수익과 비교하면 새 발의 피였지만 매수 버튼과 매도 버튼, 단 두 번의 터치로 한 끼 밥값을 벌었다 생각하니 나쁘지 않았다.

"뭐 하냐?"

"잠깐만. 비즈니스라서."

진우는 어느새 나온 순댓국을 앞에 두고 멀뚱멀뚱 내 얼굴을 쳐다보고 있었다. 혹시 몰라 Q코인의 지정가 알림을 다시 330원에 설정하고 휴대폰을 내려놓았다.

"그래서 하고 싶다는 얘기가 뭔데?"

공깃밥 뚜껑에다 순대를 옮겨 담으며 물었다. 잃어버린 수석 장학금 대신 진우가 밥을 사기로 약속은 했었지만, 오늘 갑자기 할 얘기가 있다고 따로 불러낸 것이 내심 궁금했다.

"너 그때 보니까 강의 끝나고 다인이랑 단둘이 한참 얘기하던데 혹시 둘이 친해?"

아무래도 지난주에 복도 뒤쪽에 가서 다인이와 따로 이야기 나누는 것을 진우가 본 모양이었다.

"친하지는 않고 그냥 안면 튼 정도? 저번 회식 때 본 뒤로 하영이랑 셋이서 밥 한 번 먹은 게 다야."

"그래? 그럼 너 믿고 솔직하게 말하는 건데."

순댓국에 다대기를 덜어 넣던 진우의 표정이 굳어졌다.

"나 뭔가 실수한 것 같아."

"실수?"

실수라면 진우가 흔하게 하는 것이 아닌가.

"다인이한테 메시지를 보냈는데 며칠째 답장이 없어. 어떻게 하지?"

"뭐라고 보냈는데."

"그냥 내가 나이도 많고, 더 친해지고 싶어서."

진우가 한숨을 쉬며 말을 이었다.

"오빠라고 부르라고 했더니 그 뒤로 답장이 없네."

가까스로 웃음을 참으며 말했다.

"아냐, 내가 봤을 때는 너의 남자다움에 설레서 그런 거 같은데."

"그래?"

얼굴에 잠깐 화색이 떠올랐으나 이내 미심쩍은 표정을 지었다.

"너도 연애 경험은 없지 않냐? 네가 여자에 대해 뭘 알아?"

"모르기는 왜 몰라."

그래도 나는 나름 연애 직전까지 갔었다. 그 근처에도 못 가 본 진우와는 경험치가 다르다.

"셋이서 밥 같이 먹었다고 했잖아. 그때 이상형에 대해 들었거든."

물론 다인의 이상형은 진우와 거리가 멀었지만 말이다.

"그러면 다인이의 이상형이 남자다운 사람이란 거야?"

"비슷해. 그런데 무게감도 좀 있으면 좋지. 그러니까 가벼워 보이지 않도록 먼저 연락 같은 거 절대 하지 말고, 어쩌다 커피 같은 거나 한 번씩 챙겨 줘. 무심한 듯 시크하게. 아마 그편이 더 매력적으로 보일 거야."

처음에는 재밌을 것 같아서 고백 공격까지 하도록 진우를 살살 부추겨 볼까 했지만, 다인과는 나름 동맹도 맺었으니 이번 한 번은 도와주기로 했다. 내 조언에 그제야 진우는 처음보다 얼굴이 한결 밝아졌다.

"안 그래도 요즘 코인도 잘 안 돼서 스트레스 많이 받았는데. 확실히 그 편이 좋겠네. 진짜 고맙다."

"그러고 보니 네가 전에 회식 자리에서 코인 얘기했잖아. 지금 너 코인 투자하냐?"

요즘은 코인이 대세라고 했던가, 분명 진우가 그렇게 말했었다.

"하기는 하는데, 지금은 물렸어."

"뭘 샀는데?"

진우의 표정이 구겨졌다.

"Q코인. 열받는 게 유튜브에서 천 원은 간다고 떠들길래 800원에 전 재산 털어서 샀는데, 오히려 떨어지기만 하더라."

이번에는 위험했다. 가까스로 허벅지를 꼬집으며 참았다.

"지금은 강제로 존버 중인데, 지금이라도 손절해야 하나 고민이야. 어쩌다 이런 개잡코인을 사 가지고."

고개를 끄덕이며 경청했다. Q코인의 전 고점이 835원이었는데 800원에 사다니, 차트로 따지면 어깨도 아닌 목젖에 산 셈이었다. 순간 좋은 생각이 났다. 군자금 절반으로 단타 칠 필요 없이 Q코인을 전량 매수하는 것이다.

"우연이네. 나도 Q코인 매수했는데. 손절할 생각이라면 좀 더 들고 있어도 될 것 같아. 차트만 보면 매수세도, 지지

선도 충분하겠다, 다시 오를 것 같거든."

방금 팔긴 했지만 Q코인을 매수한 것 자체는 거짓말이 아니었기 때문에 진우에게 희망을 줬다. 진우가 얼마를 들고 있는지는 모르겠지만, 물려 있는 개인들이 하나둘 매도하기 시작해 흐름이 매도세로 전환되기라도 하면 낭패니까. 적어도 내가 매수한 뒤 이득을 보고 매도할 때까지는 녀석이 미련하게 쭉 들고 있어 줄 필요가 있었다.

"그러고 보니 너 1학년 때 모의투자 수익률 일등이었지? 그럼 괜찮겠네. 그래서 너는 평단 얼마에 들어갔는데?"

"너보다는 살짝 낮아."

기준은 언제나 상대적인 법이다. 시세가 320원까지 떨어지는 것을 기다릴 필요 없이 지금 매수해도 진우와 비교하면 충분히 저점이었다. 만약 시세가 더 떨어진다 해도 진우보다는 손해를 덜 보고, 전 고점을 돌파한다면 나는 매우 큰 수익을 보는 셈이니 이 녀석과 비교하면 절대 질 수 없는 투자였다. 이걸 이제부터는 친구매매법으로 칭하기로 했다.

"다 먹었으면 커피나 마시러 가자. 내가 살게."

좋은 투자 근거를 제공해 준 약간의 고마움에다 덤으로 웃음까지 선사해 준 것에 대한 답례였다.

"네가 커피를 산다고?"

진우는 놀란 것 같았다.

"지후나 병규랑 있을 때도 같이 카페에 간 적 없지 않나? 그래서 커피 안 좋아하는 줄 알았는데."

카페에 가거나 커피를 마시는 것도 다 돈이기 때문에 불필요한 지출을 줄였을 뿐이다. 그래도 방금 단타로 얻은 수익으로 여유가 생겼으니 커피값 정도는 괜찮겠다 싶었다.

"그래서 싫어?"

"아니, 좋지."

밖으로 나와 바로 옆에 있는 2천 원 미만의 아메리카노가 주력인 프랜차이즈 까페로 갔다. 먼저 키오스크에 아메리카노를 담았다. 진우는 고민하다 메뉴 중에서 가장 비싼 말차라떼를, 그것도 가장 큰 사이즈로 주문했다. 좋은 말이 나올 것 같지 않아 입을 꾹 닫고 결제했다. 약간의 고마움은 곧바로 사라졌다.

"너는 애들은 따로 안 만나?"

진우가 말차라떼에 빨대를 꽂으며 물었다.

아메리카노를 한 모금 마시며 대답했다.

"안 그래도 이번에 과대 만나기로 했어."

"과대? 유진이?"

진우가 의외라는 듯 말했다.

"너 유진이 싫어하잖아."

티가 많이 났나? 대수롭지 않게 대답했다.

"싫어하지는 않아. 잘 안 맞을 뿐이지."

"그래? 그러면 나는?"

"나름 친하다고는 생각하고 있어."

따지고 보면 진우를 싫어하지는 않았다. 진우는 자신의 잘못에 책임을 지고 사과하기보다 눈치를 보면서 회피하는 성격이었다. 이런 애들은 부채감을 건드리면 다루기가 쉽다. 게다가 진우와 다닐 때면 내가 더 나은 사람이라는 생각이 들어서 좋았다.

"다행이네. 안 그래도 저번 주 네트워킹데이 술자리에서 과대 봤는데."

내 대답에 안심한 진우는 잠깐 주위를 둘러보더니 목소리를 낮추며 말했다.

"하영이랑 같이 마시고 있더라."

"둘이 같은 소모임이잖아. 그게 왜?"

아무렇지 않게 넘기고 싶었지만 그다음에 나온 말은 무시할 수 없었다.

"같은 소모임이라고 해서 밤 열두 시가 넘어서까지 단둘이서 마시냐?"

그 말에 편의점에서 알바 하고 있을 때 하영이 왔던 일이 떠올랐다. 투 플러스 원이었던 초코우유를 나에게 하나 주고 남은 두 개를 가져가던 모습이 머릿속에서 불길한 가능성으로 이어졌다. 어쩌면 둘 사이가 더 가까워진 게 아닐까.

"그럴 수도 있지."

애써 아무렇지 않게 넘겼다. 하영을 믿으니까. 하지만 이제 더더욱 준비가 필요하다. 지금 잠깐은 코인으로 여유가 생겼지만 내 행동에 책임질 수 있을 만한 경제적 자유를 얻었을 때에야 비로소 사랑을 논할 수 있을 것이다.

내 상황이 아쉽다고 생각하지는 않는다. 세상은 공평하지 않은 법이니까. 포기하는 법은 내가 철이 들면서 가장 먼저 배운 가치였다. 고통은 붙잡고 있어서 고통인 것처럼 내 것이 될 수 없는 건 처음부터 포기하면 편하다. 그리고 나는 아직 포기하지 않았다.

진우가 화장실로 간 사이 코인 앱을 켜서 Q코인 차트를 확인했다. 328원으로 다시 하락한 것을 보고 남은 군자금으로 2,400개를 마저 매수했다. 안전하게 굴릴 때가 아니었다. 다시 오를 가능성이 높으니 리스크는 감수할 필요가 있다.

갈증이 나서 아메리카노를 한 입 마셨다. 싼 원두라 그런지 탄 맛이 너무 강했다.

18

"밖을 보니 어느새 벚꽃이 피었더군요. 벚꽃의 꽃말이 중간고사인 건 다들 아시죠?"

학생들의 아우성 뒤로 분필이 칠판에 닿아 으스러지는 소리가 났다.

"아직 홈페이지에 회원 가입을 안 한 사람이 있다면 이번 주 중으로 완료하도록 하고, 계좌 개설까지 다 끝내서 곧 있을 모의투자에 참가하는 데 차질이 없도록 하세요. 신청 기간을 놓치는 사람은 과제를 제출하지 않은 것으로 간주하겠습니다."

평소라면 태도 점수를 의식해서 경청하는 척이라도 했겠지만 아랑곳하지 않고 코인 차트를 살폈다. 지금 당장은 코인이 훨씬 급했다.

[자산 현황]

총 보유 자산 816,000

Q코인 328 KRW 24,000개 보유

현재 시세 340 KRW / 예상 수익률(%) +3.66 / 예상
수익 28,800 KRW

차트는 다시 340원을 찍었지만 매도 버튼을 누르지 않았
다. 단타를 치려던 초기 계획과는 달리 더 지켜볼 생각이
었다. 차트에 꾸준히 매수세가 누적되는 것을 보니 다시
이 가격에 매수할 기회가 없을 것 같기도 했고, 중요한 근
거도 있었다.

"현수야!"

강의가 끝나자마자 바로 그 근거가 헐레벌떡 뛰어왔다.

"차트 봤어? 지금 심상치 않은 것 같은데."

얼마 오르지도 않은 차트를 보면서 호들갑을 떠는 꼴이
우스웠다. 고점에서 대차게 매수했다가 물리고 나서 마음
고생을 하다가 이제야 희망이 생긴 모양이었다. 그런 진
우에게 그동안 듣고 싶었을 말을 해 줬다.

"봤지. 시세가 320원 밑으로 다시 내려가지 않는 걸 보
니까 지금 저점을 다지고 있는 것 같거든. 매수세만 보면
곧 엄청 튀어오르겠던데? 잘하면 고점을 다시 찍을 수도
있겠더라."

고작 한 명이 팔고 나간다고 해서 시세에 영향을 줄 일은 없겠지만, 미꾸라지 한 마리가 물을 흐리는 변수를 방지하기 위해 진우에게 실낱같은 가능성을 상기시켰다.

"진짜? 그런데 지금이 새로운 고점이면 어떡하지?"

"너 어차피 지금 물려 있잖아. 그러면 지금 매도하나 더 떨어질 때 매도하나 손해는 손해인데, 기왕이면 더 이득을 볼 가능성에 걸어보는 게 낫지 않겠어?"

"그건 그렇지."

내 말에 진우는 안심하는 표정을 지었다. 이걸로 진우가 중간에 팔고 나갈 일은 사라졌다.

"혹시 모르니 다른 애들한테도 말해 줘야겠다."

"다른 애들?"

진우가 잠깐 머뭇거리더니 대답했다.

"실은 내가 지후랑 병규한테도 Q코인을 사라고 했었거든. 걔네도 마찬가지로 물려 있을 테니 아직 안 팔았으면 네 말마따나 좀 더 기다려 보라고 하려고."

설마하니 그 둘까지 꼬드겨서 단체로 못자리를 파고 들어가 있을 줄이야. 진우는 내 예상보다도 더 난 놈이었다. 그래도 한 명보다는 세 명이 매도하지 않고 버티는 게 더 이상적인 그림이니 내게는 호재였다.

진우를 보낸 뒤 도서관에 와 보니 중간고사를 앞둔 탓인지 빈자리가 전혀 보이지 않았다. 그렇다고 다들 공부를 하고 있는 것도 아니었다. 옷가지와 가방만 놔둔 채 자리를 비우거나 옆자리에 앉은 친구와 잡담을 나누는 어수선해진 분위기가 단박에 보였다. 공부도 안 할 거면 대체 도서관에는 왜 오는 거야. 못마땅해하면서 이십 분 정도를 돌아다닌 끝에 간신히 빈자리를 발견했다. 그리고 과제를 하기 전에 우선 커뮤니티 게시글부터 조회했다.

[Q코인 보이네요.]
물량 다 모은 후 급등.
잘하면 오늘 당장 급등열차가 출발할지도요.
아직 급등석에 안 타신 분들 계시다면, 멀리서
손가락이나 빠시지요.
당신이 놓친 기회는 사라지지 않습니다. 다만 남들이
먹을 뿐입니다.

코인을 하며 느낀 것이 있다. 코인 판이 매수자가 많으면 오르고, 매도자가 많으면 내리는 구조인 만큼 코인 시세가 오르기를 바란다면 그 코인을 매수하는 사람들이 많아지면 된다. 그러려면 무엇보다 여론전이 중요하다. 세 명만 모여도 호랑이를 생생하게 만들어낼 수 있다는 말처럼 여럿이 입을 모아 코인이 오른다고 하면, 매수자들이 하나둘 모이면서 실제로 오르게 되는 것이다. 아무 생각없이 남의 말만 믿고 따라서 매매하는 사람들부터 급등하는 차트를 추격해 올라타는 사람들까지 코인 투자자 대부분은 여론에 민감하다.

[Q코인 딱 알려 준다.]
320원에서 저점을 다진 지금 매수세가 몰리고 있으니,
곧 위로 쏠 거다.
물린 놈들끼리 함께 단결하고, 아직 안 샀으면
지금이라도 사라.
조금 올랐다고 판 놈 있냐? 그러면 너 재능 없으니까,
지금이라도 코인 접어라.

나 하나가 이렇게 글을 올린다고 해서 코인 시세에 영향을 줄 가능성은 희박하다. 어쩌면 전혀 주목받지 못하고 글이 묻힐 수도 있다. 하지만 지금은 수단과 방법을 가릴 때가 아니다. 내 글이 누군가에게 영향을 주고, 오른다는 희망을 줄 수 있다면 그것만으로도 충분하다. 코인으로 돈을 벌 가능성을 조금이라도 높이기 위해서는 뭐든 시도해야 한다.

게시글을 업로드하고 다시 새 글 작성하기를 눌렀다. 실시간으로 새로운 게시글이 올라오는 커뮤니티 정보의 홍수 속에서 다수 여론인 것처럼 내 글을 수면 위로 끌어올리는 게 중요했다. 그래서 이번에는 같은 작성자로 느

껴지지 않도록 새로운 양식으로 작성했다.

[Q코인 지금이라도 사야 하는 이유]
지금 음봉을 보면, 이미 시세가 많이 눌려 있는 게
보이지 않습니까?
호재만 있으면 급등할 차트입니다. 많이들 주우세요.

전혀 진정성에 느껴지지 않는 글이 어색했다. 메시지는
유지하되 더욱 진정성 있게 전달되도록 고쳐 썼다.

[Q코인 지금이라도 사야 하는 이유]
흔들리는,,,~~ 음봉 속에서,,,~~
호재 향이,,, 느껴진 거야~~~

이제야 봐 줄 만한 완성도가 됐다 싶어 바로 업로드했다.
이어서 레퍼런스 수집을 위해 주식 종목 토론방도 참고하
며 게시글 몇 개를 더 찾아봤다. 돈 드는 것도 아니니 알바
가기 전에 비슷한 글을 최대한 여러 개 작성해 둘 생각이
었다.

🖤 19

한국 땅에 편의점보다도 많은 게 교회, 교회보다 더 많은 게 카페라는 통계를 본 적이 있다. 둘 다 나와는 연이 없는 장소였다. 특히나 맛도 없는 커피를 돈 주고 사 먹어야 할 필요성을 전혀 느끼지 못했기 때문에 어쩌다 약속을 잡을 때를 제외하면 카페에 가 본 적이 없다.

"주문하신 아메리카노 나왔습니다."

금세 나온 커피를 들고 테이블 하나를 골라 앉았다. 자리에 앉자마자 입을 비집고 하품이 나왔다. 알바 끝나고 얼마 자지도 못한 탓에 굉장히 피곤했다. 과대와의 약속 시간까지는 아직 여유가 있었지만, 집에 가면 그대로 자 버릴 것 같아 카페에서 공부나 하고 있을 생각이었다.

커피를 한 모금 마시니 역한 맛이 올라왔다. 약간 탄 맛도 나는 것 같았다. 직장에 다니게 되면 이런 걸로 연명하며 사는 건가. 어느 정도 졸음이 가시는 동안 주위를 둘러 봤다. 도서관보다 시끄럽긴 해도 훨씬 쾌적하고 와이파이 도 잘 터졌다. 왜 카페에서 굳이 돈까지 써 가며 공부하는 지 어느 정도 이해가 됐다. 돈이 없을 땐 무료 공간인 도서 관이 우선이겠지만 이제 커피값 정도는 코인으로 충분히 메꿀 수 있게 된 만큼, 시험 기간에는 도서관에서 자리 경 쟁을 하는 대신 카페에서 공부하는 게 나을 것 같았다.

과제를 하기 전 코인앱을 확인했다. 새벽 근무를 하는 동안 게시글을 작성한 보람이 있었는지 360원으로 오른 Q코인은 이제 내가 손쓰지 않더라도 관련 게시글이 여럿 올라와 있는 상황이었다. 상승 여론의 궤도에 오른 것 같 았다. 단타를 치지 않기로 했으면서도 막상 계좌에 76,800 원의 예상 수익이 찍혀 있는 걸 보니 당장이라도 매도하고 싶은 충동이 일었다.

휴대폰을 덮고 전공책을 꺼냈다. 그리고 과제를 시작하 기 전에 차트를 확인했다. 어제보다 많아진 매수세로 시세 가 363원으로 올랐다. 휴대폰을 덮고 전공책을 펼쳤다. 마 지막이다 마음먹고 차트를 확인했다. 360원으로 다시 내 려갔다. 휴대폰을 덮고 필통에서 볼펜을 꺼냈다. 이번엔 정말 마지막으로 한 번 더 차트를 확인했다. 362원이었다.

[나 강의 지금 끝났어. 중문에 가 있을게!]

과대에게서 DM이 왔다. 이제야 과제에 집중하려던 참

이어서 아쉬웠지만 약속 시간이 다 된 것을 확인하고 바로 답장을 보냈다. 일부러 중문 바로 건너편 카페에 와 있어서 늦을 염려는 없었다.

짐을 챙겨 밖으로 나오니 횡단보도 앞에 서 있는 과대가 보였다. 문제는 과대 혼자가 아니라 하영이 같이 왔다는 점이었다. 나를 발견한 듯 과대가 손을 흔들었지만 답해 줄 기분이 아니었다. 둘이 같은 수업을 들은 건지, 지나가다 우연히 만난 건지. 둘 중 어느 쪽인지는 모르겠지만 친근하게 대화하는 모습을 보니 배알이 꼴렸다. 재미있는 얘기라도 들은 양 웃는 하영의 모습을 보는 게 싫었다. 신호가 바뀌자 둘이 건너왔다.

"오래 기다렸어? 미안, 강의가 좀 늦게 끝났어."

"괜찮아. 그보다, 하영이도 같이 있었네."

왜 둘이 같이 있는지 직접적으로 물어보기가 거북해서 돌려 말했다. 다행히 의도는 제대로 전달된 것 같았다.

"아, 하영이랑 같은 강의 듣거든."

"유진이가 너랑 저녁 먹기로 했다길래 집에 가기 전에 잠깐 얼굴이나 보려고 왔지."

합당한 이유였지만 아직 안심하기에는 일렀다. 과대와 약간이라도 여지가 있다는 게 별로였다. 순간 좋은 생각이 났다. 포석을 깔기 위해 하영에게 말했다.

"하영아, 너 혹시 저녁 일정 따로 있어?"

내 질문에 하영이 의아한 듯 답했다.

"없는데, 왜?"

"그러면 같이 저녁 먹을래? 과대도 괜찮다고 하면."

원래는 과대와 단둘이 밥이나 먹으면서 여자를 소개해 줄 생각이었다. 하지만 하영 앞에서 보이는 과대의 반응을 보면 하영에게 관심이 있는지 없는지를 떠보기가 쉬울 것 같았다.

"난 상관없는데, 너희 둘이 따로 볼일 있었던 거 아냐?"

하영이 과대를 슬쩍 쳐다봤다. 과대도 하영을 슬쩍 보더니 여느 때처럼 싱글싱글 웃는 낯으로 답했다.

"좋지, 같이 가자."

중문 쪽 사거리를 지나 텐동집에 도착했다. 입구 양쪽에는 개업 축하 화환들이 늘어서 있었다. 갈색과 붉은색이 섞인 목조 인테리어와 검은색 유니폼을 차려입은 직원들의 모습이 고급 일식점이라고 과시하는 듯했다.

테이블을 잡고 내가 먼저 자리에 앉았다. 과대는 내 맞은편에, 하영은 과대 옆에 앉았다. 시작부터 신경 쓰이는 자리 배치였지만 내색하지 않았다. 컵에 물을 하나하나 따르는 동안 과대가 테이블에 붙어 있는 키오스크를 조작했다. 가로줄과 세로줄에 음식 이름과 사진들이 가득 들어섰다. 지도 앱에서 본 그대로 하나같이 비싼 메뉴들뿐이었다. 기본 텐동이 만 7천 원으로 그중 가장 저렴했지만 둘의 시선을 의식해서 가장 비싼 메뉴를 골랐다.

"나는 여기 맨 위에 있는 프리미엄 텐동으로 할게."

새우 세 개와 기본 야채 구성만 있는 기본 텐동과 달리 새우 다섯 개와 붕장어, 연어를 비롯해 이것저것 많이 들어간 2만 5천 원짜리 메뉴였다. 국밥 세 개를 먹고도 피시방에서 한 시간을 보낼 수 있는 돈을 한 끼 식사에 써야 한다니, 품위유지비로 생각한다 쳐도 분명 큰 지출이었다. 그나마 코인으로 벌어 둔 게 있어서 다행이었다. 둘이 메뉴를 고르는 동안 살짝 차트를 봤는데 그새 355원으로 내려가 있었다. 가슴이 철렁 내려앉았다. 혼자 속을 끓이는 동안 둘은 너무 태평하게 메뉴를 고르고 있었다.

"나도 우리 현수랑 같은 걸로 해야겠다."

과대는 하영이 주문한 기본 텐동 하나와 프리미엄 텐동 둘을 주문 창에 담았다. 손목에 찬 시계가 눈에 띄었다. 고가 브랜드의 초록색 다이얼과 금색 브레이슬릿이 내 빈 손목과 비교되는 것 같아 손을 탁자 밑으로 감췄다.

음식이 나오는 동안 서로 근황을 나눴다. 이제 타이밍이 됐다 싶어 여자 소개 건으로 밑밥 깔 준비를 할 참이었다.

"현수현수, 요즘 다인이랑 친하게 지내는 것 같던데, 어때?"

"진짜?"

놀란 듯 되묻는 하영에게 과대가 신나서 말했다.

"전에는 둘이 따로 얘기도 하고 오더라고."

먼저 선수를 친 건 과대였다. 하영 앞에서 갑자기 다인이라는 카드를 꺼내 들 줄은 몰랐다. 확실히 만만치 않았다.

"별거 아니고 그냥 이번에 누굴 소개해 주기로 해서."

"남자 소개야? 누군데?"

어딘가 하영에게 변명하는 느낌이 들어 적잖이 당황스러웠지만 태연히 대꾸했다.

"그때, 그냥 고등학교 때 같은 반이었던 애 있어."

외제차를 끌고 왔던 놈이라고 하려다 지난번에 하영이 화를 냈던 게 떠올랐다. 괜히 긁어 부스럼 만들 필요가 없어서 말을 돌렸다.

"그리고 얘기해 보니까 말도 잘 통하고, 학년 수석이기도 해서 같이 어울려도 괜찮겠다 싶었지."

"나도 수석인데, 나랑도 어울려 주는 거야?"

"밥이나 먹어."

아픈 상처를 긁는 과대에게 화를 내기도 뭣했다. 대답 대신 방금 나온 밥 위에 붕장어 튀김을 얹어 크게 한입 먹었다.

"왜? 우리 다인이 성격도 좋고, 귀엽지 않아?"

하영은 이 상황이 마냥 웃기다고 여기는 것 같았다. 웬지 몰아가는 흐름도 느껴졌다.

"성격? … 여하튼 다른 애들보다 약간 가까운 정도지 별 사이는 아냐."

좋지 않은 흐름을 돌릴 겸 급하게 본론을 꺼냈다.

"그래서 과대, 너는 따로 연애 안 해?"

"나?"

"너도 소개 필요하면 말해. 혹시 이상형이 따로 있어?"

평소와 달리 눈만 끔벅대는 과대의 모습을 보고 기세 좋게 밀어붙였다. 하지만 대답은 다른 곳에서 들려왔다.

"괜찮아."

하영이 과대의 손 위로 자신의 손을 포개며 나를 응시했다.

"유진이한테는 소개해 줄 필요 없어."

내가 지금 대체 뭘 보고 있는 거지? 이게 무슨 상황인가 싶어 나도 모르게 하영의 눈을 피해 과대를 쳐다봤다. 여느 때처럼 농담이라고 웃는 낯을 조금은 기대해서였을지도 모른다. 하지만 과대는 당황하긴 했어도 부정하지는 않았다. 되려 포개어 온 손을 꼭 쥐었다.

"하하, 그렇다고 하네. 마음만 받을게. 고마워 현수."

"언제부터."

"응?"

"언제부터 둘이 만난 건데?"

배꼽 아래서 밀려오는 통증이 존재감을 드러냈다. 고통을 꾹 참고 말했다.

"정식으로 사귀기 시작한 건 재작년 겨울이었나?"

"아무래도 학교에서 커플인 게 소문나면 귀찮으니까, 비밀로 하고 있었는데."

틴트를 발라 붉게 물든 하영의 입술이 달싹거렸다.

"너한테는 직접 말해 주고 싶었어."

내가 군대에 가 있는 동안 둘은 진작부터 만나고 있었던 것이다. 그런 줄도 모르고 추억 하나에 절실히 매달려 있었던 내 꼴이 우스웠다. 당장이라도 자리를 박차고 일어나고 싶었지만 지금은 자리를 지키고 앉아 있는 것만이 내 마지막 자존심을 지킬 수 있는 길이란 걸 잘 알고 있었다.

"…잘됐네. 축하해."

마음에도 없는 소리를 지껄였다. 앞에서 둘이 계속 무슨 말을 했지만 하나도 귀에 들어오지 않아 젓가락으로 밥공기만 파고들었다. 머릿속이 송두리째 표백된 느낌이었다. 빌어먹을 놈의 자존심, 빌어먹을 놈의 체면. 밥공기가 바닥을 드러내고 젓가락질이 공허해지자 도저히 견딜 수가 없었다. 수저를 내려놓고 자리에서 일어났다.

"오늘 밥은 내가 살게."

"아냐, 현수현수, 내가 먼저 보자고 한 거니까 오늘은 내가 살게."

지갑에서 카드를 꺼내니 과대가 말렸다. 평소라면 못 이기는 척 받아들였을 테지만 지금은 상황이 달랐다. 네 까짓 게?, 라며 나를 무시하는 것만 같았다.

"됐어, 요즘 재미 보고 있는 것도 있고 너희 둘이 사귄다니까 축하해 줘야지."

좋아하는 여자애가 싫어하는 남자애와 사귀는 걸 축하해 주는 멍청한 짓이었지만 지금은 나를 지키기 위해 필요한 행동이었다. 계산을 끝내고 영수증을 챙겼다. 영수증에는 축의금이자 부조금인 7만 원이 찍혀 있었다.

"나는 다른 일이 있어서 먼저 가 볼게."

인사를 듣지도 않고 등을 돌려 가게 밖으로 나왔다. 작았던 응어리는 더 길고 굵어져서 이제는 아예 배꼽 아래 똬리를 틀고 들어앉았다. 그것은 둘을 볼 때마다 조금씩 똬리를 풀고 슬며시 기어올라왔다. 그것이 밖으로 나오지 못하도록 누르고 있었던 탓에 숨 쉬기조차 힘들었다. 이제야 숨을 내쉴 수 있겠다 싶은 순간, 뒤에서 인기척이 느껴졌다. 하영이었다.

"너 괜찮아?"

대답이 바로 나오지 않았다. 숨을 한 번 내쉬고 마저 말했다.

"안 괜찮을 건?"

"또 뭔데?"

괜찮냐고? 이렇게 배신하고 나서? 가증스러움에 답하니 하영이 다시 나를 몰아세웠다.

"그래서 지금 이렇게 도망치는 거야?"

"내가 도망친다고?"

애써 참고 있었지만 더는 무리였다. 한계에 내몰리자 그만 쏟아버리고 말았다.

"방해하지 않고 비켜 준다는데 뭐가 문젠데?"

이미 밖으로 나와 버린 이상 거침이 없었다. 나는 하영을 똑바로 쳐다보며 말했다.

"내가 뭐, 네가 나랑 과대를 저울질하다 과대를 선택했고, 그게 잘못됐다고 하기라도 했어? 너희 둘이 붙어먹은 거 축하한다는데, 뭐가 문제냐고?"

"붙어먹어? 야 이현수! 너 말 똑바로 해."

하영이 화가 나서 쏘아붙였다. 남들 앞에서는 웃고, 혼자 있을 때는 무표정이던 모습과는 달리 처음 보는 하영의 격한 감정 표현에 나도 모르게 한발 물러섰다.

"선택은 네가 먼저 한 거야. 알아?"

나쁜 새끼, 라는 말을 남기고 하영은 떠났다. 나는 그저 우두커니 서 있을 뿐이었다. 작아지는 뒷모습을 보니 입대 하루 전, 짧게 자른 머리로 하영을 마지막 봤던 때가 떠올랐다. 하영이 밤톨 같다며 내 머리를 만지다가, 둘이 손을 잡고 걷다가, 아쉬움을 뒤로하고 나는 그런 하영을 그냥 보냈다. 나의 고백 같은 건 없었다. 그때와 같으면서도 다른 하영의 뒷모습을 생각하며 언덕길을 올랐다.

좋아하는 마음은 진심이지만 연애는 다른 영역이다. 연

애를 하면 당장은 꿈을 꾸는 것처럼 좋아도 어차피 다시 현실로 돌아와야 하니까. 데이트를 하면서도 돈 걱정을 하고, 맛있는 걸 먹는 중에도 끊임없이 다음 날을 걱정할 내가 그려졌다. 기념일이 다가오면 남들 다 하는 꽃다발에 케이크 하나 사 주기도 부담스러워서 기념일 오는 것조차 두려워할 게 분명했다. 그래도 순전히 내 욕심이었지만, 기다려 주길 바랐다.

무심하게 툭 주던 초코우유가 생각났다. 지금도 코끝에는 라벤더 향이 풍겼다. 분명 내 선택이 맞지만, 계속 기다리게 할 생각은 없었다. 장학금을 받고 무사히 졸업하고 취업해서 나 자신을 책임질 수 있게 되었을 때 고백하고 싶었다. 만약 내가 과대만큼, 아니 최소한 남들만큼이라도 경제적 여유가 있었다면 상황이 달라졌을까? 이제 와서는 다 물 건너간 일이지만 말이다.

그것이 다시 내 안으로 들어왔다. 그러고는 전보다 더 단단히, 더 크게 자리를 잡았다. 답답함이 숨을 틀어막았다. 미쳐 버릴 것 같은 고통에 언덕길을 뛰어 올라갔다. 소리라도 지르고 싶었지만 근심스러운 신음만 흘러나왔다. 울분으로 가슴께가 아팠다. 더는 금전적인 문제로 무언가를 포기하고, 타협하고, 놓치는 경험을 하고 싶지 않았다. 뜨거움이 뺨을 타고 흘렀다. 휴대폰을 꺼내 10만 원만 남기고 전부 코인 계좌로 이체했다. 그리고 Q코인 600개를 360원에 추가로 매수했다. 기존 평단 328원 위로 매수하는 불타기였다.

[자산 현황]
총 보유 자산 1,050,000 KRW
Q코인 332 KRW 3,000개 보유
현재 시세 350 KRW / 예상 수익률(%) +5.42 / 예상 수익 54,000 KRW

일단 저지르고 나니 숨통이 확 트였다. 이제 더는 용돈벌이나 할 생각은 없었다. 보란듯이 성공하고 싶었다. 다시 돌아보게 해 주고 싶었다. 남들보다 더 많은 돈을 벌고 싶었다. 나를 선택하지 않은 걸 후회하게 해 주고 싶었다. 배신감, 열등감, 박탈감, 자괴감……. 비참함에도 이렇게 종류가 많다는 것을 더 이상 알고 싶지 않았다.

📍 20

"그러면 오늘 강의는 여기서 마치도록 하겠습니다."

강의가 끝나자마자 바로 가방을 챙겨 강의실을 나왔다. 지금 Q코인 시세가 365원으로 올랐지만 아직 전 고점인 800원까지는 턱없이 부족했다. 충분히 오를 가능성이 있는 만큼 게시글을 더 작성해 둘 생각이었다.

"선배!"

돌아보니 다인이 종종걸음으로 오고 있었다.

"대체 뭐하길래 사람이 불러도 대꾸가 없어요?"

"별거 아냐. 그보다 무슨 일인데?"

휴대폰을 주머니에 넣으며 대꾸했다. 다인은 기가 찬 표정을 지었다.

"혹시 뭐 잊은 거 없어요?"

그제야 잊고 있던 약속이 기억났다.

"아, 너 소개해 주기로 했던 거?"

"그것도 그렇고."

다인이 주위를 잠깐 보더니 귓속말로 본론을 꺼냈다.

"유진 선배 관련해서도요. 어제 둘이 만나기로 했다면서요?"

과대의 이름을 듣자 심장이 빠르게 뛰었다. 배꼽 아래가 욱신거렸다. 내가 죄를 지은 것도 아니면서 괜히 주위를 둘러봤다. 혹시라도 과대가 보고 있을까 봐 조심스럽게 말했다.

"너 오늘 강의 남은 거 있어?"

"다음 강의까지는 시간 좀 비어요."

"그러면 내가 살 테니 카페나 가자."

"대박."

눈이 똥그래진 다인은 적이 놀란 것처럼 보였다.

"선배가 커피를 사 준다고 할 줄은 꿈에도 몰랐어요."

"내가 뭐."

무시당한 기분에 순간적으로 퉁명스럽게 내뱉었다.

"진짜 몰라서 물으시는 건 아니죠?"

내 반응에 다인이 도리어 미간을 좁히며 말했다.

"다른 선배들은 귀여운 후배들한테 밥에다가 커피까지 많이들 사 주던데, 선배는 그런 거 없이 혼자 다니잖아요. 그래서 제 동기들이나 후배 애들이 다 선배 어려워할 걸요."

이것이 지금 나의 입지란 말인가. 할 말이 없었다. 학교 생활을 하면서 평판이 좋은 것과 나쁜 것은 천양지차다. 더군다나 학과 내에서 과대와 하영의 입지가 강한 만큼 상대적으로 얕보일 여지를 주는 건 곤란했다. 이제라도 평판 관리를 해야겠다 싶어 지나가듯 말했다.

"기회가 없어서 그런 거지. 언제 네 친구들 데려와. 밥 한번 살게."

"진짜요?"

"단, 너 포함해서 세 명까지만."

혹시 몰라 안전장치도 걸었다. 커피값이나 밥값 정도는 코인으로 벌면 되니 부담은 없었다. 지금도 코인 계좌의 예상 수익률이 10만 원은 되니, Q코인만 더 오르면 만사형통이다.

"아차, 그래서 그건 어떻게 된 건데요? 소개요."

커피를 주문하고 자리에 앉자 다인이 채근했다. 숨길 일도 아니니 가감 없이 얘기해 주기로 했다.

"안 그래도 그 얘기를 하려던 참인데, 찬호가 네 사진 보고도 그냥 씹더라고."

"그게 무슨 소리예요?"

다인이 자존심 상한 듯 항변했다.

"직접 보든가."

진실은 본인이 직접 확인하는 게 좋을 테니 인스타 DM

창을 켜서 다인에게 건넸다. 다인은 휴대폰을 받아 들고 이리저리 살피더니 말했다.

"아무것도 없는데요?"

"무슨 소리야?"

의아해서 DM 창을 보니 찬호와 나눈 대화가 보이지 않았다. 정확히는 메시지를 포함해 찬호의 프로필 사진과 게시글까지 모두 사라지고 없었다.

"대체 네 사진이 얼마나 별로였길래 차단까지 당한 거지?"

"장난해요? 제가 얼마나 귀여운데. 선배 혐성 때문에 차단당한 거겠죠."

처음에는 차단을 당한 건가 싶어 그냥 다인이나 조금 놀리다 말 생각이었다. 그런데 혹시 몰라 다인의 인스타로 찬호의 계정을 조회해도 아무것도 나오지 않았다. 다인의 계정을 알고 먼저 차단했을 가능성은 없으니 아무래도 계정을 비활성화한 것 같았다. 외제 차에 현금 다발까지 인스타에 올릴 정도로 자기 과시에 열성이었던 놈이 갑자기 계정을 비활성화할 이유가 있나 의아했다.

"그래서 그 사람 어느 학교 다녀요? 얼마나 잘났길래 저를 무시하는 건지 궁금하네요."

"학교 안 다니는데."

"네?"

"얘기 안 했던가? 찬호 고졸이야."

"그래요? 어쩔 수 없죠 뭐, 아쉽네."

그렇게 말하며 커피를 홀짝이는 걸 보니 그다지 아쉬워 보이지는 않았다.

"그보다 선배, 어제 유진 선배 만난 거 맞죠?"

어제 일을 생각하니 한숨부터 나왔다.

"둘이 사귀는 거 알고 있었어?"

"둘이요? 설마, 유진 선배랑 하영 언니랑요?"

혹시 몰라 추궁해 본 건데 다인은 진심으로 놀란 눈치였다.

"배신감 든다. 나름 친하다고 생각했는데, 좀 서운하긴 하네요."

"너도 몰랐던 거야?"

"그렇죠? 그래서 선배의 큐피드가 되어 드린다고 한 건데 이미 유진 선배랑 사귀고 계시다니. 어떻게 보면 당연한 거긴 해요."

"뭐가 당연한데?"

괜히 긁혀서 발끈하니 다인이 술술 말했다.

"그야. 유진 선배가 원체 잘 생기기도 했고, 게다가 세심하기까지 하잖아요. 집도 잘살고요. 강남에 있는 아파트도 부모님 소유일걸요. 거기서 통학하고 있는 걸로 아는데. 반면에 선배는, 음… 솔직하게 말해드려요?"

"이미 잘 알고 있으니 됐어."

들어 봤자 좋을 게 없었다. 과대가 잘사는 건 알았지만 강남에 아파트가 있을 정도였나. 숨이 막히는 기분에 커피를 단숨에 들이켰지만 여전히 답답했다. 다행히 적절한 타이밍에 화제가 바뀌었다.

"그건 그렇고 재무관리론 과제는 잘 준비하고 있어요?"

"어차피 모의투자니까 자료를 조사해 보면서 하면 되지 않을까?"

"하면서 저도 좀 알려 주세요. 한배 타기로 한 거 아시죠? …알았어요. 제가 밥 살게요. 어때요?"

무임승차하려는 다인을 묵묵히 쳐다보자 다인이 졌다는 듯 자신의 패를 공개했다.

"전 강의 시간이 다 돼서 먼저 가 볼게요. 커피 잘 마셨어요."

만족스러운 거래 후 다인은 숄더백을 챙겨서 자리에서 일어났다.

혼자 카페에 남아 다시 시세를 확인했다. 잠깐 대화하는 사이 370원으로 오른 게 심상치 않았다. 이전보다 거래량이 크게 늘어난 것을 보니 매수할 계기만 적극 주어진다면 순식간에 위로 튈 것 같았다. 군침만 흘리면서 관망하고 있을 이들에게는 계기를 주고 거래량에 일조해야 할 적기였다. 게시글 몇 개를 더 작성하기로 했다.

그런데 커뮤니티 분위기가 뭔가 달랐다. 정확히는 평소

보다 방문자 수가 늘어났고, 더 북적였다. 1초에 10개 꼴로 새로운 글이 계속 올라오고 있어서 이대로라면 기껏 글을 올려 봐야 묻힐 게 뻔했다. 좋지 않은 흐름을 감지하고 게시글들을 훑어보면서 이슈가 뭔지를 확인해 보니, 그 주인공은 다름아닌 B코인이었다. 가장 눈에 들어오는 제목 하나를 클릭했다.

[너네가 죽고 못 사는 B코인 근황]
ㅋㅋ 그간 안 산 놈들 패배자니 뭐니 비웃더니만
정작 패배자는 네놈들이었죠? 꼬시다 ㅋㅋ

본문 아래로는 B코인의 최근 1개월 차트가 띠 있었는데, 순수한 감탄이 입술을 비집고 튀어나왔다. B코인은 2주 전 고점을 찍은 후 현재는 반토막이 나 있는 상황이었다. 다른 코인이었다면 흔한 일이겠지만 문제는 이게 코인의 대표격인 B코인이라는 점이었다. 지난번에 찬호가 말했던, 경제적 자유를 안겨 줄 바로 그 선봉장이 기세가 꺾인 채 진창을 나뒹굴고 있었다.

불현듯 찬호의 계정 비활성화가 지금 B코인의 하락과 관계가 있지 않을까, 합리적인 의심이 들었다. 이전에도 찬호는 분명, B코인만 한다고 하지 않았던가. 잠깐 걱정도 들었지만 이내 어이가 없어졌다. 누가 누굴 걱정하나 싶었다. 어련히 잘 대처했겠지 싶어 무시하고 좋은 소재가 생긴 김에 냉큼 게시글을 작성했다.

[B코인으로 잃은 놈들 주목]
Q코인으로 복구해라.

위기는 곧 기회라고 하지 않던가. 내 위기도 그럴진대 타인의 위기는 더욱 절호의 기회다. 잘하면 갈 곳 잃은 B코인 수급이 들어오고 제대로 갈 수 있다는 기대감이 들었다.

21

[현수야, 지금이라도 팔아야 할까?]

　[아직 400원도 안 갔는데, 좀 기다려 봐.]

　인내심이라고는 전혀 찾아볼 수 없는 진우에게 납장을 보내고 매대를 마저 정리했다. 새벽 두 시가 된 지금 Q코인의 시세는 380원을 찍었다.

　[자산 현황]
　총 보유 자산 1,140,000 KRW
　Q코인 332 KRW 3,000개 보유
　현재 시세 380 KRW / 예상 수익률(%) +14.46 /
　예상 수익 144,000 KRW

호가창만 보면 순조롭게 우상향하고 있었지만 긴장을 늦

출 수는 없었다. 이전 N코인 때와 같이 저점을 계속 갱신하면서도 매수세가 꽤 몰리는 게 폭풍전야 같아서 언제 급등하고 폭락할지 알 수 없었기 때문이다. 심지어 알바하는 날이면 유독 거래량이 터졌기 때문에 손님 응대로 속수무책인 상황이 올까 봐 몹시 불안했다.

딸랑.

"어서 오세요."

이런 내 불안에 화답하듯 익숙한 얼굴이 편의점 안으로 들어왔다. 알바 첫날부터 동전 세례로 잊지 못할 신고식을 치르게 해 준 남자였다.

"저거 주세요."

이전처럼 손가락 하나로 담배 진열대를 가리켰다. 한차례 겪어 본 덕분에 바로 찾는 담배를 꺼내 줬다.

"4,500원입니다."

동전을 던질 것에 대비해 긴장하고 있었는데, 남자는 별말 없이 주머니에서 5천 원을 꺼내 계산대 위에 올려놓고는 거스름돈을 받고 유유히 사라졌다. 안도하며 차트를 확인하니 시세는 390원, 400원을 바로 코앞에 둔 상황이었다.

[아니, 오늘 진짜 뭐 있냐? 네 말대로 500원 갈 수도 있겠는데?]

진우의 말이 호들갑만은 아닌 게, 차트만 보면 충분히

500원을 넘기고도 남을 것 같았다. 그래도 여전히 불안했다. 그간 알바 시간에는 원하는 타이밍에 제때 매도한 적이 없었기 때문이다. 다행히 지금까지는 타이밍을 놓쳤던 게 오히려 전화위복으로 이어졌지만 언제까지고 그런 요행을 기대할 수는 없다. 아니, 기대해서도 안 된다. 코인판은 절대 상냥하지 않으며, 조금이라도 빈틈을 드러내는 순간 언제든 나를 찌를 수 있다는 사실을 상기했다.

"안녕히 가세요."

커플이 캔맥주와 과자를 사 들고 나갔다. 손님을 응대하며 물류도 받고 재고 검수까지 한차례 마치고 나니 새벽 세 시가 넘었다. 잠시 한산한 틈을 타 코인 앱을 다시 켰다.

395 397 390 392 393 390 391

시세는 400원의 문을 두드리다 퇴짜를 맞고 다시 두드리기를 반복하고 있었다. 지금이 큰 변화를 앞둔, 중요한 분기점이라는 확신이 들어 차트를 계속 응시했다.

389 394 397 ……. 398 399 398 399

그리고 마침내.

[뚫었다!]

[자산 현황]
총 보유 자산 1,200,000 KRW
Q코인 332 KRW 3,000개 보유

현재 시세 400 KRW / 예상 수익률(%) +20.48 /
예상 수익 204,000 KRW

Q코인의 시세는 저항선을 뚫고 400원 고지를 탈환하는
데 성공했다. 하지만 목표가가 400원 위에 있는 이상 진
짜 중요한 건 앞으로의 행보였다. 흐름을 타고 이 기세를
몰아 계속 위로 올라갈지, 아니면 물린 개인들이 하나둘
탈출하기 시작해 지지선이 붕괴되면서 아래로 내려갈지,
둘 중 하나였다. 이 기세를 유지하기 위해서는 여기서 멈
추지 않고 더 위로 올라갈 거라는 믿음을 모두에게 심어
줄 필요가 있었다.

  [500원은 충분히 넘길 것 같으니 팔지 말고 그냥 둬.]
  [너 하라는 대로 할 테니까 언제 팔 건지 꼭 말해 주는
거다!]
  가장 먼저 진우를 단속한 뒤 바로 커뮤니티에 접속했다.
B코인과 더불어 Q코인에 관한 글이 많은 걸 보니 제대로
이슈가 된 것 같았다. 급하게 글 하나를 작성했다.

  [Q코인 사라 했제?]
  지금이라도 안 늦었다.
  전 고점 800원 넘는다.
  위에 물려 있는 놈들이 많을수록 더 간다.

그러니 생각하지 말고 그냥 사라.

코인 판은 생각 없는 놈이 이기는 싸움이라는 걸 왜 아직도 모르냐.

  └ 본인 800층에 살고 있는데 이거 맞다.

    └ B코인 난민입니다. 여기는 살 만한가요?

업로드를 하자마자 금방 댓글이 달릴뿐더러, 내 글과 비슷한 내용의 글들이 실시간으로 계속 올라오고 있었다. 정체가 개인인지 세력이 푼 알바인지는 모르겠지만 좋은 흐름이었다. 아직 매수를 망설이고 있는 사람들에게 지금 이 시세도 매집 구간이며, 전 고점에 비하면 아직도 턱없이 부족하다는 믿음을 품게 하는 게 중요했다. 잘하면 갈 곳 잃은 B코인 수급도 기대해 볼 수 있는 만큼 매도 타이밍인 환희가 오기에는 한참 부족했다.

휴대폰 하나로 커뮤니티와 코인 앱을 계속 들락거리고 있자니 정신이 하나도 없었다. 빨리 중고 노트북이라도 구해야겠다고 다짐하며 시세를 다시 확인했다. 현재 시세 440원으로 오늘 하루만 30% 넘게 오른 상황이었지만 300%가 넘는 수치도 본 적이 있었기 때문에 놀랍지는 않았다.

호가창을 보려고 누르니 화면이 멈췄다. 움직이지 않는 차트에 렉이 걸린 건가 싶어 앱을 끄고 다시 열려는 순간 거래량이 폭발했다. 다시 약동하는 차트 속 Q코인은 순식간에 500원 대를 건너뛰고 650원이 됐다. 자산 현황을 보니 수익률도 80%를 넘겨 예상 수익에 87만 원이 찍혀 있었다.

딸랑.

650, 660, 670. 십 자리에서 시세가 움직였다. 680, 670, 690. 700원대로 가기 직전까지 올라간 차트를 보니 이러다 진짜 전 고점을 돌파하는 게 아닌가 싶을 정도였다. 그때 갑자기 차트가 꺾였다. 오를 때와 마찬가지로 내려가는 것도 빠른 시세 변화에 급히 매도 버튼을 누르려다 멈췄다.

[야야야야야야, 아직이야? 좀 더 버텨?]

다급한 메시지가 보였지만 중요한 순간이었기 때문에 무시했다. 충분히 더 오르고도 남을 매수세였는데, 지금 구간에서 갑자기 차트가 꺾인다는 것은 아무리 생각해도 작위적이었다. 그러니 섣불리 매도하는 대신 반등에 걸어보기로 했다.

"계산해 주세요."

호가창을 보니 확신이 들었다. 10만 개 단위로 매도 물량이 생겼다가 사라지는 것을 반복하고 있었다. 아무래도 시세를 쭉 상승시키는 대신 브레이크를 걸고 지금 구간에서 개미 털기를 하는 것 같았다. 그렇다면 내가 해야 할 일은 단 하나, 지금 매도세에 속지 않고 야수의 심장으로 담담하게 지켜보는 것이다. 하락의 공포에 속은 개인들이 털고 나갈 때, 그 물량을 받아 시세를 다시 상승시키는 타이밍을 놓치지 않는 게 중요하다.

"저기요!"

갑작스러운 큰소리에 깜짝 놀라 고개를 들었다. 언제 온 건지 손님이 계산대 앞에 서 있었다.

"한참을 불렀는데, 무슨 핸드폰만 보고 있어요. 빨리 이거나 계산해 줘요."

"죄송합니다. 바로 계산해 드릴게요."

이러는 중에도 차트가 어디로 튈지 몰라 조급한 마음에 서둘러 바코드를 찍었다. 다행히 물건이 많지 않아 손님을 금방 보낼 수 있었지만 쓸데없이 빼앗긴 시간이 아쉬웠다.

급하게 차트를 보니 610원으로 떨어져 있었다. 예상보다 더 큰 하락 폭에 특정 세력이 개입한 개미 털기가 아닌, 저항선에 눌려 매수세가 붕괴된 최악의 경우가 떠올랐지만 고개를 저었다. 밑져야 본전이다. 애초에 세력이 없었다면 아무리 희망이 있다고 한들 여기까지 오를 리가 없었다. 630, 620, 610. 피가 마르는 기분이었지만 처음 판단을 믿으며 두 손을 꼭 쥐었다.

시세가 600원을 찍을 때는 몸에 힘이 풀리기까지 했지만 다행히 차트는 기지개를 켜듯 급속도로 반등했다. 600

208

원에서 630원, 그리고 690원으로 가기까지는 1분도 걸리지 않았다. 그러다 이내 700원을 돌파했다.

입가에 미소가 번졌다. 어쩐지 차트가 떨어지는 타이밍이 부자연스럽더라니, 개미 털기가 맞았다. 보이지 않는 상대와의 심리전에서 이겼다는 생각에 환호성이라도 내지르고 싶었다. 하지만 매도하기 전까지는 아직 내 돈이 아닌 만큼, 환희로 가득 찬 구간에 진입했으니 슬슬 매도하고 나가야 할 때였다.

고민 끝에 목표 매도가를 전 고점인 835원보다 10% 낮은 750원으로 잡았다. 매도가를 더 높이 잡기에는 B코인 수급도 이미 다 들어온 것 같았고, 더 오를 재료도 없어 보였기 때문에 크게 욕심을 부리지 않기로 했다. 지금까지는 운도 따라 줘서 엄청난 상승 폭을 경험했지만 상식적으로 그런 운이 계속 이어질 리 없었다. 희망회로 돌리기는 여기서 그만 멈추고 이제는 이성적인 매도로 수익을 실현하는 게 중요했다.

매도 물량이 단박에 쏟아져 시세가 급락할 가능성에 대비해 보험삼아 680원에 예약 매도를 걸었다. 이제부터는 750원이 될 때까지 지켜보다 곧바로 매도할 생각이었다. 다행히 Q코인은 급락하는 일 없이 710, 720, 730, 740, 750. 계단을 차근차근 오르며 이변 없이 목표가에 도착했다.

[매도 완료]

Q코인 332 KRW 2,999개 판매

수익률(%) +125.90 / 손익 1,254,000 KRW

[자산 현황]

총 보유 자산 2,250,000 KRW

Q코인 332 KRW 1개 보유

현재 시세 750 KRW / 예상 수익률(%) +125.90 /

예상 수익 418 KRW

이제 맘 편히 시세 변화나 구경할 겸 정찰기로 한 개만 남겨 두고 전부 매도했다. 이번에도 100만 원이 넘는 수익을 실현했다. 처음 20만 원으로 시작한 코인이 지금은 열 배 넘게 불어났다. 코인 계좌에 떠 있는 숫자를 보니 미소가 지어졌다. 들고 있는 코인이 없으니 마음도 가벼워졌고, 투자에 재능이 있다는 생각에 기분까지 들떠서 콧노래가 절로 나왔다. 퇴근 후엔 나 자신에게 주는 상으로 치킨에 맥주라도 할 생각이었다.

미리 인수인계를 해 두기 위해 돈통을 열고 동전을 세고 있다 보니 그제야 진우 생각이 났다. 어느 순간부터 메시지도 안 오고 있어 혹시라도 매도 타이밍을 놓치고 고장 났나 싶어 A/S를 보냈다.

[혹시 코인 팔았냐?]

애도 아니고 어지간히 알아서 팔았겠지 싶었는데 돌아온 답변은 예상 외였다.

[너 말대로 계속 오르길래 아직 보고 있는 중인데?]

이게 지금 무슨 소리지? 싸한 느낌이 들어 코인앱을 다시 켜 봤다. 욕지거리가 나왔다. 지금쯤이면 물량이 대부분 빠져 폭락했을 줄 알았던 Q코인은 800원에 가 있었다.

[보유 현황]
Q코인 332 KRW 1개 보유
현재 시세 800 KRW / 예상 수익률(%) +140.96 /
예상 수익 468 KRW

눈을 비비고 다시 봤다. 앱을 껐다가 다시 켰다. 모든 노력에도 불구하고 내가 잘못 본 게 아니었다. 급하게 커뮤니티에 접속하니 여기도 Q코인으로 한창 뜨거웠다.

[Q코인 호재 정리]
NFT를 E더리움으로 구매할 수 있다고 하네요. 그래서오르는 듯?

 ↳ E더리움이 이거 오르는 거랑 뭔 상관인데?

└, 키보드 자판을 봐라, QWER 붙어 있지? 그러니 오르는 거다.

└, ? 너는 코인만 해라.

└, 내가 봤을 때는 B코인 수급도 몰려서 아직도 오르는 거임.

B코인 수급이야 예상했지만 E더리움과 NFT, 그 둘이 어째서 Q코인의 시세 상승에 영향을 주는지 도저히 이해가 안 됐다. 애초에 NFT가 뭔지도 모를 뿐더러 E더리움 호재라면 E더리움이 올라야 하는 게 아닌가. 혹시나 해서 E더리움의 시세를 조회했지만 전일대비 불과 3%만 오른 상황이었다.

죽 쑤고 있는 E더리움과 달리 Q코인은 전 고점을 돌파해 지금도 계속 오르고 있었다. 하다못해 E더리움과 Q코인 둘이 연동이라도 된다면 이해라도 가겠지만 둘은 철저히 별개였다. 귀에 걸면 귀걸이, 코에 걸면 코걸이 식으로 아무 데나 호재라며 갖다 붙이는 꼴이었다. 명확한 근거도 없이 그냥 오르고 있는 지금 상황이 코인 시장의 광기를 보여 주고 있었다. 그 광기 앞에서 차트를 분석하기 위한 그간의 공부와 노력, 경험이 송두리째 부정당하는 기분이었다.

'전 고점을 과연 돌파할까?'라는 첫 고민이 무색하게도

Q코인은 기어이 900원을 돌파했다. 황망함에 두 눈을 뜬 채 멍하니 지켜볼 수밖에 없다는 게 화가 나서 아랫입술을 꽉 깨물었다. 속이 쓰렸다.

제발, 제발 더 이상 오르지 말고 그냥 떨어져. 제발.

"제발!"

오르는 걸 계속 지켜보기가 힘들어 눈을 질끈 감고 더 오르지 않기를, 시세가 다시 아래로 내리박히기를 간절히 바랐다. 하지만 차트는 단 한 번의 하락도 없이 기어코 1천 원을 뚫어 버렸다.

[보유 현황]
Q코인 332 KRW 1개 보유
현재 시세 1,000 KRW / 예상 수익률(%) +201.20 /
예상 수익 668 KRW

만약 지금 매도했더라면 지금 200만 원이 넘는 수익을 볼 수 있었을 텐데, 그 생각이 머릿속을 떠나지 않고 자꾸만 맴돌았다. 그 가격에 매도하고 좋다고 실실거렸다고 생각하니 어이가 없었다.

[지금 다 팔았음. 네 덕분에 본전도 챙기고 재미도 보고 나간다. 다음에 내가 밥 크게 살게! 고맙다. 투자 고수인 거 인정.]

정신건강에 좋지 않아 진우에게 온 메시지를 바로 지웠다. 물린 원금 회복은 물론, 이득을 보고 나온 모양이었다. 입안에서 비릿한 맛이 느껴져서 손으로 훔쳐 봤다. 줄곧 깨물고 있었는지 피가 묻어 나왔다.

혹시 나보다 더 많이 벌었을까? 진우의 군자금이 얼마인지는 알 수 없지만 결과적으로 남 좋은 일만 시켰다는 생각에 기분이 영 좋지 않았다. 분명 돈을 벌었는데도 진 것 같은 기분을 지울 수 없었다. 내 군자금의 한계가 절실하게 느껴졌다. 푼돈으로는 푼돈밖에 벌지 못한다. 더 많은 군자금이 필요했다.

22

"그래서 장학금은 언제 들어오나요?"

[학사 일정을 봐야 알겠지만 늦어도 이번 달 말에는 입금할 것 같아요.]

학사지원과 담당자와 통화를 마치고 휴대폰 캘린더에 입금 일정을 대략 표시했다. 사월 초라서 몇 주는 더 기다려야겠지만 이번 달에는 들어온다니 다행이었다.

카페에 앉아 10만 원을 주고 구매한 중고 노트북을 켰다. 코인 앱을 보기 전 모의투자나 미리 해 둘 생각이었다. 부팅이 오래 걸리고 이십 분만 지나도 발열이 심해지는 등 전체적인 성능은 좋지 않았지만 문서 작성이나 코인 시세를 조회하고 거래하는 데는 지장이 없었다.

증권사 홈페이지에 접속해 모의투자 프로그램을 실행했다. 미리 모의 거래 신청과 고객 투자성향 분석 등 밑 준비를 끝내 둔 덕분에 별다른 요구사항 없이 곧장 FX마진 거래 모의투자 창이 나왔다.

(두 나라의 통화를 동시에 사고파는 방식으로 얻은) 환차익으로 수익을 챙기는 방식이라는 것을 비롯해 롱 포지션과 숏 포지션의 양방향 거래가 가능하다는 것, 시작할 때 기초자산으로 2만 달러가 주어진다는 것 외에는 FX마진거래에 대해 아는 게 없었다. 모의투자 창을 이리저리 조작해 보면서 감을 익혔다.

거래 통화는 익숙한 USD/KRW으로 설정했다. 이제 매수만 하면 되는데 롱으로 할지, 숏으로 할지가 관건이었다. 환율을 보니 1USD=1,110KRW이었다. 내가 알고 있던 기준인 1,200원보다 낮았기 때문에 앞으로 더 오르겠지 싶어 롱 포지션으로 전부 매수했다. 10배 레버리지가 고정적으로 적용돼 2만 달러의 열 배인 20만 달러의 매수가 체결됐다. 한화로 무려 20억이 넘는 액수였다. 손익이 1%라고만 해도 무려 2천만 원을 버는 셈이었다.

[FX마진거래 USD/KRW로 설정했고, 지금 가격에 롱 포지션으로 전부 매수했음.]

매수를 마치고 다인에게 메시지를 보내 줬다. 모의투자 전략을 공유해 주는 조건으로 밥을 사기로 했으니 나쁘지 않은 거래였다. 막 DM창을 닫으려는데 일반 탭에 숫자 1이 떠 있는 게 보였다. 모르는 계정으로부터 온 메시지였다.

평소대로라면 차단했을 테지만 미리보기로 노출되는 한 줄에 간과할 수 없는 내용이 적혀 있었다.

[현수야, 나 찬호야. 급하게 연락 보낸다.]

찬호의 메시지였다. 계정을 확인해 보니 가입 날짜가 사흘도 지나지 않은 상태였다. 본인 계정을 비활성화하고 새로 임시 계정을 만든 것 같았다. 일단은 찬호가 보낸 메시지 전문을 다시 읽었다.

[현수야, 나 찬호야. 급하게 연락 보낸다. 잠깐 볼 수 있을까?]

[무슨 일이길래 계정까지 바꿨어?]

짐작가는 건 있었지만 일단 탐색을 위한 메시지를 보냈다. 마침 실시간으로 접속 중이었는지 곧바로 답장이 왔다.

[계정은 지금 내가 사정이 있어서, 혹시 다른 애들한테서 연락 따로 받은 거 있어?]

[웬 연락?]

[아냐, 그러면 일단 우리 볼 수 있을까? 내가 너 있는 데로 갈게. 혹시 지금 인천에서 지내는 건 아니지?]

전에 메시지로 대화를 나눌 때와는 달리 거만한 태도가 사라진 찬호에게선 뭔가 절박함까지 느껴졌다. 어딘가 수상한 점도 있었지만 만나서 나쁠 건 없을 것 같아 답장을 보냈다.

[나는 내일 가능하고, 그때처럼 학교 쪽으로 오면 돼.]

[저녁에 도착할 것 같은데 인근에서 한 번 더 연락할게. 진짜 고맙다.]

이 메시지를 마지막으로 찬호는 다시 사라졌다. 생각해 보니 건너 건너 찬호의 소식을 알 만한 지인이 한 명 있었다. 전에 와인바에서 찬호와 대화를 나눌 때 언급했던 이름. 김창환이나 박창환 둘 중 하나였다. 인스타에서 함께 알고 있는 지인 기능을 활용했더니 창환의 계정을 쉽게 찾을 수 있었다.

[오랜만이다, 난 같은 반이었던 현수인데. 혹시 찬호 근황 따로 아는 거 있어?]

둘이 나름 친한 사이였던 것 같으니 찬호의 근황을 어느 정도라도 알고 있을 확률이 높았다. 알면 좋고, 모른다고 해도 손해 볼 건 없었다. 답장이 오기를 기다리며 이제 본업에 들어갈 준비를 했다.

노트북 화면에 코인 거래소 웹페이지를 띄웠다. Q코인으로 번 돈 225만 원에다 편의점 알바로 받은 첫 월급 36만 원을 보태 주말 동안 단타를 쳤더니 군자금이 300만 원으로 늘었다. 이제 차석 장학금 100만 원만 입금되면 총 400만 원의 군자금을 굴릴 수 있을 것이다.

이번에 매수를 고려 중인 주인공은 작년 겨울에 크게 주목받고 다달이 고점을 갱신하다가 1,500원에서 현재 300원으로 크게 하락한 R코인이었다. R코인의 차트는 봉우리가 많은 높은 산을 연상시켰다. 맨 꼭대기인 전 고점에서 지금의 작은 봉우리까지 무수한 개인들의 물량이 시체가 돼서 쌓여 있을 걸 생각하니 오싹하기까지 했다.

저점 매수로 진입하는 건 리스크를 줄이기 위한 기본이다. 하지만 투자자 대다수는 시세가 더 상승할 거라는 믿음 하나로 곧장 진입하고, 그 자리는 새로운 고점이 된다. 이 고점에서 시세가 하락하기 시작하면 투자자는 두 부류로 나뉜다. 조금의 손해를 감수하고 빠져나가는 사람과 무작정 버티는 사람으로. 후자처럼 물려 있는 이들이 하나둘씩 늘어나면서 시장에 대한 기대감이 점차 사그라들 때가 중요하다. 이때 진입한다면 쌓여 있는 물량을 발판 삼아 새로운 정상까지 올라갈 수 있다. 그런 점에서 R코인은 매력적이었다.

[R코인 산 사람들 아직 있음?]
왜 아무런 글도 안 올라오지…….

└, 다 한강으로 정모 갔다고 하네요.

　└, 안녕하세요, 평단이 혹시 어떻게 되시나요? 반갑네요. ㅠㅠ.

　└, 나 작성자인데, 그냥 있냐고 물어본 것임. 나 R코인 안 샀음.

  ↳ 퉤.

가장 최근에 올라온 글이 일주일 전으로, 커뮤니티에서 R코인 관련 글은 찾아보기 힘들었다. 사람들의 기억에서 잊히고, 보유자들이 체념하고 있는 것만으로도 진입하기에 충분한 저점이라는 판단이 섰다. 이 가격이면 분할 매수는 의미가 없어 보여서 현재가 300원에 R코인 1만 개를 전량 매수했다.

[자산 현황]
총 보유 자산 3,000,000 KRW
R코인 300 KRW 10,000개 보유
현재 시세 305 KRW / 예상 수익률(%) +1.67 / 예상 수익 50,000 KRW

매수하자마자 305원으로 올랐다. 고작 5원이 올랐을 뿐인데도 예상 수익은 5만 원이나 됐다. 군자금 규모의 중요성이 새삼 실감 났다. 이론으로만 알고 있을 때와 직접 굴릴 때의 무게감은 확실히 달랐다. 수익이 커진다는 말은 손해도 그만큼 커질 수 있다는 말과 일맥상통했기 때문에 이전처럼 없어도 되는 돈으로 치부하는 대신, 투자 전략과 원칙을 지켜가며 신중하게 투자해야겠다는 경각심이 들었다.

큰 힘에는 큰 책임이 따르는 법이라는 격언을 되새겼다.

안전 투자를 위해 여론 조성용 게시글을 하나둘 올리고 있을 때 창환에게서 메시지가 왔다.

[현수, 오랜만이다. 갑자기 찬호 근황은 왜?]

섣불리 찬호 얘기를 전하기에는 아직 정확한 상황을 모르는 상태이니, 우선은 톺아보기로 했다.

[연락할 일이 있는데 갑자기 인스타를 비활성화했길래, 혹시 왜 그런지 네가 알고 있나 했지.]

보내기가 무섭게 곧바로 답장이 왔다.

[너도 혹시 찬호한테 돈 빌려준 거 있어? 그 새끼 지금 빌린 돈 다 떼먹고 잠수 탔어.]

23

추가 매수세가 들어왔는지 R코인이 310원으로 올랐다. 커피를 내려놓고 즉시 전량을 매도했다.

[매도 완료]
R코인 300 KRW 10,000개 판매
수익률(%) +3.33 / 손익 100,000 KRW

매도를 하자마자 R코인은 다시 300원으로 내려갔다. 300원에 1만 개를 다시 매수했다. R코인은 통속의 벼룩처럼 300원과 310원 구간의 박스권에 갇혀서 올랐다 내렸다 제자리 뛰기를 반복하고 있었다. 당분간은 이 패턴이 계속될 것 같아 단타로 대응하면서, 매집이 끝나 박스권을 돌파할 기미가 보일 때 제대로 올라탈 계획이었다.

오늘 하루 세 시간 동안 단타로만 총 30만 원의 수익을 거뒀다. 전략이 들어맞아서 기분이 좋았다. 이런데도 오늘도 변함없이 편의점으로 출근해야 한다는 게 달갑지 않았다. 방금 한 방에 한 달 월급을 벌어들여서 그런지 더더욱 귀찮게 느껴졌다. 그래도 어차피 차트를 볼 거라면 집에서 보는 것보다 편의점에서 보는 게 일당까지 추가로 벌 수 있으니 더 이득이기는 했다.

[나 도착했어.]

마침 찬호에게서 메시지가 와서 카페 주소를 보내 주었다.

십 분 정도 지나자 매장 입구로 찬호가 들어오는 게 보였다. 이전에 입었던 정장 차림이 아닌 명품 로고 티셔츠와 청바지 차림이었다. 주위를 둘러보던 찬호가 나와 눈이 마주치자 내 쪽으로 와서 맞은편에 앉았다. 찬호에게서 냄새가 났다. 어릴 때 지긋지긋하게 맡았던 독한 냄새였다. 초라한 기억을 연상시켜 불편했지만, 예의상 안부를 물었다.

"그땐 잘 들어갔고?"

마지막으로 봤을 때 대리비까지 쥐여 주며 집에 보냈던 기억이 떠올랐다. 찬호는 머쓱하게 답하면서 내 시선을 피했다. 꼴사납던 수염까지 밀고, 행동도 전과 달리 움츠러든 것 같아서 이제야 내가 알던 찬호를 보는 느낌이었다.

"덕분에. 너는 어떻게 지냈어? 코인은 사 봤어?"

"덕분에 용돈 벌이는 했지. 고맙게 생각하고 있어. 이렇게 갑자기 보자고 한 건?"

곧장 본론을 꺼냈다. 창환이 보낸 메시지 덕분에 용건은 어느 정도 예상하고 있었지만 혹시나 해서 물었다. 찬호는 잠시 고민하는 듯 손가락만 꼬물거리다가 고개를 숙이며 기어들어 가는 목소리로 말했다.

"그게, 내가 최근 투자 상황이 좀 어렵거든… 염치없는 말이란 건 알지만, 돈을 좀 빌려 줄 수 있을까 해서."

고개를 푹 숙인 찬호의 티셔츠 목 뒷부분에 낀 때가 눈에 들어왔다. 옷을 갈아입은 지 꽤 지난 모양이었다. 눈치채지 못한 척, 찬호를 바라보며 말했다.

"얼마 정도?"

"많이는 아니고 조금, 한 200만 원 정도만?"

그동안 외제 차를 끌고 다니느라 금전 감각이 마비된 건가. 어이가 없어서 찬호를 빤히 쳐다봤다. 찬호가 다급하게 말했다.

"그러면 100만 원, 아니면 50만 원이라도 괜찮아."

"됐고."

일단 녀석을 진정시키기 위해 손을 내저은 뒤 말했다. 원래 같았으면 이미 용건을 짐작하고 있었다면 처음부터 아예 만날 생각을 하지 않았을 것이다. 하지만 어째서인지 지금은 찬호를 외면할 수 없었다. 알량한 동정심 때문은 절대 아니었다. 찬호를 대하는 감정은 그것보다 더 근원적인 것이었다.

"네 상황이 어떤지부터 먼저 얘기해 봐. 그리고 빌려주면 어떻게 갚을지도."

잠시 머뭇거리던 찬호가 이내 실토했다.

"솔직히 말하자면 내가 원래 B코인 롱 포지션을 하다가 잘 안 됐어. 그리고 지금 새로운 자리에 들어갔는데, 이번에도 강제청산 당하기 직전이야. 그래서 증거금 보충이 필요한 상황인데, 너 아니면 나 진짜 죽는다 현수야."

"지금 평단에 레버리지가 몇인데?"

"4천만 원에, 30배. 지금 차도 팔고 남은 전 재산 3천만 원을 다 넣은 상태야."

"너, 미쳤냐?"

이미 한 번의 강제청산을 당하고도 아직까지 정신을 못 차린 찬호가 황당하기 그지없었다. 하지만 찬호의 표정이 너무 어두웠다. 스토리에 올려 과시하며 애지중지하던 차까지 팔았다니 완전히 궁지에 몰린 것 같았다. 독한 알코올 향이 코를 찔렀다. 목욕탕 특유의 싸구려 스킨로션 냄새. 어릴 때 엄마와 목욕탕에서 생활하다시피 하며 지긋지긋하게 맡은 냄새였다. 잊고 있던 기억에 수치심을 느꼈다. 화가 치밀어 올랐다.

"그동안 요행으로 벌었으면 운 좋았다 생각하고, 잃더라도 운빨이 다 됐나 하면서 빠졌어야지. 그걸 또 돈까지 빌려 가면서 계속 박아? 넌 생각이란 게 없어?"

그냥 남의 일이라 상관없을 줄 알았는데, 그렇지가 않았다. 완전히 남도 아닌 놈이 이렇게 멍청한 짓을 하는 걸 두고 볼 수가 없었다. 그 결말을 누구보다 잘 알고 있었기 때문이기도 했고, 한편으로는 나 자신에게 말하는 듯한 기분도 들었다. 그간의 수익으로 잠깐 잊고 있었던 경각심이 다시 일깨워졌다. 하지만 찬호의 생각은 다른 것 같았다.

"아니, B코인은 앞으로 반드시 오른다니까? 지금까지는 달러 환율이 낮아져서 그런 거고, 곧 정상화될 거야. 그러면 3%만 올라도 원금 회수가 가능하고, 10%만 올라도 수익이 세 배라니까?"

"그 말은 3%만 떨어져도 또 강제청산이라는 거잖아. 왜 그 반대는 생각 못 해? 너 리스크 관리도 안 하면서 무슨 투자를 한다는 거야? 정신 차려. 네가 하려는 건 그냥 투기야. 도박이랑 다를 게 없고, 그냥 요행이라고. 그 정도 재미도 보고, 청산도 당해 봤으면 이제 그만 요행에 기대지 않을 때도 되지 않았냐?"

답답했다. 지금 찬호는 손해를 복구해야 한다는 생각에만 매달려 이성을 잃은 것 같았다. 대체 얼마나 빚을 지고 다녔는지 모르겠지만, 남은 돈이라도 빼게 하는 게 찬호를 위해 좋을 것 같았다. 그때였다.

"너는 너만 잘났지?"

"뭐?"

찬호가 언성을 높였다.

"왜? 너 잘났잖아. 나보다 공부도 잘했고, 운동도 잘했고, 인 서울 대학에까지 들어갔잖아. 나는 살면서 절대 널 이길 수 없다고 생각했거든? 끽해야 배달이나 뛰면서 치킨집을 창업하거나 1톤 트럭 뽑아서 운송이나 하는 게 내 고점이겠구나 싶었지. 그런 생각을 할 때마다 어땠는지 알아? 아팠어, 바늘에 찔린 듯이. 무언가가 안에 웅크리고 있는 것처럼 답답하고 숨이 막혔다고."

찬호는 손으로 제 배를 쿡쿡 찔렀다. 적나라하게 전해지는 감정에 당황스러웠지만 잠자코 찬호의 말을 들었다.

"그러면서 너는 항상 세상 다 산 표정이나 지으면서 나나 다른 애들은 안중에도 없었잖아, 개새끼야."

찬호의 눈에서 눈물이 떨어졌다.

"서울에서 전학 왔으면 다냐? 너만 잘났냐? 요행에 기대지 말라고? 십새끼가, 그러면 뭐? 배달이나 하다가, 아니면 사회에서 남들 밑바닥이나 깔고 살다가, 그렇게 가라고? 요행에 기대는 게 뭐가 나쁜데? 아닌 말로 내가 이게 아니면 뭘로 성공할 수 있는데? 너는 모르겠지만 나한테는 이게 유일한 탈출구란 말이야."

거칠게 모든 응어리를 쏟아내고 숨을 몰아쉬는 찬호를 그냥 보고만 있었다. 여러 가지 생각이 들었지만, 아무 말

도 섣불리 꺼내지 못했다. 그러다가 심사숙고해서 어렵게
입을 열었다.

"배 안 고프냐?"

지금은 찬호에게 해 줄 말이 이것뿐인 것 같았다.

"밥이나 먹으러 가자."

찬호를 데리고 국밥집으로 갔다. 찬호는 배가 많이 고팠
는지 국밥이 나오자마자 허겁지겁 먹기 시작했다. 찬호가
먹는 것을 보며 나도 한술 입에 떠 넣었다. 우리는 아무 말
없이 먹기만 했다. 지금은 이것만으로도 충분한 느낌이었
다. 그릇을 다 비우고, 계산을 끝낸 뒤 밖으로 나왔다. 찬호
는 먼저 나가서 담배를 피우고 있었다. 한 모금 두 모금. 담
배의 하얀 필터 끝까지 전부 재로 만들고 나서야 꽁초를
비벼 끈 찬호가 부끄러운 듯 시선을 떨구며 말했다.

"갑자기 불러낸 건데 밥까지 사 주고 고맙다. 언젠가 꼭
갚을게. 슬슬 가야겠다."

"갈 데는 있고? 네 몸에서 목욕탕 스킨 로션 냄새 나는
건 알고 있냐? 거기 있다가 온 거면 집도 나온 거 아니냐?"

추궁하자 찬호는 팔을 코에 가져다 대며 킁킁 냄새를
맡더니 머쓱해하며 말했다.

"뭐, 피시방도 있고, 갈 곳은 많지."

"그러지 말고, 갈 데 없으면 오늘은 우리 집에 있다가 가
도 괜찮아. 나 어차피 오늘 야간 알바라 집에 없어."

"아냐, 여기서 더 신세 지기는 좀 그렇다. 이제 나 진짜 가볼게."

"그러면 잠깐만 기다려 봐."

등을 돌리려는 찬호를 불러 세워 놓고 휴대폰으로 30만 원을 보냈다. 영문을 몰라 하는 찬호에게 말했다.

"그때 네가 샀던 와인바 음식값 절반에 5만 원은 이자다. 이걸로 빚은 없는 거다."

찬호에게 돈을 보낸 이유는 위태로워 보이는 모습에 대한 동정도, 내 모습이 겹쳐 보여서도 아니었다. 만에 하나, 찬호가 B코인으로 자신을 증명해 낼 수 있을까 하는, 충동적인 베팅에 가까웠다. 그때 찬호가 갑자기 나를 와락 끌어안았다. 찬호의 숨이 커졌다 작아지는 게 느껴졌다. 이내 가슴께가 축축해졌다. 나는 별말 없이 그냥 등만 토닥여 주었다. 그러고는 찬호의 모습이 멀어지다 이내 점이 될 때까지 가만히 그 자리를 지켰다.

나는 찬호의 날 선 말들과 흘렸던 눈물을 깊이 이해할 수 있었다. 간절함이 없다고 생각했지만, 아니었다. 그 두려움과 비참함을 안은 채 찬호의 응어리는 언제부터 거기에 자리 잡고 있었던 걸까. 위협을 흉내 내던 모습부터 명품으로 치장하고 다니면서 자신을 과시하던 모습까지. 찬호는 이 사회에서 성공하기 위해서, 어쩌면 생존하기 위해서 스스로 그런 선택을 했을 것이다. 그렇다면 내게 그

것을 말릴 권리 따위는 없었다. 어쩌면 오늘에야 처음으로 찬호를 제대로 마주한 것 같다는 생각이 들었다.

24

저점인 300원 구간에서 매수세가 모이면서 위로 치고 올라가려는 조짐이 보였다. 세력이 매집을 끝낸 것인지, 아니면 일시적으로 반등한 데드캣바운스인지, 아직은 판단하기 힘들었지만 둘 중 어느 쪽이든 이 박스권은 금방 깨질 것 같았다.

딸랑.

마스크를 끼고 모자를 푹 눌러쓴 남자가 들어왔다. 중요한 타이밍에 불청객이 찾아온 탓에 안전하게 350원에 예약 매도 주문을 걸었다. 15% 수익률 정도라면 나쁘지 않았고, 예약 매도 주문이 체결되지 않고 시세가 내려가더라도 지금까지 계속해서 저점을 다진 만큼 300원의 지지선은 버텨 줄 거라는 믿음이 있었다.

남자는 뭔가 찾는 게 따로 있는지 매장 전체를 한 바퀴,

또 한 바퀴 계속해서 크게 돌고 있었다. 그러면서 자꾸 이쪽을 힐끗거리는 게 여간 신경 쓰이는 게 아니었다. 도움이 필요하면 먼저 요청하겠지 싶어서 그냥 무시하기로 하고 차트를 봤다.

310, 320, 330. 예상대로 차트가 박스권 천장을 뚫고 천정부지로 치솟기 시작했다. 급하게 예약 매도 주문을 취소했다. 지금의 매수세라면 데드캣바운스라 해도 상승폭이 꽤 높을 게 분명하니 직접 지켜보면서 매도할 생각이었다.

예약 주문을 취소하기가 무섭게 350원을 돌파한 차트는 멈출 기미가 보이지 않았다. 호가창에 빠른 속도로 물량이 사라지더니 기어이 400원까지 치고 올라갔다. 이 물량을 소화할 거래량도 늘어난 걸 보니 시세가 단기간에 빠질 것 같지는 않았다. 이런 걸 고작 15%만 먹고 빠질 뻔했다는 사실에 크게 안도하며 한숨을 쉬었다.

찬호를 보내고 나서 생각해 보니 나 역시 찬호와 별반 다를 게 없었다. 남들에게 열등감을 느끼고, 코인으로 지금의 상황을 벗어나고 싶은 절실함이 있으니까. 찬호의 재기를 빌고, 큰돈을 벌고 싶다는 각오를 다시 상기하며 차트를 주시했다. 전 고점인 1,500원까지는 무리여도 그 절반인 750원까지는 충분히 갈 수 있을 것 같았다.

다시 매장 문이 열렸다. 이번에도 모자를 눌러쓴 남자였는데 키도 작고 앳돼 보이는 게 미성년자 같았다. 혹시라도 담배를 달라고 하면 신분증을 요구할 생각이었지만 남자는 바구니를 챙겨 곧바로 음료 매대로 향했다. 그러더니 플러스 행사 음료들만 가득 담아 와서 계산대에 올렸다.

심상치 않은 흐름을 보이는 차트가 신경 쓰여서 서둘러 바코드를 찍고 봉투에 음료를 담았다. 그간 생긴 노하우 덕분에 그러는 동안에도 포스기 앞에 놔둔 휴대폰 화면을 수시로 체크할 수 있었다. 시세는 다행히 아직 430원에 머물러 있었다. 차트에 시선을 고정한 채 말했다.

"만 2천 원입니다."

"죄송한데 제가 카드를 두고 와서요. 현금으로 계산할게요."

왜 사과를 하지? 불길한 예감에 고개를 드니 남자가 주머니에서 주먹만 한 동전 지갑을 꺼냈다. 순식간에 계산대 위로 동전 비가 쏟아져 내렸다. 오랜만에 당하는 동전 세례에 짜증이 났다. 이러고 있는 사이에도 차트가 급변할 수 있어서 마음이 더 조급했다.

동전을 종류별로 일일이 나누고 계산을 하는 동안에도 남자는 손 하나 꿈쩍하지 않고 계속 참견을 했다.

"저기요, 방금 100원짜리 11개 가져가신 것 같은데요?"

"하나, 둘, 셋… 열 개 맞는데요."

"그러면 지금 제가 잘못 봤다는 거예요?"

가뜩이나 정신이 없는데 계속해서 말을 걸며 진상 짓까지 하는 통에 헷갈리기 시작했다. 마음 속으로 참을 인을 그리다가 그만 동전을 놓쳤다. 50원짜리 네 개가 포물선을 그리며 남자의 발치 앞에 굴러 떨어졌다.

"제가 주울 테니까 일단 계산대에 있는 것부터 마저 세 주세요."

"아닙니다. 지금 주울게요."

또 무슨 소리를 들을지 몰라서 계산대 밖으로 나갔다. 그런데 남자가 당황하며 처음 서 있던 자리에서 한 발짝 뒤로 물러섰다.

"아, 괜찮다니까."

남자는 안절부절하기만 할 뿐 정작 동전은 주워 주지도 않았고, 동전을 줍기 위해 허리를 숙일 때마다 옆에서 정신 사납게 왔다 갔다 했다. 그 꼴이 마치 무언가를 보지 못하게 몸으로 가리는 것처럼 보였다. 쎄한 느낌에 일어나며 뒤쪽을 살폈다. 맨 처음에 왔던 남자가 수입 주류 매대에서 가방 안에 양주를 쑤셔 넣고 있었다.

"야, 이 새끼야! 그거 당장 안 내려놔?"

처음 교육받던 날, 이 동네에 양아치들이 많다던 월요일 근무자의 말이 떠올랐다. 드디어 올 게 왔구나 싶어서 바로 앞에 있는 남자의 뒷덜미를 잡아채며 말했다. 이놈도 한패가 분명했다.

"씨발, 이거 안 놔?"

동료가 손아귀에서 버둥거리자 마스크를 낀 놈이 가방에서 위스키병을 꺼내더니 내 쪽으로 집어 던졌다. 무려 10만 원이 넘는 위스키였다. 서둘러 몸을 던져 받은 탓에 깨지는 불상사는 일어나지 않았지만 둘은 그 틈을 타서 매장 밖으로 달아났다. 뒤쫓는 건 무리일 것 같아 새벽 세 시가 넘은 시간이었지만 일단 점장에게 전화했다.

[경찰에는 내가 따로 신고할 테니, 퇴근까지 마무리 잘하고 들어가 봐요.]

상황을 수습하며 위스키 매대를 보니 비싼 것들 위주로 털어간 탓에 매대 위가 휑했다. 가장 비싼 위스키는 내가 몸을 던져 구했지만, 도난당한 위스키도 각각 7만 원과 8만 원짜리였다. 다행히 내가 변상해야 할 경우 충분히 메꿀 수 있는 액수였다.

충분히 할 만큼은 했다는 생각에 잠시 자리에 앉았다. 난생처음 겪는 도난 사고로 온몸에 진땀이 흘렀다. 내부에 CCTV도 있고 밖에 주차된 차들에도 블랙박스가 있으니 이제부터는 알아서 하겠지. 그러면서도 뭔가를 잊은 것 같은 느낌에 찝찝했다. 그러다 손에 들고 있던 휴대폰을 발견하고서야 차트 생각이 났다.

하필 중요한 타이밍에 이런 좆같은 일을 당하다니. 거지같은 편의점, 개같은 야간 근무! 급하게 코인 앱을 켰다.

[자산 현황]

총 보유 자산 2,520,000 KRW

R코인 300 KRW 12,000개 보유

현재 시세 210 KRW / 예상 수익률(%) -30.0 / 예상
수익 -1,008,000 KRW

떨리는 손으로 차트를 확인했다. 750원까지 갈 거라는 예상과 달리 차트는 500원 선을 한 번 터치하고 지지선이 붕괴되며 300원 밑으로 떨어진 상태였다. 언젠가 코인에 물리는 상황이 올 수도 있겠다 생각하긴 했지만, 처음으로 겪어 보니 아팠다. -30%만큼 말이다.

25

시재 확인을 끝내고, 인수인계도 마쳤다. 편의점 일을 마무리하고 집에 도착해 매트리스 위에 눕기까지의 모든 과정이 기억나지 않았다. 그냥 머리는 뜨거웠고, 계속해서 멍하니 자기 암시만 걸고 있을 뿐이었다. 원래 없던 돈인 셈 치기로 했으니 괜찮다, 사소했다, 하면서.

화가 나서 베개를 벽에다 집어 던졌다. 하나도 안 괜찮았다. 안 사소했다. 가뜩이나 뜨거운 머리가 더 뜨거워졌다. 다시 생각해 봐도 어이가 없었다. 동네 양아치들이라 해도 끽해야 술이나 담배 정도 뚫으러 오는 미성년자들이려니 생각했지, 대놓고 물건을 훔치는 절도범일 거라고는 전혀 상상도 못 했다. 제대로 봉변을 당한 것이었다.

그나마 위안이 되는 것은 -30%만 떨어졌을 뿐, 아직 200만 원이 넘는 자산이 남아 있다는 점이었다. 맨 처음

20만 원이었던 때에 비하면 무려 열 배나 되는 자산이 아닌가. 충분히 회생할 수 있을 테니 최악은 면한 것이다.

아니다. 사실은 최악이다. 아무리 합리화하려 해도 명명백백하게 손해는 손해고, 물린 건 물린 거였다. 삼 분의 일로 줄어든 잔고를 생각할 때마다 속이 쓰렸다. 입맛도 없어서 배나 채우려고 라면을 꺼냈다. 돈이 물려 있는 지금은 먹는 데 쓰는 돈도 사치였다. 냄비에 물을 끓이는 동안 혹시라도 R코인이 다시 반등할 호재가 남아 있지는 않을까 기대하는 마음으로 커뮤니티를 열었다.

[R코인이 폭락해도 내가 흔들리지 않는 이유]
고점에서 큰 하락이다.
아마 계속 하락할 것이다.
하지만 나는 절대 흔들리지 않는다.
눈 하나 깜짝하지 않을 수 있는 이유가 있다.
내가 왜 흔들리지 않는지 아는가?
나는 이 종목을 안 샀기 때문이다.

이미 시꺼멓게 타 버린 속을 여지없이 긁어대는 글에 욕지거리가 나왔다. 혹시나 하는 마음에 다른 글도 클릭해 봤다.

[R코인 가격이 하락해도 문제없는 이유]
응~ 다 잃으면 그만이야~

커뮤니티를 껐다. 불덩이같이 뜨거워진 머리는 두통으로 지끈거렸다. 원래 같았으면 리스크 관리를 위해 손절매를 했을 테지만 이번에는 경우가 달랐다. 매수세를 보면 분명 오를 차트였는데 이유 없이 떨어졌으니 다시 반등할 것 같기도 했고, 특히나 지금까지 코인을 하면서 벌면 벌었지 잃은 적은 단 한 번도 없었기 때문에 오기가 생겼다.

라면을 먹으면서도 차트를 봤다. 어째서 수급이 몰렸는데도 흐름이 꺾인 건지 의아했다. 300원 위로 강한 지지선과 두터운 거래량을 보였는데도 200원대까지 떨어진다는 건, 아무리 코인이라고 해도 전혀 이해되지 않았다. 뚜렷한 악재도 없었는데 말이다. 가능성은 둘 중 하나였다. 전처럼 개미 털기를 하는 중이거나, 아니면 내가 모르는 악재가 숨어 있거나. 만약 개미 털기라면 그냥 관망하면서 존버하면 되는 문제였지만 후자라면 상황이 심각했다. 내가 모르는 악재가 있다는 것은 큰 리스크를 짊어지는 일이고 더이상 호재가 없다는 것과 마찬가지여서 시세가 오를 가능성이 현저히 낮다는 말이다.

이성적으로 생각하면 빠른 손절매로 리스크를 최소화하는 게 옳겠지만 그러고 싶지 않았다. 지금 이 상황이 내게는 충분히 공포였기 때문이다. 그리고 나는 이 공포에 대처하는 방법을 잘 알고 있었다. 지금 사람들이 등을 돌렸을 때 최대한, 더 많이 사둬야 했다.

하지만 문제는 당장 물타기를 해서 평단을 낮추려 해도 가용 재원이 없었다. 생활비까지 끌어다가 군자금으로 돌린 탓에 당장 여유자금이 없었다. 알바비가 나오려면 3주는 더 기다려야 하고, 장학금은 언제 입금될지 아직 불분명했다. 순간 찬호에게 준 30만 원이 생각났지만 고개를 저었다. 여전히 고민하고 있는데 다인에게서 메시지가 왔다.

[선배! 지금 달러 환율 보셨어요?]

아무래도 모의투자 얘기인 것 같았다. 다인은 FX마진거래가 재미있는지 그때 이후로 종종 내 의견을 물어보고는 했었다. 모의투자인데도 방치하고 있는 나와는 달리 수시로 보면서 열심히 공부하는 게 퍽 인상적이었다. 호기심이 생겨 달러 환율을 확인해 보니 1USD=1,130원으로 꽤 올라 있었다. 혹시 몰라서 B코인도 검색해 보니 달러 상승세에 힘입어 약간이었지만 찬호의 평단 위로 시세가 올라 있었다. 찬호라도 벌었다 생각하니 다행이면서도 알아서 잘하겠지 싶어 이제 걱정하지 않기로 했다. 어쨌거나 나름 외제 차도 뽑았던 녀석이 아닌가.

다시 원점으로 돌아와서 현 상황을 정리했다. 결국 지금 당장 쓸 수 있는 내부 재원이 없으니 외부에서 구할 수밖에 없었다. 당장 머릿속에 생활비 대출이 떠올랐지만 고개를 저었다. 다시 오를 것이라는 확신은 있었지만 대출까지 받아서 하기에는 리스크가 너무 컸다. 한숨이 나왔다. 아무래도 오늘 강의가 끝나면 바로 인천으로 가야 할 것 같았다. 내키지는 않아도 어쩔 수 없다. 내 기억이 맞는다면 분명, 본가에 내 명의로 된 적금 통장이 있을 것 이다.

26

[선배, 이따 저녁 일정 없으면 같이 밥이라도 드실래요?]

　[지금 인천이라 어려울 듯.]

　[그러면 다음에 시간 되실 때 먹어요. 제가 살게요.]

　[ㅇㅇ]

　답장을 보내고 고개를 들자 붉은 벽돌 건물이 보였다. 지하철로 인천 부평역까지 두 시간, 그리고 역에서 나와 버스로 십오 분은 더 가야 나오는, 엘리베이터도 없이 계단으로 올라가야 하는 구축 아파트 2층이었다. 자취 첫날 이삿짐을 옮긴 이후로 오랜만에 오는 집이었지만 그립다는 감정은 전혀 들지 않았다. 별다른 추억도 없었기 때문이다. 하지만 엄마에게 이 집은 남다른 의미였다. 무너진 가정을 재건하며 다시 일군 터전이자 엄마를 지켜 줄 견고한 성이었기 때문이다.

평일 이 시간이면 엄마는 일하고 있을 테니, 밤늦은 시간에야 돌아올 게 분명했다. 그것이 내가 굳이 피곤한 몸을 이끌고 주말도 아닌 오늘 집에 온 이유였다. 도어락을 누르고 문을 열었다. 불 꺼진 집 안은 어둡고 인기척은 전혀 느껴지지 않았다. 조심스럽게 문을 닫고 현관으로 들어오니 익숙한 신발 한 켤레가 눈에 띄었다. 엄마가 십 년 전 마트에서 캐셔 일을 할 때부터 신어 온, 지금은 잔뜩 해진 운동화였다.

벌써 불편해지는 마음을 뒤로하고 집 안으로 발을 내디뎠다. 잠시 거실에 서서 적금 통장을 어디에 두었을지를 생각했다. 이 집에는 전역 후 한 달도 안 되는 동안만을 머물렀기 때문에 아직 집 구조가 익숙지 않았다. 그래도 방 두 개가 전부인 집에서 중요한 걸 내 방에다 뒀을 리 없었다. 우선 안방으로 들어갔다.

안방에는 침대도 없이 이부자리만 방바닥 위에 개켜져 있었다. 맞은편에는 화분이 일렬로 늘어서 있었고, 그 끝에는 자개장과 화장대가 놓여 있었다. 먼저 자개장을 열어 보니 옷가지를 비롯해 가방과 레코드판, 사진 앨범 따위로 가득했다. 옆에 있는 화장대에는 내가 초등학생일 때 엄마, 아빠, 나 셋이서 찍은 가족사진 액자가 놓여 있었다. 사진 속 아빠는 환하게 웃고 있었다. 액자를 덮고 화장대 서랍을 열었다. 서랍 안에는 반지나 목걸이 같은 패물들과 나무나 플라스틱 재질의 도장들 사이에 각기 다른 은행 통장들이 파묻혀 있었다. 일일이 확인하려면 시간이 좀 걸리겠지만 별수 없었다. 엄마 명의의 예금 통장과 청약 통장을 확인했을 때 1층에서 누군가 계단을 올라오는 소리가 벽을 타고 들려 왔다. 소리가 점차 가까워지더니 이내 현관문 앞에서 뚝 멈췄다.

삑 삑 삑 삑.

하나씩 눌리는 도어락 소리에 급하게 서랍을 닫고 서둘러 거실로 나갔다. 현관에 들어선 엄마는 거실에 있는 나를 보고 소스라치게 놀랐다.

"오셨어요?"

"아니, 연락도 없이 어쩐 일이야?"

엄마는 의아한 눈치였다. 차마 적금 통장을 가지러 왔다는 말은 할 수 없어서 적당히 둘러댔다.

"두고 간 게 있어서 가지러 왔어요."

"너 그때 방에 있는 거 싹싹 다 긁어 가지 않았니? 공부할 시간도 아깝다면서 자취까지 하는 애가 뭐 하러 여기까지 왔어. 전화하면 택배로 보내 줬을 텐데."

"오랜만에 집에도 오고 좋죠. 그보다 엄마는 지금 퇴근하신 거예요?"

"이제 주 사흘만 일해서 오늘은 쉬는 날이야. 불경기라 더 일을 하고 싶어도 할 수가 없네."

잔기침을 몇 번 하던 엄마가 오니 집안에 생기가 돌았다.

"자고 가니?"

"아뇨, 내일 아침 일찍 강의가 있어서 슬슬 가보려고요."

"그러면 온 김에 밥이나 먹고 가."

거절할 수 있는 분위기도 아니었고, 아직 목적을 달성하지도 못했기 때문에 일단 그러기로 하고 내 방으로 들어왔다. 의자도 책상도 없이 공간으로만 존재하는 방에 이불을 펴고 누웠다. 하필 오늘이 엄마가 일을 안 하는 날이라니. 타이밍이 좋지 않았지만 다음 기회를 노리기에는 여기까지 오가는 시간이 아까웠다. 되도록 오늘 꼭 승부를 봐야 했다. 틈이 생겼을 때 속전속결로 해치울 생각이었다.

어느새 밥이 다 된 모양인지 엄마가 부르는 소리가 들렸다. 거실로 나가자 식탁 위에는 소분 용기에 담긴 잡곡밥과 반찬통에 담긴 나물 몇 가지, 스팸과 계란프라이가 있었다.

"밥은 제때 먹고 다녀?"

"잘 챙겨 먹고 있어요."

"청소는? 환기도 잘하고 있지? 남자 혼자 살면 냄새 나니까 조심해야 해."

"깨끗하고, 환기도 늘 하고 있어요."

계속 이어지는 엄마의 잔소리에 대충 답했다. 이윽고 레퍼토리가 떨어진 식탁에는 적막만이 흘렀다. 무거운 분위기가 불편해서 리모컨으로 텔레비전을 켰다. 벌써 뉴스 시간인지, 화면에는 정장 차림의 남자 둘이 긴 일체형 데스크에 앉아 대담을 나누고 있었다.

[실종됐던 일가족 세 명 모두 차 안에서 숨진 채 발견됐습니다.]

[마지막 행적이 확인된 후 일주일 만이었는데요, 차 한가운데 타다 남은 번개탄이 있는 것으로 보아 극단적인 선택을 한 것으로 추정하고 있습니다.]

하필 뉴스 내용이 좋지 않았다. 곁눈질로 엄마의 눈치를 살폈다. 엄마의 두 눈은 텔레비전에 고정되어 있었다.

[안타까움을 자아내고 있는데요, 대체 무슨 일인 거죠?]

[실종 전 이웃 주민들이 집안에서 다투는 소리를 들었다는데요. 신고를 받고 경찰이 출동했을 때는 집이 엉망이었다고 합니다. 인터넷으로 가상화폐 투자나 단톡방을 검색한 기록이 있는 것으로 보아 빚이나 생활고 때문이 아닌가 하는 의혹이 제기가 됐었습니다.]

우리 집에서, 적어도 엄마와 나 사이에는 금기어가 두 개 있다. 하나는 아빠였고, 다른 하나는 투자였다. 둘은 별개이면서도 동일했다. 그리고 비슷한 듯하면서도 달랐다. 바로 채널을 돌렸다. 다른 채널에서도 뉴스가 흘러나오고 있었다.

[비극적인 소식입니다. 실종 신고가 접수됐던 A씨의 마지막 행적이 오늘, 한강공원인 것으로 파악됐습니다. 경찰은 인근 CCTV와 목격자를 확인했지만 별다른 점을 찾지 못했습니다.]

이번에도 비슷한 내용이어서 채널을 돌리려 할 때였다.

[30대 중반의 A씨는 재작년 비자발적 퇴사 후 별다른 외부 활동을 하지 않은 것으로 파악됐는데요. 주소지상 고양에 거주하는 사람이 서울, 한강공원에서 발견됐기 때문에 극단적인 선택을 했을 가능성을 배제할 수 없습니다.]

익숙한 신상 정보에 그냥 넘길 수가 없어 채널을 고정했다. 한강공원, 극단적인 선택. 불안이 싹텄다. 우연의 일치겠지 싶어 계속 지켜봤다.

[사실 실종 신고가 접수된 것은 몇 주 전이었지만, 당시 경찰은 단순 가출로 취급해서 수사를 하지 않았다고 하는데요, 이런 일이 흔한가요?]

[아무래도 실종자가 성인이다 보니 실종이라기보다는 가출이 아니냐, 이런 정서가 있어서 일반적으로는 가출로 취급하죠. 자발적으로 잠수를 탄 것으로 보다 보니 현행법상 성인 실종자는 없습니다. 하지만 통계 수치만 놓고 보면 아동 실종자보다 성인 실종자가 훨씬 많습니다. 우리의 가족이, 친구가, 이웃이, 계속 사라지고 있는 실정입니다.]

[그렇다면, A씨가 실종이 아닌, 단순 가출로 처리됐던

이유는 무엇인가요?]

[가출 직전 A씨의 개인 빚이 8천만 원에 이르렀던 것으로 확인됐습니다.]

[삼십 대 중반에, 빚이 8천만 원이라고요? 그게 가능한가요?]

[네. 현재 빚투 열풍을 주도하고 있는 삼십 대의 경우, 평균적으로 대출 잔액이 연소득의 3배 가까이 되는데요. 은행뿐 아니라 제3금융권에까지 빚이 있었습니다. 그리고 사고 직전 B코인에 투자했던 것으로 파악됐습니다. 정황상 빚투에 실패한 뒤 스스로 투신했을 가능성이 높은 것으로 보고 있는데요. 가족들은 이런 상황을 받아들이지 못하고 있습니다.]

[어째서죠?]

[그럴 애가 아니다, 라는 것이 주된 이유입니다. 유서가 발견되지 않았기도 하고요.]

심장이 빠르고 거칠게 뛰었다. 찬호가 아닌 걸 알면서도, 찬호가 아니길 바라고 있었다. 그 가능성을 애써 외면하고 싶었지만, 나도 모르게 B코인 시세를 확인하고 있었다. 찬호가 4천만 원에 매수했다던 B코인은 현재 4,200만 원까지 올라가 있었다. 하지만 중요한 건 오르는 과정에서 찬호가 과연 강제청산을 피했는가였다.

떨리는 손으로 차트를 조회했다. 불과 이틀 전, 3,850만 원을 터치했다. 레버리지 30배가 사실이라면, 강제 청산 구간인 -33.3%보다 낮은 액수였다. 등골이 서늘했다. 내가 빌려준 고작 30만 원밖에 안 되는 돈으로 물타기를 해서 증거금을 보충할 수 있었을까? 더없이 낮은 가능성일 뿐이다.

혹시나 해서 찬호가 마지막으로 사용했던 가계정에 메시지를 보내고 전화까지 걸어 봤지만 연결이 되지 않았다. 안절부절못하자 엄마가 물었다.

"왜, 아는 사람이야?"

"네, 아니, 잘 모르겠어요. 아니, 모르는 사람이에요."

횡설수설하면서도 입술이 바짝 마르고 심장이 계속해서 뛰었다. 불안과 초조가 몸 안 깊숙한 곳에서부터 천천히 나를 갉아먹는 느낌이었다. 나 스스로도 어째서 이런 반응이 나타나는 것인지 의아했다. 부디 아니기를 맹목적으로 믿고 싶었다.

"저래서, 욕심에 눈멀지 말고 땀 흘리면서 값지게 사는 게 중요한 거야. 네가 머리가 좋아서 장학금을 받고 있어서 얼마나 다행이니. 요행을 바라지도 않고, 노력에 대한 보상을 얻고 있다는 게 말이야."

하고 싶은 말은 많았지만 잠자코 경청했다. 홀로 무너지고 쌓아온 게 많았던 엄마는 할 말이 많았다.

"네가 주식하는 것까지 뭐라 하고 싶지는 않아. 전공 공부와도 밀접한 관련이 있고, 살아가면서 어느 정도 필요하단 건 엄마도 아니까. 하지만 그 이상으로 욕심을 부리면 탈이 나는 법이야. 네 아빠도 미련할 정도로 성실한 사람이었어. 그런데 몽골에 아파트 짓는다는 말에 속아서 어떻게 됐는지 알지?"

아빠는 뭣 때문에 그렇게 조급했을까. 여유가 없는 것도 아니었다. 우리 가족은 최고로 잘사는 것은 아니었지만 웬만한 가족들보다는 잘살았다. 하지만 몽골 울란바토르 일대에 대단위 아파트 부지가 형성된다는, 자칭 몽골 정부 고위층 지인의 꾐에 넘어간 아빠는 몽골 부동산을 사기 위해 다달이 돈을 갖다 바쳤다. 그러면서 자신의 돈이 두 배, 다섯 배, 어쩌면 열 배까지도 불어날 거라고 믿었다. 그리고 그게 다 우리 가족의 행복을 위해서라고 말했다.

그러다가 그 지인이 도주했고, 몽골에서는 외국인의 토지 소유를 허용하지 않는다는 사실을 뒤늦게 알게 된 아빠는 물속으로 도망쳐 버렸다. 그리고 사흘 뒤 5km 넘게 떨어진 곳에서 싸늘하게 식은 시신으로 발견됐다. 사건은 단순 자살로 종결됐다.

"네 아빠는 불쌍하게도 책임질 게 많은 사람이라서 속은 거야. 그리고 마지막에는 그 책임을 외면해 버린 거지. 현수야. 너만은, 너만은 그래서는 안 된다. 알겠지?"

남은 재산으로 대부분의 빚을 상환했으나, 그 나머지를

갚는 데 젊음을 고스란히 쏟아붓고 삶의 대부분을 아빠의 빈 자리를 책임지는 데 바친 엄마의 말이 가슴을 옥죄어 왔다. 안방으로 들어갔다 나온 엄마의 손에 통장이 들려 있었다.

"차라리 돈이 필요한 거면 엄마한테 말해. 대신 네 선택에 책임질 수 있게만 해."

원래 목적했던 적금 통장이 뜻밖에 손에 들어왔다. 하지만 아무 말도, 아무 감정도 내비칠 수 없었다. 입을 여는 순간 똬리를 틀고 있던 것이 그대로 밖으로 풀려 버릴 것 같았다. 장례식 냄새 사이로, 영안실에 있던 아빠를 마지막으로 봤다. 덮인 천 아래로 불쑥 손이 나와 있었다. 부풀어 오른 손가락, 푸른색의 혈관, 죽음의 냄새. 어느 정도 정신이 돌아온 것은 자취방으로 돌아오는 지하철 안이었다. 아직도 으스러지듯, 손에 꼭 쥐고 있던 통장을 열어 봤다. 맨 앞장에 내 생일 네 자리 숫자가 적힌 메모가 붙어 있었다. 통장 잔액은 300만 원, 한 학기 등록금이 채 안 되는 돈이었다. 엄마 혼자서 빚을 갚아 가면서도, 내가 고등학교를 졸업하고 대학에 입학하고 군대에 가 있는 삼 년 동안 다달이 10만 원씩 입금해 온 기록이 찍혀 있었다. 그 무게에 고개가 뚝 떨어졌다.

27

총 360만 원, 삼 년짜리 적금 만기 수령으로 계좌에 이체
된 금액이었다. 한참이나 계좌에 찍힌 잔고를 바라보다,
집으로 오는 동안 휴대폰을 봤다. 찬호에게서 온 답장은
없었다. 무소식이 희소식이라 생각하며 코인 앱을 켰다.

[자산 현황]
총 보유 자산 2,160,000 KRW
R코인 300 KRW 12,000개 보유
현재 시세 180 KRW / 예상 수익률(%) -40.16 /
예상 수익 -1,445,832 KRW

마지막으로 확인한 200원 대에서도 더 내려가 앞자리 수
는 1로 바뀌어 있었다. 원래 같았으면 막막한 상황에 괴로

워하며 방바닥을 뒹굴었을 테지만 지금은 별 감흥이 없었
다. 총알도 새로 생겼겠다, 지금 시세가 내려간 만큼 더 저
렴하게 물타기를 할 수 있으니 좋은 기회로 보였다.

집에 도착하자마자 코인 계좌로 360만 원 전부를 이체
했다. 그리고 R코인의 호재가 될 만한 재료를 수집했다.
분할 매수로 현재 시세인 180원에서 한 번, 그리고 상황
을 지켜보면서 다시 한 번, 총 두 번의 물타기를 추가로 할
계획이었다.

[매수 완료]
R코인 180 KRW 10,000개 구매

[자산 현황]
총 보유 자산 3,960,000 KRW
R코인 245 KRW 22,000개 보유
현재 시세 180 KRW / 예상 수익률(%) -26.73 /
예상 수익 -1,440,511 KRW

물타기를 하고 나니 평단이 한껏 낮아졌다. 마이너스 수
익도 그만큼 줄어들자 마음이 편해졌다. 여론 조성을 위
한 재료를 찾으려고 구글링을 할 때였다. 불길한 제목의
기사가 눈에 띄었다.

[코인 거래소 상장폐지 목록]

상장폐지, 네 글자가 주는 무게감이 꽤나 무거웠다. 주식이라면 이미 하한가를 치고도 남을 재료였다. 코인이라고 해서 별반 다를 게 없어 보였다. 그런데 이 상장폐지 목록이 R코인의 연관 뉴스로 나왔다는 점이 불길했다. 기사를 클릭해 확인해 보니 이번 달 상장 유지 여부 심사 대상에 오른 코인 중에 R코인이 있었다.

가슴이 철렁했다. 만약 R코인이 상장폐지된다면 내 돈은 그대로 휴지조각이 되는 셈이었다. 식은땀이 났다. 기사 하단에 있는 코인 거래소의 입장문을 보면 '근거 없는 소문'이라며 루머로 일축했다. 하지만 그냥 넘길 수 없었다. 오히려 시세가 부자연스럽게 빠진 이유가 상장폐지 때문이라면 이제야 이해가 갔다. 세력 측에서 이 정보를 이미 알고 상장폐지 전에 던진 거라면 R코인은 더 이상 오를 가능성이 없었다.

이럴 줄 알았으면 수익 구간일 때 진즉 파는 건데……. 손실이 확정된 상태가 되니 정신이 아득했다. 하다못해 물타기를 하기 전에 먼저 이 기사를 봤더라면 어느 정도 출혈을 감수하더라도 손절매를 했을 것이다. 오른손을 들어 그대로 뺨을 내리쳤다. 안일함에 대한 자기 체벌은 이렇게 끝냈지만 지금부터는 체벌로 해결될 문제가 아니었다. 이미 물타기를 해 버렸으니 180원 시세 위로 최대한 수익을 보고 빠지는 게 중요했다. 관건은 타이밍이었다.

찌라시가 한 번 시장에 나도는 순간, 사실 여부와 관계없이 시세에 타격을 주는 것을 많이 봤기 때문에 이 정보가 더 퍼지기 전에 차트가 위로 치솟을 재료를 만드는 게 중요했다. 커뮤니티에 게시글 하나를 작성했다.

[R코인 오를 수밖에 없는 이유]
돈을 벌 기회인데, 아무도 모르는 것 같아 글 하나 남깁니다.
최근 거래량에 비해 과대한 낙폭이 있었습니다.
매수세와 지지선만 보면 도저히 뚫릴 구간이 아닌데 의아하죠? 세력이 개미 털기를 했다는 증거입니다.
떨어지는 칼날은 잡으면 됩니다. 바로 그때가 낙폭 과대 매매법을 실천할 호기란 걸 명심하십시오.

글을 올리자마자 곧바로 댓글이 달렸다.

ㄴ 너나 많이 사세요.

물론 첫 글부터 좋은 반응은 기대하지는 않았다. 여론전의 핵심은 다수의 의견인 것처럼 믿게끔 만드는 것이다.

물량공세가 시급했다. 사람들이 처음에 가지고 있던 불신이 같은 내용을 계속 접하면서 긴가민가해지다가 이윽고 확신으로 변하기까지는 끈기와 노력이면 충분했다. 이전 Q코인 때처럼 알바 가기 전에 최대한 글을 많이 작성해 놓을 생각이었다.

그때 전화가 울렸다. 순간 긴장했지만, 발신인을 보니 점장이었다. 이전 절도 사건과 관련된 게 아닐까 싶어 전화를 받았다.

[학생, 잘 쉬고 있었어요?]

"네. 잘 쉬고 있습니다. 무슨 일이신가요?"

[다름이 아니라, 오늘부터는 출근 안 해도 돼요.]

"네?"

일방적인 해고 통보에 황당해서 물었다.

"양주 몇 병 절도당한 것 때문에 해고라는 건가요?"

[아뇨, 학생. 들어 봐요.]

점장은 타이르듯이 말했다.

[간밤에 경찰에 신고하고 CCTV를 돌려 봤거든요. 그런데 최근 들어 손님이 왔는데도 휴대폰만 보고 있는 모습이 너무 많더라고요. 야간 물류 시간에도 바로 처리하지 않고 한참 뒤에 하는 경우도 있었고요. 이번 달 월급은 내가 오늘 밤에 계산해서 내일까지 보내 줄 테니 이제 나올 필요 없어요.]

전화는 일방적으로 끊겼다. 기가 차서 들고 있던 휴대폰을 매트리스 위로 집어던졌다. 한 달 일해 봐야 고작 50만 원 정도인 그깟 편의점 알바 따위 이제 안 해도 그만이다. 말을 안 했어도 어차피 내가 먼저 그만뒀을 것이다. 터치 몇 번만으로 돈을 벌 수 있는데 오히려 먼저 그만둬 달라고 해서 다행이었다. 쓰던 게시글을 마저 작성하면서 불쾌한 기분을 떨쳐내려 할 때였다. 얼굴 위로 무언가 날아와 앉았다. 손사래 치며 뿌리쳐도 끈질기게 달라붙었다. 양손을 들어 박수치듯 잡고 나서야 겨우 잠잠해졌다. 대체 뭔가 싶어서 손바닥을 펼쳐 들여다봤다. 좁쌀 크기 정도의 작은 초파리였다.

28

정신일도 하사불성. 책상 위에 노트북을 올려놓고 경건하게 앉았다. 월요일 새벽 네 시, 아직 대부분이 자고 있을 시간이었지만 R코인을 주시하고 있는 이들에겐 지금이 매수 또는 손절매를 결정할 가장 중요한 타이밍이었다.

피자를 한 입 베어 물고 노트북에 호가창을 띄웠다. 그동안 글을 써 온 보람이 이제야 나오는지 주말 동안 180원과 190원 사이에서 제자리 뛰기를 반복하던 R코인이 월요일 자정이 지난 현재 205원으로 10% 넘게 오른 상황이었다.

[자산 현황]
총 보유 자산 4,510,000 KRW
R코인 245 KRW 22,000개 보유

현재 시세 205 KRW / 예상 수익률(%) -16.55 /
예상 수익 -891,858 KRW

상장폐지 찌라시가 풀리면서 사람들에게 소외되긴 했지만
수급 자체는 나쁘지 않았다. 오히려 처음 물렸을 때보다
거래량이 훨씬 늘어난 게 보였다. 나쁘지 않은 흐름에 남
은 180만 원과 어제 입금된 알바비 10만 원까지 더해서 적
극적으로 물타기를 해 볼까 싶었지만 아직은 관망하기로
했다. 저점이라는 확신이 들거나 승부수가 먹혀서 급등하
는 흐름을 탈 때 매수할 생각이었다.

이번에 띄운 승부수는 '상장폐지 코인' 이슈였다. 이미
커뮤니티에 찌라시가 퍼질 만큼 다 퍼져서 이제 R코인이
코인 거래소 상장폐지 종목 안에 들었다는 루머를 모르는
사람은 없었다. 그래서 그것을 오히려 역으로 이용하기로
했다. 아침 일곱 시, 코인 거래소 측에서 상장폐지 종목을
공지하기로 한 시간이다. 공지에서 R코인이 루머와 달리
상장폐지 대상이 아니라는 게 밝혀진다면 누명을 벗고 반
등할 게 분명했다. 확신보다는 믿음에 가까운 승부수였지
만 세력이 설마하니 상장 폐지되는 종목으로 작업했을까
하는 생각도 있었다.

200원과 205원 사이에서 박스권을 형성한 차트는 마
치 200원이 저점이라고 유혹하는 것 같았다. 하지만 언제

다시 100원대로 빠질지 몰랐기 때문에 그냥 지켜봤다. 물렸을수록 이성적으로 판단하는 게 중요했다. 순간 차트가 205원에서 중간 다리를 건너뛰고 곧바로 210원으로 점프했다.

저점일 때 더 살 걸 하고 아쉬워하는 동안에도 차트는 브레이크 없이 위로 치솟았다. 210, 215, 220. 중간중간 계속 매도 벽이 생겼지만 흐름을 탄 매수세는 매도 벽을 모조리, 가볍게 뚫어 버렸다. 순식간에 20% 넘게 상승했는데도 줄어들 기미가 안 보이는 상승세에 급하게 지금 시세 220원에 추격매수를 했다.

[매수 완료]
R코인 220 KRW 8,000개 구매

[자산 현황]
총 보유 자산 6,600,000 KRW
R코인 238 KRW 30,000개 보유
현재 시세 220 KRW / 예상 수익률(%) -7.80 / 예상 수익 -557,241 KRW

평단이 처음 300원에서 현재 238원으로 확연히 줄었다. 그리고 여전히 마이너스였지만 한 자리 수가 된 수익률에 마음이 편해졌다. 하지만 R코인은 현재 잠재적 시한부 판정을 받은 상황이었다. 공식 상장폐지 공지까지 남은 시간은 단 두 시간, 마지막 순간까지 최대한 상승 흐름을 유지하는 게 중요했다.

[R코인 상폐 의혹 돈 지가 언젠데]
곧 상폐되는 코인을 사는 흑우들. 애쓴다 ㅉㅉ.

ㄴ, 세일 할 때 못 사서 약 오르죠?

차트를 보면서도 커뮤니티에 올라오는 부정적인 여론에 계속해서 대응했다. 하지만 R코인의 상장폐지 의혹은 쉽사리 수그러들지 않고 계속 불거지면서 수면 위로 떠돌았다.

R코인 상폐 확정
관계자 정보 입수
상장폐지 코인 사전 공개
★상폐빔★ 육개장 대령하라
하락장 대응 단톡방 초대 코드…

이 정도면 상장폐지가 기정사실이 아닌가 싶을 정도로 여론이 완전히 굳어져 버렸다. 속수무책으로 지켜보는 동안 시세가 하락하기 시작했다. 220, 215, 210. 하락 폭은 오를 때처럼 크지는 않았지만 바뀌어 버린 흐름에 초조했다.

210, 215, 210, 215, 220, 215, 210, 205, 210, 205, 200, 205……. 한 시간 가까이 차트가 위아래로 이리저리 튀는 것을 지켜보는 것만으로도 미칠 노릇이었다. 계속 들고 있어야 할지 지금이라도 던져야 할지 전혀 감이 오지 않았다.

205, 200, 195. 순간 시세가 200원 밑으로 떨어졌다. 다행히 금세 200원 위로 올라와 205, 210, 215로 다시 상승하기는 했지만 가슴이 철렁했다. 물타기로 예상 손해는 절반가량 줄어들었지만 손해는 손해, 이성적으로 생각하면 상장폐지 가능성이 있는 이상 위험은 회피하는 게 맞다. 하지만 최대한 이득을 보고 빠지고 싶은 생각에 매도하기가 망설여졌다. 그래도 R코인이 반등에 성공할 가능성을 최대한 믿어 보기로 했다.

220, 225, 그리고 230. 중간 시세인 225원을 기준으로 5원씩 변동하는 새로운 박스권이 형성됐다. 앞으로 공지까지 남은 시간이 삼십 분이라는 것을 생각하면 나쁘지 않은 흐름이었다. 물타기로 평단이 238원이 된 만큼 최소 240원에 매도할 수만 있어도 이득이었다.

앞으로 단 오 분, 긴장감에 침을 삼켰다. 호가창의 거래량이 초 단위로 찍히며 매수세와 매도세가 양립해 보합이 형성되고 있었다. 둘 중 하나의 균형이 무너지는 순간, 위로나 아래로 큰 시세 변화가 올 것이었다. 이렇게 무언가를 간절히 기다리는 경험은 수강 신청 이후로 정말 오랜만이었다. 삼 분, 이 분, 일 분. 제발, 상장폐지 종목이 아니길. 간절한 마음으로 단 수 초만 남은 상황에서 코인 거래소의 웹사이트를 새로고침 했다. 공지가 올라온 것을 확인하자마자 바로 클릭했다.

[공지: 거래소 거래지원 종료 종목 안내문]
안녕하세요. 금일 예고된 가상화폐자산 거래지원
종료 종목에 대한 안내의 말씀 드립니다. 해당 종목과
자세한 사항은 아래 내용을 참고해 주시기 바랍니다.

*거래지원 종료 항목 및 사유
낮은 유동성으로 인해 투자자들에게 시세조작의 위험
노출로 인한 손해의 위험이 있어 투자자 보호를 위한
조치가 필요하다고 판단됨.

*거래지원 종료 종목
R코인

속이 울렁거렸다. 힘이 쭉 빠지는 바람에 그대로 주저앉았다. 적금까지 깨면서 물타기를 했건만 상장폐지 확정이라니, 전부 다 끝났다. 지금까지 투자로 번 300만 원도, 적금을 깨서 넣은 360만 원도 지금 이 순간 반토막이 났을지도 모른다. 숨이 제대로 쉬어지지 않았다. 눈물이 핑 돌았다.

일 초라도 빨리 시세를 확인해야 했지만 상장폐지라는 악재로 차트가 아래로 달음박질을 칠 것이 분명했기에 두려웠다. 가능하다면 이대로 시세를 보지 않고 그대로 잊고 싶었다. 그래도 원금이 조금이라도 남아 있으면 하는 바람으로 용기를 내 호가창으로 돌아갔다.

마주할 용기가 없어서 조심스럽게 실눈을 뜨고 봤다. 현재 R코인 시세의 앞자리 수는 8이었다. 하지만 뒤에 붙은 숫자 0이 한 개가 아닌 두 개인 걸 보면, 내가 잘못 본 게 아니라면 분명 800원이었다. 용기를 내 두 눈을 제대로 떴다. 떠 있는 전일 대비 가격 변동률에는 300%가 넘는 숫자가 적혀 있었다.

어째서 상장폐지 확정인데 시세가 오른 거지? 예상과는 다른 결과에 상황파악을 못 하고 있을 때였다. 시세가 급격히 떨어지기 시작했다. 생각할 틈도 없이 몸이 먼저 반응했다. 빠르게 700원에 매도 주문을 걸었지만 하락하는 속도를 따라가지 못해 주문이 체결되지 않았다. 다시 600원에 주문을 걸려다 지금 팔지 못하면 낭패라는 생각이 들어 급하게 시장가 매도로 바꿨다.

[매도 완료]
R코인 238 KRW 30,000개 판매
수익률(%) +113.75 / 손익 8,121,444 KRW

600원 위의 시세에서 시장가에 매도 주문을 걸었음에도 거래는 510원에 체결됐다. 하지만 전혀 아쉽다는 생각은 들지 않았다. 차트가 지금까지 본 적도 없는 속도로 500원을 지나 400원, 300원, 200원. 그리고 종국에 100원대까지 떨어졌다. 그렇게 5분도 안 되는 시간에 R코인 차트에는 시세 1,000원에서 100원으로 쏟아지는 폭포수 같은 파란색 장대 음봉이 새로 생겼다.

[자산 현황]
총 보유 자산 15,300,000 KRW

다 잃은 줄 알고 포기했는데 천만 원이 넘는 돈이 생겼다. 얼떨떨해하고 있다 보니 몸속 깊은 곳에서부터 환희가 치솟았다. 어째서 상장폐지가 확정된 종목에서 상한가에 가까운 매수세가 이뤄졌는지 내 상식으로는 이해도, 납득도 안 갔지만 그런 것 따위는 아무래도 좋았다. 또다시 살아남았다는 것만이 중요했다. 지금은 이 기분을 만끽하기로 했다.

이제 군자금이 1,500만 원이니 10%를 벌면 150만 원, 1%만 벌어도 15만 원인 셈이었다. 만약 오늘 같은 상승장을 한 번 더 맛본다면 돈이 돈을 번다는 말마따나 군자금이 커지니 기대 수익도 그만큼 높아지는 것이다. 이제야 부가가치 창출을 위한 초석이 마련된 것 같았다.

앞으로의 수익을 기대하며 자축을 위해 먹다 남은 피자를 꺼냈다. 그새 피자 위에 몰려든 초파리를 손을 저어 쫓아냈다. 사방으로 날갯짓하며 도망치는 놈들을 보며 이 피자를 먹어도 되나 잠시 고민했다. 먹는다고 죽지는 않겠지 싶어 그대로 전자레인지에 넣고 돌렸다. 시큼한 냄새에다 뭔가 끈적거린다 싶더니 그 짧은 시간 동안 온몸이 땀에 흠뻑 젖어 있었다. 역시, 땀 흘려 번 돈이 값진 법이었다.

29

"밥 사 준다고 부르시고, 웬일이에요?"

"고기 먹고 싶은데, 혼자 먹기는 좀 빡세서."

"괜찮은 구실이네요. 믿어 줄게요."

다인의 말을 무시하고 고기를 뒤집었다. 살코기 부분에 짙은 갈색이 돌면서 좋은 냄새가 났다. 자취를 시작하고 처음 먹는 삼겹살이었다.

"요즘 무슨 일 있어요? 얼굴이 아주 좋아진 것 같아요."

"아주 좋은 일이 있었지."

코인으로 천만 원 넘게 벌고 나니 세상만사가 즐거웠다. 하루하루 살기 위해 일을 하고, 먹는 것도 포기하고 돈을 아껴 가며 악쓸 필요가 없었다. 단순히 부모님을 잘 만난 놈들과 달리 오롯이 내 힘으로 투자에 성공했고, 지금 누리는 것들은 내가 직접 이룬 결과였다.

"이제 다 익었으니까 먹어."

잘 익은 고기 한 점을 다인의 접시에 올려 줬다.

"와, 대박! 고기 잘 구우시네요? 진짜 맛있어요."

고기를 입에 넣은 다인은 즉시 엄지를 내밀며 말했다. 맛도 제대로 안 봤으면서 하는 말이니 그냥 말치레라는 걸 알면서도 기분은 좋았다. 볶음밥까지 알차게 먹고 나서 가게 밖으로 나오니 다인이 말했다.

"밥 사 주셨으니까 커피는 제가 살게요."

다인의 권유로 전에 같이 와 봤던 카페로 왔다. 나는 아이스 아메리카노를, 다인은 초코라떼를 주문했다.

"그래도 선배가 먼저 연락하셔서 좋네요. 그간 제 노력이 보답받는 느낌?"

"왜, 나 말고도 연락 주는 애들은 있지 않나? 가령 내 동기 중에……."

"죄송한데 그 얘기는 안 하면 안 돼요?"

아무래도 그동안 개노답 삼 형제에게 많이 데인 모양인지 다인의 표정이 좋지 않았다.

"걔네가 이상형과는 거리가 멀지? 결국 찬호도 소개 못 해 주고 말이야. 뭔가 미안하네."

다인이 나를 힐끗 보며 물었다.

"혹시 선배는, 제가 속물같다는 생각 안 해요?"

그렇게 말하는 다인은 평소와 달리 조금 위축된 느낌이

었다. 새삼스러워서 물었다.

"보통은 다, 그렇지 않나? 안 그런 척 하는 사람들이 대다수인데 솔직하니까 난 오히려 호감이더라."

"호감, 하."

어이가 없다는 듯 코웃음 치던 다인이 말을 돌렸다.

"그보다 선배, 모의투자 수익률 몇 나왔는지 궁금한데, 잘하고 있어요?"

"솔직히 말하면, 잊고 있었어."

처음 달러 롱 포지션을 잡는 걸로 모의투자를 시작했지만 코인을 하는 동안 방치하다시피 했다. 마진거래 방식에 관한 다인의 질문에 간간이 답해 줄 때도 그렇고, 지금까지 차트를 본 적도 없었다.

"최근에 바쁜 일이 있어서 신경을 많이 못 썼거든. 이번 과제는 그냥 버릴 생각이야."

"그런데 선배도 저한테 귀띔해 준 것처럼 모의투자 미국 달러랑 원화로 하고 롱 포지션에 들어가신 거 아녜요?"

"맞아, 맨 처음 말했던 그대로야."

1USD=1,110원일 때 롱 포지션으로 올인했었다. 다인은 자신감에 차서 말했다.

"장담하는데, 어정쩡하게 사거나 판 사람들보다 선배가 훨씬 수익률이 높을걸요. 달러가 그때 이후로 진짜 많이 올랐거든요."

다인이 휴대폰으로 환율을 보여 줬다. 어느새 달러가 1USD=1,190원으로 쑥 올라 있었다. 혹시나 하는 기대감으로 모의투자 프로그램을 실행해 보니 처음 매수한 이후로 +6.93%나 오른 데다가 기본으로 적용되는 레버리지 10배로 수익률이 무려 +69.3%, 수익은 13,859,085원이나 발생했다. 모의투자여도 수익은 수익, 처음으로 레버리지를 통해 실현한 수익이라 감탄하면서 보고 있을 때였다. 다인이 자신의 계좌를 보여 주며 말했다.

"그리고 저, 사실은 모의투자뿐만 아니라, 실제 FX마진 거래도 하고 있었어요."

다인의 계좌에는 내 모의투자보다는 살짝 낮지만 무시할 수 없는 수익률과 수익이 찍혀 있었다. 내 성취보다 더 큰 액수에 순간 이용당했다는 생각이 들었다. 그래도 내가 모의투자에만 머물러 있을 때 위험 부담을 무릅쓰고 실제로 투자를 한 건 다인이었기 때문에 뭐라 할 수는 없었다.

"내가 얘기한 거 듣고 그걸 토대로 산 거야?"

"네. 당연하죠."

"만약 떨어졌으면 어떡하려고?"

"그거야 제 선택이고 책임이니 어쩔 수 없죠. 그리고 뭣보다, 선배를 믿었거든요."

"날? 뭘 보고?"

"그러게요, 제가 선배에게서 뭘 봤을까?"

질문에 되려 질문으로 답하는 모습을 보니 실소가 나왔다.

"그러고 보니 너는 돈이 왜 좋아?"

답답했다. 관계나 생계 걱정도 없고, 집착이나 두려움도 없을 것 같은 애가 왜 이렇게 돈을 좋아할까.

"넌 이미 돈 많잖아. 그렇게 더 벌어서 뭐 하게?"

빈정거리는 의미 없이, 문득 궁금했다.

"그야, 돈은 항상 옳으니까요."

다인은 대수롭지 않게 대답했다.

"저라고 해서 처음부터 이런 건 아니었거든요? 오히려 못 사는 편에 속했어요. 그러다 이혼하고, 엄마와 둘이서 반지하에서 산 적도 있어요. 그러다 엄마가 재혼했는데, 양아버지 되시는 분이 꽤 잘 사시더라고요. 잘 챙겨 주시고, 갖고 싶은 거 다 사 주시고. 오히려 친아빠와 사는 게 더 불행했어요. 그래서 그때 알았죠. 돈으로 행복을 살 수는 없어도 지킬 수는 있구나."

갑자기 쏟아진 개인사를 가만히 듣고 있자니 다인이 잠 간 뜸을 들였다가 말했다.

"…혹시, 여전히 하영 언니 좋아해요?"

"뭐?"

화자의 의도를 알아차리지 못해 머뭇거리는데 다인이 다시 질문을 날렸다.

"저는 어때요? 하영 언니랑 스타일은 달라도 나름 귀엽다는 소리 많이 듣는 편인데."

농담인지 진담인지 알 수 없어 둘러댔다.

"나도 네 이상형이랑은 거리가 먼걸."

"저는 가치투자도 좋아하거든요. 선배로 롱 치죠 뭐. 그래서, 대답은요?"

대수롭지 않은 것처럼 말하면서도 긴장한 게 보여 귀여웠다. 어떻게 대답해야 하나, 고민하고 있는데 진동이 울렸다. 분위기를 봐서 급하게 껐는데도 계속해서 진동이 울렸다. 인스타 통화 요청이었는데, 발신인은 창환이었다. 창환이가 나한테 전화할 일이라고는 한 가지밖에 없을 텐데. 느낌이 싸했다. 잠시 내 표정을 살피던 다인이 말했다.

"급한 연락인 것 같은데, 보셔도 돼요."

다인에게 양해를 구하고 밖으로 나왔다. 그리고, 아니길 바라면서도 긴장하며 받았다.

"여보세요."

[어. 현수야, 나 창환인데……. 그 어떻게 말해야 할지 모르겠다. 찬호 있잖아, 찾았대.]

창환의 떨리는 목소리에는 물기가 어려 있었다.

30

장례식장 복도를 뛰어가듯 걸어갔다. 절은 어떻게 해야 하더라? 두 번 하는 건가? 끝나고 나서 부모님과도 맞절을 해야 하나? 장례식장에 조문객으로 가는 것은 처음이어서 가는 내내 문상 예절만 찾아봤다. 머리가 복잡해서 터져 버릴 것 같았다.

그 와중에도 검은색 옷은 어떻게 챙겨 입고 왔는지 기억도 나지 않는다. 지금도 몽롱해서, 누가 꿈이라고 하면 그대로 믿고 싶었다. 있는 힘껏 팔을 꼬집고 비틀었다. 통증이 하나도 느껴지지 않았지만 꿈에서 깨지도 않았다.

"현수 왔구나, 여기야."

멀리서 검은색 면바지와 자켓을 입은 창환이가 보였다.

"다른 애들은 이미 왔다 갔고, 지금 같은 반이었던 친구는 너랑 나뿐이야."

창환이가 고갯짓하는 쪽에 박명록이 보였다. 다른 사람들이 먼저 쓴 걸 보고 따라서 이름을 적었다. 안으로 들어가니 문상 예절 정보글에서 본 것과 달리, 꽃만 늘어서 있었다. 눈치껏 꽃을 하나 들었다. 하얀 꽃잎이 달린 조화였다. 오른손으로 꽃을 잡고 왼손으로 경건히 받쳐 들고 나를 내려다보는 찬호의 사진 앞으로 걸어갔다.

사진 속 찬호는 낯설었다. 내가 알고 있던 고등학교 때도 아니고, 수염을 길러 외제 차를 타고 다니던 때도 아니고, 몸에서 싸구려 스킨 로션 냄새가 나던 그 모습도 아니었다. 막 성인이 된, 사회초년생 박찬호는 이렇게 생겼었구나. 꽃을 내려놓고 잊지 않기 위해 눈을 감았다.

"찬호 친구니?"

찬호 어머니로 보이는 분이 다가와서 내 손을 잡았다.

"이렇게 와 줘서 고마워. 우리 아들이 못난 놈이긴 했어도 인복은 있었나 보다. 온 김에 밥 먹고 친구들하고 이야기 나누면서 편히 있다 가."

꽉 잠긴 목소리를 들으며 무슨 말이라도 하고 싶었지만 도무지 입이 열리지 않았다. 다음 조문객이 들어와서 그 자리를 나왔다.

"그거 아냐? 찬호가 너 많이 부러워했는데."

편육과 전, 육개장이 차려진 테이블 위로, 창환이 소주를 따랐다. 오랜만에 마시는 술이었다. 창환이 다시 말을 이었다.

"왜냐면 찬호가 가장 무서워했던 게 잉여인간이 되는 거였거든. 대학도 못 가고, 특출나게 잘하는 것도 없고, 평범보다 낮은 기준에서 살면서 세상이 필요로 하지 않는 잉여인간."

창환은 소주를 들이켜곤 근심에 찬 소리를 흘렸다. 다시 채운 술잔이 가득 넘쳐흘렀다.

"그래서 나는 찬호가 스스로 물에 들어갔다고는 생각 안 해. 잉여인간이 되지 않기 위해, 도태되지 않기 위해 누구보다 열심히 살았던 놈인걸. 그런 찬호가 그런 선택을 했다고? 의외로 얼빠진 구석은 있었으니까 어쩌면 발이 미끄러졌을 수는 있겠다."

농담이었나, 창환은 한 번 웃어 보이고는 다시 잔을 들이켰다.

"나도 그렇게 생각해."

술이 들어오니 드디어 입이 열렸다. 내 말에 창환이 신나서 말했다.

"그치? 그런데 아무도 안 믿더라고. 애들이나 경찰이나 심지어 찬호 어머님마저도. 다들 그냥, 찬호를 겁쟁이로 알고 있더라고. 실은 그 반대인데 말이야. 그런 놈이 돈을 빌렸다가 다 청산당해 갚기 힘들다고 물에 들어가겠어? 차라리 오 년 정도 배달을 하거나 노가다를 했겠지."

창환이 잔을 들며 말했다.

"항상 이럴 때 찬호가 하던 말이 있었는데… 아, 맞다. 가즈아!"

가즈아- 가즈아- 가즈아- 창환의 목소리가 빈소를 가득 채웠다. 잔을 마주 들고, 찬호의 마지막 모습을 상상해 봤다. 불어 터진, 흉측한 고깃덩이었던 아빠의 모습이 겹쳤다. 부풀어 오른 피부 위로 선명한 푸른 색의 핏줄. 그 핏줄이 위로, 아래로, 위로, 아래로 차트처럼 나 있었다.

차라리 너가 조금만 더 늦게, 나를 찾아와 줬으면 좋았을 텐데. 그때 찬호에게 주지 못했던 100만 원을 봉투에 넣었다. 그제야 깨달았다. 나는 그날 이후로 찬호를 친구로 생각하고 있었다는 것을. 찬호의 두려움을 누구보다 깊이 이해했고, 찬호의 성공을 진심으로 바랐다. 이런 결말은 전혀 내가 원하는 것이 아니었다.

찬호가 청산을 당해서 도망쳤는지, 아니면 사고를 당한 건지 알 길이 없다. 그게 아니면 그 과정에서 어떤 무서운 것을 마주했을지도 모른다. 그건 시장의 악의일 수도, 사회의 잔혹함일 수도, 도태에서 오는 공포일 수도 있다.

하지만 찬호는 B코인에서 희망을 봤다. 우리가 가진 두려움을 코인으로 극복할 수 있다고 믿었다. 그렇기에 나는 찬호가 스스로 그런 결말을 선택했다고 생각하지 않는다. B코인은, 반드시 오를 것이다. 올라야 했다.

31

B코인 호가창은 번잡하기 그지없었다. BTC/USDT가 크게 적힌 좌상단의 문구 오른쪽으로 B코인 시세가 수시로 깜박거렸다. 왼쪽 차트 아래 호가창이 있었고, 오른쪽에는 크게 'Buy'와 'Sell'이 적힌 버튼이 있었는데 FX마진거래와 같이 롱 또는 숏 포지션 구매를 결정하는 기능이 달려 있었다.

현재 B코인의 시세는 4,200만 원으로, 마지막 봤던 때보다 더 올라 있었다. 달러 환율도 오른 상태인 걸 보니 찬호의 말처럼 달러가 강세일 때 B코인 매수세가 더 강해지는 것 같았다. 먼저 감을 잡기 위해 망설임없이 지금 시세에서 증거금 700만 원으로 레버리지 3배, 숏 포지션으로 진입했다. 복수를 시작하기 전에 먼저 감을 잡아 볼 생각이었다.

B코인 시세는 조금씩 내려가기 시작해서 크게 뚝 떨어진 이후 더 이상 오르지 못하고 아래쪽에서만 계속 오르락내리락 하고 있었다. 그러다 4,100만 원까지 떨어졌을 때 곧바로 매수를 체결했다. 수익률은 +2.38%에 불과했지만 레버리지가 3배나 적용돼 무려 50만 원 가까운 수익을 한 번에 거뒀다. 레버리지를 5배로 올렸다. 어떨 때는 숏을 치고, 어떨 때는 롱을 쳤다. 근거는 없었다. 깊게 생각해도 소용이 없다는 걸 알기 때문에 흐름에 몸을 맡겼다. 잃을 때도 있었지만 버는 게 더 많았기 때문에 3주가 지난 지금, 내 군자금은 2천만 원을 돌파했다.

멈출 수 없었다. 돈을 버는 재미보다 분함이 더 컸다. 고작 이딴 것에 친구를 잃었다는 걸 받아들일 수 없었다. 너는 틀리지 않았다고 보란 듯이 벌어서 증명하고 싶었다. 강의를 들을 때 말고는 외출을 하지 않다가 이내 강의에도 가지 않게 됐다. 실시간으로 벌어들이는 수익이 많아진만큼 음식은 대부분 배달로 해결했으나 쓰레기도 그만큼 쌓여 갔다. 하지만 개의치 않았다. 다 마신 생수병을 쓰레기 봉투가 쌓인 쪽으로 던졌다. 생수병이 영토를 침입하는 순간 초파리 몇 마리가 튀어나왔다. 아마 봉투 안쪽 깊숙한 곳에는 더 많은 초파리가 있을 것이다.

방금 추가로 300만 원의 수익을 봤다. 지금은 400만 원을 손해 봤지만, 다시 따면 되니 괜찮다. 낮이고 밤이고, 평일이든 주말이든 상관없이 몰두할 수 있어서 좋았다. 이제 5배로는 자극이 느껴지지 않아 레버리지를 10배로 올렸다. 까딱 잘못했다간 타이밍을 놓칠 수도 있어서 외부와의 연락을 다 끊었다. 찬호가 말해 준 평생 적자 구조. 이 코인으로 내가 평생 벌 11억과 평생 쓸 16억 사이 5억이라는 적자를 메꾸는 게 나의 목표였다. 3천만 원이 된 군자금이라면 가능성이 있었다. 몸이 망가지는 느낌이 들었지만 돈을 벌고 나서 다시 건강하게 살면 되니 괜찮다. 지금은 잠시 내 신체와 시간을 숏 포지션으로 잡아 뒀을 뿐이다.

그래도 끝끝내 적응되지 않는 것이 단 하나 있었다. 초파리였다. 쌓여 있는 쓰레기 더미가 무너지자 지금까지 본 것보다 무수히 많은 초파리가 쏟아져 나와 방 안을 가득 채웠다. 개체수가 많아지면서 날갯짓 소리까지 선명해졌다. 그 소리는 마치 귓속에서 모기가 비행하다가 매미처럼 울어 젖히는 느낌이었다.

차마 그 소리까지는 견딜 수가 없어서 두 시간 동안 집에 있는 모든 쓰레기를 버리고 청소했다. 오랜만에 사람 사는 집에 가까워졌지만 이미 한번 생긴 초파리는 쉽사리 사라지지 않았다. 오히려 그동안 머물던 제 영토를 훼손한 것에 대한 분노로 더 거칠게 날갯짓하며 날뛰었다. 내 눈앞에서 배회하며 시야를 어지럽히고, 눈 안으로 들어가려

하질 않나 폰을 켜고 차트를 볼 때면 손가락을 따라 화면 위에 머물다 가기까지 했다. 청각적으로, 시각적으로, 물리적으로 투자에 심각한 방해가 됐기 때문에 초파리와의 전쟁을 선포했다.

[초파리 박멸 방법]

정말 오랜만에 B코인 재료가 아닌 다른 것을 검색했다. 상단에 나온 '여름 불청객 초파리. 이렇게 퇴치하세요.'라는 글을 클릭했다. 달짝지근한 것을 좋아하는 초파리의 습성을 이용한 초파리 트랩 만드는 법이 적혀 있었다. 분명, 어릴 때 아빠와 만들어 본 적이 있었다.

"초파리란 놈들은 욕심이 많아서 남 혼자 잘되는 꼴을 보질 못해."

아빠는 그렇게 말하며 배수구 근처에 초파리 트랩을 내려놨다.

"자신을 죽이는 독인 줄도 모르고 다른 초파리가 있으면 무조건 앉고 보는 거야. 그래서 처음 한 마리가 걸려들면 다른 놈들까지 다 걸리는 건 시간문제란다."

그 이후는 기억나지 않는다. 어느 순간 집에 초파리가 전부 사라졌다는 것을 의식했을 때는 이미 트랩이 치워져 있었다. 게시글에 나온 대로 빈 생수병을 오려 식초와 세

280

제를 부었다. 마지막으로 설탕을 넣어 완성한 트랩을 쓰레기봉투 옆에 설치했다.

차트만 본 지 사흘이 지났다. 지금은 중간고사를 위해 강의실에 마지못해 앉아 있는 상태다. 시험지를 받아 드니 문득 불안해졌다. 시험 중간에 중요한 구간이 오면 어떻게 하지? 도저히 시험에 집중할 수가 없었다. 그 초조함과 압박감에 결국 F만 간신히 면할 정도로만 답안을 체크한 뒤 서둘러 시험지를 제출하고 밖으로 나왔다. 다시 차트를 열었는데, 뒤에서 부르는 소리가 들렸다.

"선배, 얘기 좀 해요."

다인이 뒤따라 나왔다.

"너 시험은."

"지금 그게 중요해요? 요즘 대체 뭐하길래 연락도 안 받고, 지금 그 몰골은 뭔데요? 어디 갇혀 있었어요?"

순간, 다인에게 찬호의 소식을 전해 줘야 하나 고민했다. 하지만 그러지 않기로 했다.

"나중에 얘기하자."

"선배!"

다인이 앞으로 뛰어오더니 몸으로 가로막았다.

"지금 그냥 가시면 저 앞으로 진짜 선배 안 볼 거예요. 가치투자고 뭐고, 그냥 손절할 거예요."

"…미안."

나는 다인을 그냥 지나쳤다. 이 시간에도 차트는 움직이고 있기 때문에 한시라도 지체할 수 없었다.

"앞으로 연락도 안 하고, 안 받을 거예요."

발이 멈췄다. 대답이라도 기다린 건지 잠깐의 침묵이 흐른 후 다인이 내 등 뒤에다 대고 소리쳤다.

"…선배 진짜 별로예요."

나는 못 들은 척 돌아섰다. 지금까지 2억 원을 벌었으니 5억 원까지는 얼마 남지 않았다. 복수를 완료하고 모든 걸 제자리에 돌려놓을 생각이었다. 지난 몇 주 동안 잃기도 하고 물리기도 하면서 고통스러운 시간을 보내지 않았던가. 여기서 멈출 거면 애초부터 이렇게 지내지도 않았다.

'여기서 1억 원 분할 매수에 롱 포지션으로 10배 레버리지를 건다!'

현재가에 진입하자마자 차트가 크게 오르기 시작했다. 10%에서 15%로, 그리고 순식간에 20%로 올랐다. 오를 것이야 이미 예상했지만 이렇게 치솟을 것이라고는 생각도 못 했다. 군자금 1억 원에 수익률 20%, 그리고 레버리지를 10배로 당겼으니 순식간에 2억 원을 더 번 것이나 다름없다. 목표가인 5억 원까지는 단 1억 원만 남은 상황이었다.

막 지정가 매도를 하려던 순간, 차트가 전조도 없이

30%로 껑충 뛰었다. 화들짝 놀라 매도를 멈췄다. 방금 매도했다면 3억 원을 날렸을 것이다. 휴우 하고 가슴을 쓸어내리며 숨을 돌리는 사이 차트가 무섭게 요동치기 시작했다. 충분히 더 오르고 남을 것 같아 어디까지 갈 수 있을지를 지켜봤다. 하지만 차트는 위가 아닌 아래로 곤두박질했다. 30%에서 25%로, 다시 20%가 됐다가 15%로. 손 쓸새도 없이 떨어지는 차트에 속수무책이었다.

욕심을 접고 급히 매도 주문을 넣었다. 하지만 여전히 최대한의 이득을 위한 지정가 매도를 시도하는 나를 비웃듯 주문을 넣는 족족 차트는 그 가격 아래로 뚝뚝 떨어졌다. 3천만 원이 2천만 원이 되고, 2천만 원이 천만 원이 되고, 천만 원은 다시 500만 원이 됐다. 그제야 현재 시장가 매도 주문을 넣으려는 순간, 화면에 오류창이 나타났다. 판매할 수 있는 코인이 없다는 뜻이었다.

처음 보는 오류에 잠시 멍했다. 그리고 곧바로 지금 상황을 이해했다. 숨이 안 쉬어졌다. 차트는 순식간에 -10% 아래로 내리박혔다. 10배 레버리지를 걸어 둔 탓에 내 롱 포지션은 완전히 소멸했다. 청산을 당한 것이다. 정신을 차려 보니 노트북이 내동댕이쳐진 채 발밑에서 부서져 있었다.

❦ 32

일상은 무너졌지만 아직 코인이 남아 있었다. 분할 매수를 한 덕분에 1억 원의 군자금이 살아 있었다. 이 빌어먹을 놈의 B코인이 죽었으면 좋겠다. 전부 망해서 송두리째, 모두가 이득을 보지 못하고 사라졌으면 좋겠다는 생각이 들었다. 더는 누구도 이 B코인으로 고통받지 않았으면 좋겠다. 숏, 숏 포지션에 걸어야 했다. 아무도 매수할 생각을 못 하게, 두터운 매도벽을 깔아야 했다.

"똑똑."

노크 소리가 들렸다. 무시했는데도 계속해서 들렸다. 열어 주지 않으면 언제까지고 문을 두드릴 기세였다. 문을 열어 보니 하영이었다.

"뭔데, 어떻게 찾아왔어?"

"네가 알바 하던 편의점 근처, 집들 우편함을 다 뒤져 봤지. 여기 우편 봉투에 너 이름 적힌 거 보고 왔어."

하영이 내 이름이 적힌 봉투를 들어 내 눈앞에서 흔들었다.

"그만 돌아가."

문을 닫으려는데 하영이 문틈으로 손을 집어넣었다. 놀라서 힘을 뺀 사이, 하영이 문을 열어젖히고 집 안으로 들어왔다.

"꼬라지 하고는."

그러더니 쓰레기를 하나둘 정리하기 시작했다.

"야, 너 뭐하는 건데. 내려놔."

내 말에도 하영은 묵묵부답으로 하던 일을 계속했다.

"이제 와서 뭐 하는 건데? 과대와 붙어먹으면서 사람 놀리러 왔냐?"

나의 힐난에도 하영은 돌아보지 않은 채 말했다.

"현수야. 너는 사는 이유가 뭐야?"

대답이 즉각 나오지 않았다. 하영은 큰 비닐봉지 안에 쓰레기를 쑤셔 넣었다.

"나는 있잖아, 만약 신이 있다면 그대로 죽어 버렸으면 좋겠다고 생각해."

그러면서 말을 이었다.

"내가 교회에 다니기는 해도 무신론자거든. 그냥 교회에 나가면 내가 좋아하는 사람들이 좋아해 주니까 그런

285

것뿐이야. 우리 부모님은 독실한 신자였어. 그래서 그런 걸까? 누구보다 먼저 곁으로 데려가시더라고. 교통사고였어. 두 분 다 병원 갈 새도 없이 즉사하셨지. 그때 나는 고작 다섯 살이었는데."

하영의 표정이 슬퍼 보였다.

"지금 같이 살고 있는 삼촌과 숙모가 좋은 분들이기는 해. 그런데 그런 생각도 들어. 만약 삼촌과 숙모의 원래 딸도 그분이 먼저 데려가지 않았다면, 멀쩡히 살아서 지금 나와 같은 나이였다면, 그랬다 해도 삼촌과 숙모가 나를 좋아하셨을까? 귀찮아하지는 않았을까?"

하영의 목소리가 점점 물기에 젖었다.

"현수야, 너 그날 있잖아. 왜 말 안 했어? 난 계속 기다렸단 말이야. 네가 웃기는 밤톨머리를 한 채 왔을 때부터, 처음으로 선물이랍시고 핸드크림을 줬을 때까지. 계속 쭉 기다렸다고."

흐느끼는 하영의 등을 보며 변명하듯 말했다.

"나는… 행복하게 해 주고 싶었으니까. 그래서 때가 아니라 생각했고, 준비를 더 하고 싶었어."

하영이 돌아보며 벌컥 화를 냈다.

"내가… 내가 언제 행복하게 해 달래? 나는 살고 싶을 뿐이야. 이 미칠 듯이 숨막히는 답답함 속에서, 그냥 숨쉬고 싶은 거라고. 그러니 그냥 괜찮다고만 해 주면서 내가 불행할 때도 그냥 옆에 있어 주기만 바랐단 말이야."

그때처럼 아무 말도 할 수 없었다. 흐느끼는 하영의 눈을 통해 내가 바라던 행복이 오만한 독선이었음을 깨달았다.

하영이 잠시 감정을 추스린 뒤 말했다.

"그래서 나는 살아 보고 싶어. 그리고 나중에 보란 듯이 말하고 싶어. 유감스럽게도 잘 살고 왔다고. 행복하지는 않았어도 불행하지 않았고, 나름 괜찮았다고. 그러니까 너도 왜 사는 건지 생각해 봐. 남은 건 네가 다 치우고."

하영이 나가다 말고 한마디 더 했다.

"그리고 이번에는 같은 실수 하지 말고. 애들이 너 걱정 많이 하더라."

하영이 가고 나니 정신이 번쩍 들었다. 흘린 땀의 가치를 믿던 아빠. 요령을 좋아하지 않던 아빠. 물속으로 사라진 아빠. 빌어먹을 놈의 몽골 아파트. 한심했던 찬호. 처음으로 마주했던 찬호. 물속으로 사라진 찬호. 빌어먹을 놈의 코인. 빌어먹을 놈의, 빌어먹을. 빌어먹을 나.

똬리가 뒤틀린다. 시야가 뒤집히며 천장이 한 바퀴 돈다. 어지럽고 토할 것 같고 넘어질 것 같았지만 가까스로 휴대폰을 잡고 남은 돈의 반절을, 롱 포지션에 100배 레버리지로 B코인에 넣었다. 돈을 넣자마자 B코인 시세가 떨어진다. 증거금이 전부 사라진다.

개의치 않고 남은 반절을 다시 B코인에 넣었다. 아까와 같이 100배 레버리지로, 그리고 롱 포지션으로. 찬호가 B 코인에서 희망을 봤으니 B코인은 반드시 올라야만 했다. 한계를 깨고 구조에서 벗어나 우리를 자유롭게 해 줘야 했다. 그것이 찬호를 위한 복수였다.

그러고 나서 앱을 지웠다. 더는 차트 확인을 못 하게 싹 지워 버렸다. 이것은 나에 대한 복수였다. 어쩌면 지금쯤 다 청산당했을지도 모른다. 그렇게 두려워하던 상황을 마주했지만, 나는 처음으로 자유로웠다. 어느새 배꼽 아래 똬리를 틀고 있던 것의 존재감이 느껴지지 않았다. 응어리가 사라졌다.

화장실로 가서 씻으면서 거울에 비친 나를 봤다. 퀭한 눈, 피골이 상접한 얼굴, 엉망이 된 머리와 수염, 내가 책임져야 할 내 모습이었다. 나갈 채비를 하기 위해 밖으로 나왔다. 무의식적으로 초파리 트랩을 본다. 달콤한 용액에 불어 터진 새까만 사체들이 바닥을 가득 채우고 있었다. 용액에 가득 잠긴 채 부풀어 오른 몸체에서 사라진 자유가 보인다.

어느새 날갯짓 소리는 들리지 않는다.

◗ 작가의 말

21년 한국보건사회연구원의 보고서에 따르면 청년 네다섯 명 중 한 명은 연 소득의 3배가 넘는 부채를 지고 있다고 합니다. 부채 증가의 원인은 단지 '영끌'과 '빚투'의 결과라는 주장이 제기되고 있으나 정작 청년들이 빚을 지고, 투자에 몰두하게 되는 원인에 대해서는 너무나 조용합니다. 청년 자살률이 그저 우스갯소리가 된 것 같은 지금 사회에서, 이 작품은 많고 많은 잘난 사람들 사이로 열패감을 느끼면서 살아가는 청년들을 보고자 했습니다.

주인공 '현수'는 합리성을 추구하는 인물이지만, 본인의 행동에 정당성을 부여하기 위해 합리화하는 모습도 지니고 있습니다. '인생 한 방'의 요행을 믿지 않으면서도 현재 상황에서 벗어날 실낱같은 '희망'에 기댑니다. 그러고는 눈앞의 동아줄이 썩은 게 아닌지 계속 의심하면서도 결국은 손을 뻗습니다.

행복한 사람이 평안한 건 불행한 사람들이 말없이 자기 짐을 지고 있기 때문이라는 체호프의 말처럼, 누군가에게는 영감과 교훈을 주는 이야기가 누군가에게는 현실인 경우도 있었습니다. 그렇기에 이 글이 오늘 하루도 묵묵히 살았고, 내일을 살기 위해 근심 가득한 표정으로 애써 잠을 청하는 이들을 돌아볼 수 있게 하기를 바랍니다.

이 책이 나오기까지 많은 분의 도움이 있었습니다. 많은 격려를 해 주시며 등을 떠밀어 주신 구 대표님, 맹 대표님, 그리고 송 작가님. 상생의 가치를 알고 있는 애틋한 작가 동료들과 항상 옆을 지켜 주며 아낌없이 응원해 준 뮤즈와 부모님까지. 아이 하나를 키우는 데 어째서 온 마을이 필요한지를 뼈저리게 실감했습니다.

앞으로도 글을 쓰며 많은 이야기를 적어 내고, 많은 사람들을 만날 수 있기를 소망합니다. 이 글은 초파리들과 함께 썼습니다. 감사합니다.

❧ 작가 인터뷰

초파리의 분투를 응원하며

인터뷰·기록 송현정

주로 영상 작업을 하신 것으로 알아요. 소설을 쓰게 된 계기가 궁금합니다.

언론홍보학을 전공했어요. 주로 영상화를 위한 글을 썼죠. 홍보 영상을 기획하고 스토리보드를 작성할 때는 잘한다는 소리도 많이 들었어요. (웃음) 바이럴 될 만한 요소나 매운 소재를 많이 넣어서인지 반응이 좋았어요. 호흡이 짧은 글에 유리했던 것 같아요.

대학교 교양 수업 중 에세이를 쓰는 과제가 있었는데 마땅한 주제가 떠오르지 않았어요. 제 삶이 평탄하다고 생각했거든요. 되는 대로 해프닝 하나를 적어 제출했는데 교수님께 재미있다는 평가를 받았어요. 돌아보면 재미있다는 말이 저주인 것 같기도 해요. 그 한마디에 떠밀리다 보니 이렇게 글을 쓰게 됐네요.

그렇다고 해도 글을 쓰는 동력은 자기 안에 있었을 텐데요.

　　언론홍보학과는 원활한 소통을 위한 매체를 연구해요. 그중 책은 일방적인 커뮤니케이션 수단으로 분류되고요. 이렇게 구분 짓는 것이 인상적이었어요. 작가만큼 자기 이야기만 늘어놓는 사람도 없다는 거겠죠. 무라카미 하루키도 '작가란 기본적으로 이기적인 인종'이라고 했고요. 결국 저도 해야만 하는 이야기가 있으니 글을 쓸 수 있었겠죠.

　　과거에는 내가 옳다고 생각하는 것을 거침없이 이야기할 수 있었어요. 그런데 언젠가부터 침묵하게 되더라고요. 내 생각이 정답이라고만 여겼던 제가, 어째서 황희 정승이 다투는 하인들에게 "네 말도 맞고, 네 말도 맞다."라고 했는지를 이해하게 된 거죠. 그 후로는 더더욱 입을 다물게 되었어요. 대화하며 경청하는 상황에 있다 보니 뱉지 못한 내 생각을 정리하고 싶었고 그 수단이 글이 된 거예요.

작가님이 꺼내 놓아야만 했던 이야기는 무엇이었을까요?

　　언론에서는 청년 문제를 이슈로만 다루는 것 같아요. 저와 제 주변 사람들에게는 현실인데 말이죠. 사는 게 쉽지 않아요. 저마다 삶의 무게를 안고 살죠. 그러면서 희망을 잃지 않고 내일을 향해 나아가는 청춘들을 한데 뭉뚱그려 나약하다고 표현하는 것은 인정할 수 없어요.

　　세상의 시선으로 낙오자라고 낙인찍힌 친구들은 사실 경쟁 레인에서 벗어날 용기를 낸 이들이에요. 다정하고 배

려심 많은 친구가 정작 사회에서는 일을 못한다, 심약하다는 평가를 받는 현실에 어떻게 적응해야 할지 고민했어요. 그리고 이런 제 고민을 있는 그대로 담아 세상에 보여 주고 싶었습니다. 들어주는 사람이 없더라도 소설을 메가폰 삼아 외쳐 보고 싶었어요.

이 시대를 사는 젊은이들을 'MZ세대'로 칭하는 것이 조심스러워지네요.

저는 세대를 나누는 것이 마케팅 수단에 불과하다고 생각해요. 파편적인 것들을 묶어 집단의 정체성을 정의하는 것이 가능할까요? 세대에 따라 삶의 양식이 달라질 수는 있지만 결국 사람 사는 일은 다 똑같다고 생각하거든요.

MZ 세대가 콜 포비아를 겪고 있다는 조사가 눈길을 끌었죠. 사실 핸드폰이 없던 시절에야 연락 수단이 전화뿐이니 수시로 걸려 오는 집전화를 받아야 했고 친구와 통화하려면 친구의 부모님을 거쳐야 하는 일이 비일비재했죠. 전화 통화가 일반적이었으니 전화 예절도 자연스럽게 익혔고요. 지금은 상대를 특정해서 문자로 소통할 수 있는 환경이니 굳이 통화를 할 이유가 없어졌을 뿐이죠. 환경이 변화해서 일어나는 자연스러운 현상이에요. 문화의 차이는 있을지언정 세대를 갈라치기 할 만큼 문제가 된다고 생각하지는 않아요.

소설에 등장하는 젊은이들이 왜인지 날이 서 있다고 느꼈어요.

비단 소설 속 인물들의 태도만은 아닐 거예요. 아이러니하게도 상처받고 싶지 않아서 더 날카롭게 굴게 되는 것 같아요. 온라인에서 팀 게임을 하다 보면 자신의 실수를 인정하는 것이 두려워 타인의 허점을 먼저 공격하는 사람들이 보여요. 패배의 원인이 되어 비난받는 상황이 극도로 두려운 거죠. 게임 속 일화로 현실을 설명할 수 있겠냐고 반문하신다면, 저는 오히려 어떠한 제약도 없는 게임에서 인간성의 실제가 더 선명하게 드러난다고 봅니다. 사회를 지탱하는 룰이 사라지면 인간의 실상은 게임 세계와 다를 게 없지 않을까요.

게다가 세상의 삐뚤어진 시선을 받다 보니 자연히 날을 세우게 되더라고요. 날 선 태도를 정제하기보다는 날것의 표현으로 드러내고 싶었어요. 존버, 국룰, 현타, 개노답, 대폭망……. 이런 단어를 두고 편집 과정에서 고민이 많으셨을 거라 생각됩니다.

작품 속 현수가 코인 투자를 하게 되는 과정에도 날것의 표현이 도드라져요.

현수는 장학금을 받아야만 해요. 그래야 당장 다음 학기에 등록할 수 있고, 졸업 후 취업도 기대할 수 있죠. 한 발이라도 미끄러지면 추락하는 절실한 상황에서 현수가 해야만 하는 노력이죠. 그걸 위해 현수는 연애를 포기하고 친구들과의 유대도 포기해요.

소설 속 현수처럼 아무것도 없는 학생 신분으로 인간 존엄성을 보장할 수 있을 정도의 수익을 내는 가장 현실적인 방법이 주식 투자, 코인 투자일지도 몰라요. 무려 국가가 인정한 금융 자산이잖아요. 웃픈 현실이죠.

사실 코인 투자의 결과는 명료해요. 벌거나 잃거나 둘 중 하나겠죠. 하지만 그 과정도 단순할까요? '청년들이 빚을 내서 투자한다'는 것이 미디어가 다루는 전부라면 그 이면을 조명해 보고 싶었어요. 코인으로 인생 역전을 노린다고 표현하는데 어쩌다 인생을 뒤집어야 하는 상황에 내몰렸는지, 소설 속 현수를 옹호한다기보다는 상황의 당위성을 보여 줄 수 있지 않을까 싶었죠.

그 이야기가 '초파리'라는 제목에 담겼어요.

현수는 매 순간 안전 범위를 설정해요. 스스로를 지키기 위한 선이죠. 선 안에서 나름 합리적인 선택을 하지만 욕심을 멈추지 못하고 자신이 정한 선을 계속 고쳐 나가게 되죠. 자기 합리화가 계속될수록 자신을 제어하는 브레이크 장치도 약해져요. 결국 폭주하는 자신을 인지하지 못하는 상태가 되는 거죠.

제가 집에서 초파리를 키우는 처지이다 보니 자연스럽게 현수의 상황을 초파리와 연결 짓게 되었어요. 주식

투자를 할 때 고점에서 매수해서 빠져나올 수 없는 상태가 되면 '물렸다'는 표현을 쓰거든요. 초파리 트랩을 보니 초파리들이 트랩에 걸려 있는 거예요. 욕심에 제 발로 날아왔다가 트랩에 물려 빠져나가지 못하는 모습이 현수의 처지와 다를 바 없다고 느껴졌어요.

트랩에 갇힌 초파리의 최후는 비극이죠. 그 안에서 말라 죽잖아요. 이와 다르게 소설 속 현수의 엔딩은 비극만은 아니에요.

결말을 지으며 많이 고민했어요. 현수를 초파리와 같은 처지로 만들기에는 제가 정을 너무 많이 줬나 봐요. 차마 고생만 시키고 내칠 수가 없더라고요. 작품이 진행되는 과정에서 현수도 성장했다고 믿고 엔딩을 구성했습니다.

《노인과 바다》에 '인간은 파괴될지언정 패배하지 않는다'라는 구절이 나와요. 이 문장을 의외의 곳에서 보게 되었어요. 사행성이 짙은 보드게임에 이 문구가 적혀 있더라고요. 게임에 참여한 사람들이 장렬하게 산화하는 모습과 이 문장을 함께 보니 코미디 같았어요. 그렇게 진하게 패배를 맛보고도 다시 그 게임에 덤벼들더라고요. 결국 이런 인간의 모습을 초파리와 동일시할 수 있겠죠. 초파리와 달리 인간은 다시 일어나 도전할 수 있다고 생각할 수도 있을 거고요.

격양된 감정이 드러나는 장면을 작가로서 어떻게 컨트롤 하셨을지 궁금하네요.

제 체험을 기반으로 한 리얼리즘이라고 할 수 있죠. 저도 주식 투자 경험이 있거든요. (웃음)

극적인 감정 변화를 표현하기 어려워하시는 분께 주식 단타를 권해 드려요. 한 시간이면 웃고 울고 화나고 기쁜 감정의 소용돌이를 모두 경험할 수 있을 거예요.

과거에는 각본을 작성하며 비극을 표현해야 했어요. 비극적인 상황은 주어졌지만 그 안에서 인물이 어떤 태도를 보일지 채워 넣어야 했죠. 단순히 화를 낼까, 고래고래 소리를 지를까? 절망의 끝에 느끼는 감정은 어떤 걸까……. 그러다 주식 갤러리에서 힌트를 얻었어요. 주식 인증 글을 올리다 마지막 글을 남기고 사라진 사람들의 도시 괴담이 떠돌아요. 그 글을 읽어 보면 모든 것을 잃은 상황 자체보다 희망이 없다고 여기는 태도가 절망과 가장 가깝게 닿아 있다고 느낄 수 있었어요. 그때 익힌 감정이 도움이 됐어요.

작업을 하는 데 영감을 준 작가가 있다면요?

러시아 작가 안톤 체호프의 단편선을 읽고 충격을 받았어요. 글이 엄청 매운 거예요. 읽으면서 어지럽기까지 했어요. '영국 문학은 명예를 위해 죽겠다는 내용, 프랑스 문학은 사랑을 위해 죽겠다는 내용, 미국 문학은 자유를 위해 죽겠다는 내용, 러시아 문학은 그냥 죽겠다는 내용'이라는 우스갯소리가 있어요. 러시아 문학의 특징인지 작품 속 등장인물이 죄다 시니컬한데 집이 다 무너져서 망연자실하는 와중에 그 앞에서 담배 한 개비를 태우는 초연함이 좋더라고요. 이제 어쩌나 하는 걱정도 아니고, 어쩔 수 없다는 포기도 아니고요. 이 작가를 우울하지만 활달한 작가라고 표현한 글을 봤는데 작품을 읽으면서 그게 어떤 의미인지 알 수 있었어요. 개인적으로 닮고 싶은 모습이에요. 우울과 활달, 이 둘이 어우러져 글을 쓰는데 꽤 유용하게 작용할 것 같아요.

안톤 체호프의 영향을 받은 작품이 탄생하려나요?

저는 타인에게 재미를 줄 때 의미가 남더라고요. 제 기준 최고의 유머는 블랙코미디인데, 그래서 안톤 체호프의 작품이 더 와닿았는지도 모르겠어요. 즐거움을 전하는 것에서 나아가 독자의 마음을 움직이고 변화시킬 수 있는 글을 쓰고 싶어요.

블랙코미디가 현실에 기반한다면 제 글은 가상에 기반하고 있어요. 청각장애인의 특성인지 모르겠지만 제 하루에는 공백이 많아요. 저는 감각할 수 없는데, 카페에 가면 옆자리에 앉은 사람들이 이야기 나누는 소리가 들린다고 하더군요. 가만히 들어보면 '저 둘은 커플이구나, 싸우고 있네.' 이렇게 유추할 수 있다는 거죠. 저에게는 이런 상황이 전부 공백이거든요. 일상생활이나 대화를 하며 놓치는 부분의 실제는 알 수 없으니 빈칸을 상상력으로 채워 넣는 것에 익숙해요. 그런데 이번 작업을 하며 제 글에도 공백이 많다는 것을 알게 됐어요. 한정적인 정보를 처리해 온 방식대로 글 작업을 하니 상황이 촘촘하게 채워지지 않는 거죠. 이 부분을 보완하고 나니 작품이 제 개인적인 리얼리즘과는 멀어진 것 같아요. 제 스타일을 살려 독자에게 재미와 의미를 남길 수 있는 작품을 구상 중이에요.

핌 소설 시리즈 03
초파리

초판 1쇄 인쇄 2024년 12월 01일
초판 1쇄 발행 2024년 12월 19일

지은이   이주형
펴낸이   맹수현
펴낸곳   출판사 핌
출판등록   제 2020-000269호 2020년 10월 6일

주소   서울시 마포구 신촌로2길 19, 3층
이메일   bookfym@gmail.com
팩스   02-6499-5422

책임편집   전정숙
편집   맹수현
디자인   스튜디오 하프-보틀
인쇄   천광인쇄사

ISBN 979-11-988088-5-1